La historia de un muro

NASSER ABU SROUR

La historia de un muro

Reflexiones sobre el significado de la esperanza y la libertad

Traducción de
Eduardo Iriarte

Galaxia Gutenberg

Galaxia Gutenberg,
Premio TodosTusLibros al Mejor Proyecto Editorial, 2023,
otorgado por CEGAL (Confederación Española de Gremios y Asociaciones de Libreros).

Título de la edición original: *The Tale of the Wall*
Traducción del inglés: Eduardo Iriarte Goñi

Publicado por
Galaxia Gutenberg, S.L.
Av. Diagonal, 361, 2.° 1.ª
08037-Barcelona
info@galaxiagutenberg.com
www.galaxiagutenberg.com

Primera edición: septiembre de 2024

Preimpresión: Maria Garcia
Impresión y encuadernación: Romanyà-Valls
Sant Joan Baptista, 35, La Torre de Claramunt-Barcelona
Depósito legal: B 10026-2024
ISBN: 978-84-10107-62-5

A Mazyouna, que ya no ve
A Nanna, que vio más allá de mí
Y a Shatha, que me ve

Así habló el muro

Querido lector:

A primera vista puede parecer que las páginas que tienes entre las manos son la confusión mental de un hombre encarcelado que decidió, después de mucho vacilar, armarse de valor y ponerse a escribir. Pero no es así. Esta no es mi historia, yo sólo me limito a relatar sucesos que he visto y oído. Esta es la historia de un muro que de algún modo me eligió como testigo de lo que dice y de lo que hace. Las frases de este texto no andarían encadenadas si no se apoyaran en este único elemento sólido que es el muro; se habrían disgregado y diseminado de no ser por el cuidado constante del muro. Desde el comienzo de este periplo, el muro me ha conferido todas las particularidades que me definen y todos los nombres por los que se me ha conocido: en el campo, a las afueras de la ciudad, en la cárcel y en el corazón de una mujer.

Yo soy la voz de este muro. Así es como él ha decidido hablar. Estas páginas son auténticos escritos penitenciarios, con todo el padecimiento, el caos y la confusión que estas conllevan, no nacen de una discusión a altas horas de la noche en un café frecuentado por intelectuales, sentados a una mesa atestada de bebidas y de historias. No, estas páginas surgen de las entrañas de un muro de hormigón, un muro tan duro que apenas puede grabarse nada en él. Son palabras escritas con hierro en el duro hormigón.

Escribí con todas las palabras y frases que guardo dentro de mí. A veces las separaba, y otras las enlazaba. Escribí según lo que me dictaba el muro, acatando sus propias reglas. Escribí como alguien que entrega sus últimos pensamientos antes de que el reloj se detenga. Escribí sin florituras, salvo las que me imponía el propio muro. Escribí porque en un tiempo de esterilidad, limitarse a leer ha pasado a ser un acto de cobardía.

¡Espero que la lectura te sobrecoja!

Nasser Mazyouna Abu Srour

Primera parte

YO, MI DIOS Y UN LUGAR ENCLAUSTRADO

Rechazar y retener

Hace dos semanas, tras un largo periodo de apatía, decidí leer un libro de Kierkegaard, en el que afirma que la mejor manera de preservar el amor es rechazar al ser amado y reprimir todo instinto de posesión, es decir, la pulsión de crear dependencia y de actuar en beneficio del propio egoísmo. Kierkegaard sostiene también que esta renuncia sólo es posible por medio de la irracionalidad de la fe.

No fue una lectura fácil. La celda tuvo que expandirse para dejar paso a las numerosas preguntas que acudieron a mi mente. Raras veces ocurre, pero esa vez ocurrió, y, aún hoy, no sabría decir si fue por mi bien o por el suyo. De hecho, mi celda se llenó de repente de toda una serie de: «¿cómo es posible?», «¿cómo se hace?», «¿cómo puede ser?». Y sólo una hora más tarde, cuando nuestras puertas seguían cerradas con llave, me quedó claro que aquella irrupción de preguntas me colocó frente a opciones inimaginables. Y así fue como mi reclusión se convirtió en una invitación a buscar posibles respuestas.

Puesto que toda certeza surge de una duda, creo que todo parte de esta pregunta: ¿cómo puede una renuncia voluntaria generar satisfacción, aceptación, resignación? ¿Cómo es posible que aferrarse a un muro sea el camino más corto para saltar al otro lado? ¿Podemos liberarnos nosotros solos de nuestras propias cadenas? ¿Y puede llenarse el corazón de un amor que no tiene destinatario? Las líneas que aquí he escrito son mi respuesta a estas y otras muchas preguntas que me han planteado los largos años de reclusión, y también son mi confirmación del amplio margen de maniobra que se genera cuando mediante una renuncia se contrarresta la prevaricación, la dictadura de la dependencia y el instinto de poseer lo que no puede poseerse.

El viaje empieza cuando renuncias a todo aquello en lo que creías: tú, que has adoptado miles de yoes, y a cada uno le has dado la facultad de hablar; tú que terminaste por creerte todas y cada una de sus innumerables narrativas, para cambiar de opinión y poder ir más allá; tú que unas veces tuviste fe y otras te sacudías de encima el legado religioso que te oprimía; tú que a veces luchaste por la libertad y otras fuiste esclavo de una realidad que considerabas un regalo del cielo, aunque te desmoronaras en sus pliegues; tú que lo has santificado todo sin santificarte nunca a ti mismo; tú que por un tiempo fuiste dueño de los espacios en blanco, que llenaste con tus propias palabras y significados, y en otros fuiste rehén de un vocabulario escrito en tiempos que no eran los tuyos por manos expertas en el arte de politizar textos, de crear modelos y de dar respuestas admirables a las preguntas del momento y a otras que estaban por venir, hasta que, finalmente, cuando cada pregunta entra en tus entrañas y tus preguntas se convierten en dudas, y tus dudas en errores y tus errores en una llama de la que no puedes salvarte, ya estás perdido en la oscuridad de tiempos que se niegan a concluir, encerrado dentro de espacios culturales que ningún sol ilumina y ninguna luna embellece.

Así pues, ¿adónde escapas? Para huir de ti mismo sólo puedes refugiarte en tu interior, pues sólo llegas a ser tú cuando rechazas tus «yoes» insignificantes y te aferras al único que eres de verdad, sólo si eres tú quien decide qué nombres, qué características y qué significados debes dar a los elementos fundacionales de tu existencia. Sólo si te metes tu «tú» en tu interior, que ya no necesita defenderse porque se ha librado de los escollos religiosos, sociales y políticos que lo inhibían. Sólo los frenos inhibidores que, a fuerza de violarte y juzgarte con su propia vara de medir, te obligaron a defenderte, hasta el punto que, cuando tus barreras protectoras se derrumbaron, fuiste el primero en declararse culpable. Tú, sin embargo, los rechazaste y, después, lograste reconciliarte con el «tú» que realmente eres, el que habías creído que era una mala copia de ti mismo. Sólo entonces pudiste volver a armarte con un muro que te representa y que contiene todo tu «yo».

En ese muro encontraste un lugar en tu geografía interior, un lugar donde no hay competitividad ni rivalidad, porque ninguno de tus «yoes» reniega de los demás ni los juzga. Ninguno pretende hablar por ti, ser todo lo que eres, todo lo que dices, todo lo que callas, todo lo que cuentas, todo lo que estás obligado a ocultar.

Cuanto más aumentaban las preguntas, más temía que mi celda no pudiera soportar el exceso de ellas, pero eso no me disuadió. Recordé el invierno de 1993, la celda número 24 en el módulo de interrogatorios de la cárcel al-Khalil, en Hebrón, y las dos palabras que había grabado en el muro. «¡Adiós, mundo!» En aquel entonces yo no había leído a Kierkegaard y su renuncia, pero sabía desde el principio que tenía que renunciar a la posibilidad de ser libre y abrazar ese muro si lo que quería era sobrevivir. Era muy consciente de que se trataba de una reacción defensiva dictada por el instinto de supervivencia, pero no tenía ni idea de que al hacerlo estaba llevando la libertad al amplio campo de la imaginación y renunciando a considerarla una pregunta urgente que exige una respuesta, y, sin embargo, la retenía firmemente creyendo que era un sueño que sigue siendo hermoso, aunque no se haga realidad, igual que como cualquier palestino que, siendo consciente de su propia esclavitud y de la limitación de sus propias opciones, tiene que perder la libertad para poder ser libre, tiene que morir para poder vivir.

Mi flirteo con el muro empezó pronto. Durante todos los años de una reclusión que daba vueltas inútilmente, y que temía que se desvaneciera si se detenía un instante, el muro siguió siendo mi única constante. Lo convertí en mi punto de referencia, concreto y estable, que me permite definir la posición, la velocidad y la distancia de cualquier presencia que me rodea. Y, sin embargo, no, no me convertí en el centro de ese universo, al contrario, encontré mi lugar dentro de él. Y es que cuando uno se asienta en la estabilidad es cuando adquiere la capacidad de percibir su entorno, la posición de las estrellas, la cantidad de granos de azúcar que lleva el primer café de la mañana, el número de rayos de sol que se cuelan por una ventana que no da a ninguna parte, o el traslúcido tejido del vestido de una mujer que viene a hacernos compañía al caer la noche.

Y así mi muro, en el momento en que me aferré a él, renunció a su consistencia física y asumió todas las intenciones y aspiraciones de quien lo diseminaba. Estaba confuso, pues ¿cómo iba un muro a restringir la libertad de alguien que ha renunciado a su libertad? ¿Alguien que se había aferrado a él con tanta fuerza que casi lo ahoga?, ¿que coqueteaba con él como si fuera su amante y reanudaba sus costumbres, incluso las más íntimas, bajo su protección? ¿Alguien que le contaba hazañas increíbles con la esperanza de que, fuera ya por ignorancia o por desatención, el muro acabara creyéndole? ¿Alguien que le explicó el noúmeno de Kant, argumentándole que la realidad de las cosas no es externa a nuestras sensaciones y percepciones, y si no lograba convencerlo, desparramaba las piezas del tablero y las volvía a colocar en su sitio porque las cosas son lo que queremos que sean?

Creí que cuando acabara la lectura de Kierkegaard, escaparía de todas las preguntas que me había planteado, pero de pronto, despreocupándose de mí, propulsó mis pensamientos hacia un viaje a través del tiempo, tan lejos que pensé que no habría modo de regresar. A través de luminosas lejanías, contemplé las diversas etapas de mi vida, con todos sus pormenores, sucesos y personajes, unos reales y otros ficticios, meros productos de mi imaginación. Pensé que no volvería atrás, que permanecería suspendido entre dos momentos distintos: el presente en el que vivía y otra época en la que contaba una historia familiar y en la que todos los rostros se parecían al mío. Permanecí así durante días, suspendido, ingrávido, durante días, sin percepciones sensoriales o físicas que llevaran las cosas a su definición primigenia. Impulsado por un febril instinto de supervivencia, decidí dejarme caer, junto con todo aquello que llevaba encima o a lo que me había aferrado a lo largo de medio siglo de vida; y pensé en la escritura como una herramienta para deslizarme sobre el papel y, tal vez, para encontrar mi zona de seguridad.

Todos los acontecimientos de mi vida –pasados pero también presentes– se alinearían, hombro con hombro, para organizar mi encuentro con aquel muro en aquella celda. O eso creía yo.

En el comienzo

Nadie elige su comienzo, sino que tras un breve tiempo de vida y un cierto esfuerzo por descubrir y luego ampliar los confines de nuestro entorno inmediato, todos empezamos a hacernos preguntas acerca de cuándo, cómo y dónde. Y así nos damos cuenta de que los inicios de nuestra existencia han salido, de un salto, por la puerta grande, y que el prólogo y los primeros capítulos de nuestras hazañas sólo pueden escribirse si se tienen en cuenta no sólo el entorno que nos rodea, sino también los sistemas morales, las estructuras sociales y las interacciones primarias y posprimarias que determinan nuestro ambiente. De hecho, algunas de las personas que nos rodean, nos tratan como un objeto de tutela, y ejercen diversas formas de autoritarismo, control y opresión sobre nosotros. A medida que crecemos, las distintas formas de tutela –patriarcal, familiar y social– se multiplican y obstruyen nuestro camino interior con normas, instrucciones interminables y listas contradictorias acerca de lo que está prohibido, lo que es deshonroso o de lo que, por el contrario, es meritorio. En definitiva, en un contexto en que el imperativo es el único y esencial modo del verbo, los comienzos son siempre complicados y hacen que todas nuestras tentativas por desembarazarnos de las ancestrales cadenas que se interponen en nuestro camino sean inútiles.

Nací en un campo de refugiados cerca de un lugar que sigue llamándose la «Ciudad de la Paz», aunque todo lo que Belén ha conocido de la paz es su ausencia. Cuando el profeta del amor se marchó de esa ciudad con todas sus buenas nuevas, la ciudad se hundió en un bosque de lanzas. Mi padre no sabía nada de la historia de esa ciudad, y de haber sabido algo, no creo que le hubiera preocupado mucho. Para mi padre, el Mesías era como todos los demás profetas, que decían muchas cosas que él no entendía. Y de haberlas entendido, no creo que les hubiera prestado demasiada atención. Mi padre tenía otras cosas de las que preocuparse, y los únicos profetas a los que daba crédito eran sus paisanos, que dos horas antes de que llegasen los invasores, predijeron cómo iban a acabar las cosas y abandonaron apresuradamente sus casas; ese fue el comienzo de una huida, a pie, que, en cuestión de veinticuatro horas, le había obligado a dejar atrás todo lo que había conocido en su vida, salvo la ingenua esperanza de que el cielo cuidaría de él.

Belén, la ciudad que acogió a mi padre, acababa de ingerir la última cena, y ya no quedaba nada en la mesa para un joven de veintitantos años que, hasta la víspera, estaba acostumbrado a alimentarse con los frutos de su propio trabajo y el sudor de su frente. Ese joven no había dedicado mucho esfuerzo a entender la psicología de la tierra ni a analizar el caos de las estaciones y sus rotaciones. De niño, había aprendido a aceptar lo que cayera del cielo, igual que los profetas, y le parecía inútil quejarse. En pocos meses, la ciudad del Mesías le había levantado una tienda, financiada por las iniciativas conjuntas de reyes, sultanes y presidentes, gente que, hasta entonces, mi padre había creído que eran personajes imaginarios que formaban parte de las historias de mi abuelo.

Durante unos años, mi padre desempeñó diversos empleos, trabajó para gente que hablaba una lengua que él no entendía, y también en la construcción de casas de arquitectura singular, y al final consiguió ahorrar el dinero suficiente para prometerse. Mi madre no había cumplido los catorce años cuando se casaron, y fue mi padre quien la ayudó a adquirir los conocimientos suficientes para desempeñar las tareas domésticas. Con los cinco sentidos a flor de piel debido a la dureza de la vida en el campo de refugiados, esa chica de pueblo se convirtió enseguida en la señora de la tienda y en adquirir la destreza y las aptitudes necesarias para abordar su difícil tarea.

Mi padre, por su parte, desempeñó muy bien su papel de «hombre de la casa», y yo fui la quinta –no la última– prueba de su hombría; de hecho, entre la primera *Nakba** en 1948, y la segunda en 1967, mi padre se apuntó ocho victorias, todas ellas recibidas con gritos de júbilo que atestiguaban su instinto de supervivencia y un deseo de resarcirse de las pérdidas que él sabía que nunca podría recuperar. Y así, en virtud de esa conciencia previsora, mi padre delegó en nosotros la carga de compensarle por todo lo pasado y lo presente que se le había arrebatado: por su tierra y por todas las criaturas que vagaban por ella, por sus pequeños sueños –y por aquellos algo más grandes–, y por muchas otras cosas que ni siquiera se le pasaron por la cabeza; sobrepasado por el esfuerzo de mantener, además de mis abuelos, a una familia que, en cuanto al número de miembros, estaba muy por encima de sus escasas posibilidades. Habría sido aplastado por el peso de la propia vida de no ser por la delicada intuición femenina de mi madre, que procedía de una larga estirpe de mujeres que percibían la incapacidad y la frustración de sus maridos y habían salido a buscar trabajo, haciendo caso omiso de la desaprobación social que suscitaba su pequeña rebelión. En la década de 1980, debido a la nueva recesión económica, nuestra familia entró en una nueva etapa, la del matriarcado y el matrimonio.

Mi padre ejercía su autoridad y aspiraba a dirigir nuestras vidas según sus propios instintos y los métodos que había heredado de un atávico e inamovible orden social, que no mostraba signos de fragilidad y lo mantenía a raya con sus leyes, siendo aún más rígidas por la inquietud y el temor de la Ocupación y las repercusiones que podría tener en el tejido social, tanto fue-

* Literalmente «catástrofe», designa el éxodo de los palestinos que se vieron obligados a abandonar sus hogares tras la creación del Estado de Israel. *(N. del T.)*

ra como dentro del campo. Vi con mis propios ojos el efecto que esos métodos tuvieron en mis hermanos y hermanas mayores. A medida que crecía me di cuenta de que la pobreza iba poco a poco atenuando el lado viril y socavando la autoridad paterna; de hecho, mi padre aceptó el traspaso en favor de mi madre sin mostrar resistencia ante la progresiva pérdida de una hegemonía que, pocos meses antes, le había pertenecido por derecho. El traspaso de poderes se produjo finalmente de manera pacífica, y él enseguida encontró roles alternativos de los que se beneficiaron mis hermanos y hermanas más jóvenes. El hecho de no tener cadenas económicas hizo que estuviera más próximo a nosotros, ya no nos miraba con el miedo en los ojos, y descubrió de nuevo la capacidad de escuchar y de sorprenderse. Yo fui el más afortunado. Por la noche su pecho se convertía en el campo de juego en el que practicaba mis rituales infantiles y, a la larga, me convertí en la «niña mimada de papá», como solía decir mi hermano mayor cada vez que tocábamos este tema.

Mi padre, consciente de la dinámica familiar, asumió sus nuevos roles con la sabiduría de quien no tiene otra alternativa, y siguió con interés las iniciativas de su esposa y las nuevas políticas educativas y financieras que ella aplicaba. Mi madre, por su parte, tras ser consciente de cómo había cambiado su forma de ver las cosas, y debido al cambio de las condiciones socioeconómicas, asumió, de la noche a la mañana, el rol de cabeza de familia, asumió la responsabilidad y se convirtió en la destinataria de todas nuestras peticiones. Sin conocimientos ni una preparación previa, pero bien dotada de una intuición maternal, desarrolló enseguida la capacidad para tomar decisiones y una verdadera destreza a la hora de gestionar los recursos familiares. En contra del aforismo marxista de que la libertad no es más que un concepto burgués, mi madre se dispuso a expandir el alcance de su libertad hacia nuevos dominios, convencida de que sus hijos serían capaces de aprovechar del mejor modo posible el espacio que les proporcionaba.

Por segunda vez, tuve la buena fortuna de ser el principal beneficiario de la atmósfera de libertad que se respiraba en nuestra casita. Ese periodo coincidió con el inicio de mi adolescencia, con toda la carga de enérgica rebeldía que esta conlleva. Así que aproveché todas las oportunidades para romper las ataduras que aún me oprimían. Incluso me atrevería a decir que exprimí al máximo cada centímetro cuadrado de ese espacio, hasta el más infinitesimal. El nuevo horizonte colmado de posibilidades no era, sin embargo, el único privilegio que mi madre ofrecía a un muchacho, cuyos afanes superaban con creces las estrictas restricciones impuestas por las leyes que regían la vida en un campo de refugiados. También difundió y diversificó la comida que traía a la mesa, lo que a su vez nos permitió desarrollar el sentido del gusto y enriquecer gradualmente nuestro vocabulario gastronómico, empezando por las variedades de fruta que coloreaban la cesta que estaba en un rincón de la cocina, una cesta que casi cantaba, inspirada por los intensos colores y olores que transitaban por ella, para terminar con la carne que se incorporó a nuestra mesa un día más a la semana: el almuerzo del viernes dejó de limitarse a una sola ración de *maqluba*.

Mi padre seguía con su modesto empleo como vendedor de ropa usada, que, antes de que llegara a sus manos, ya había tenido tres o más dueños. Todos los sábados, me despertaba por la mañana temprano para que le ayudara a cargar de ropa su carro metálico y lo llevara al mercado de la ciudad, donde mi padre se había adelantado para escoger un buen puesto donde mostrar sus artículos. Nunca entendía por qué yo llegaba siempre tarde, y, en un determinado momento, dejó de pedirme explicaciones. Para llegar al mercado con el carro tenía dos opciones: un camino corto que le habría ahorrado a mi padre algunos angustiosos minutos de espera de aquel hijo suyo que se paseaba con su mercancía, que él había conseguido reunir para contribuir al sustento familiar, y otra, más larga, que habría prolongado sus temores y angustias, pero que daba un amplio rodeo a mi escuela, algo que, como consecuencia, reducía el riesgo de encontrarme con mis compañeros de clase. Eso solía ahorrarme fútiles intentos de ocultar las lágrimas de vergüenza que me humedecían la cara cada vez que me encontraba con alguno de ellos, o con dos o tres si ese día tenía especial mala suerte. No sé qué me avergonzaba más: si el carro de mi padre lleno de falsas promesas, o mi padre en sí, cuyas manos impotentes carecían de los medios y de las herramientas para cumplirlas.

El campo

Alrededor del campo de refugiados hay estructuras arquitectónicas que casi podrían recordarnos a una ciudad si se hubiera hecho un pequeño esfuerzo por organizar las diversas zonas y eliminar sus incongruencias. De hecho, aquí, cada casa cuenta a su manera la historia de la ciudad. Aquella de allí, por ejemplo, construida en los años setenta, parece inclinarse hacia adelante para captar la atención de los transeúntes y así ser la primera en hablar de la historia antigua de esta ciudad sagrada, al exhibir, pintada en su fachada, una puesta en escena surrealista que muestra, de lado a lado, símbolos religiosos y representaciones profanas. Y no hay nada malo en ello, si uno decide extrapolar una sola época de las muchas que ha vivido este lugar y centrarse en su primer mártir, en su salvador que permanece allí, suspendido en el aire, con los clavos que sangran en manos y pies, rezando para salvarse y no morir. Otra, sin embargo, la casa que hay enfrente, fue construida en los años cincuenta y tiene las paredes intactas, desprovistas de todo simbolismo. Evita mostrar sus deidades o los nombres de sus profetas como si estuviéramos todavía en los primeros tiempos del Islam y temiera que una palabra –o un símbolo– la relegase a ella y a todos sus hermanos a la ira de la tribu Quraish, los gobernantes politeístas de la Meca; o, al menos eso es lo que supones hasta que no te acercas un poco más y descubres, en el centro de la fachada, una escena de agradecimiento al Único Dios, junto al que no se puede adorar a un segundo o a un tercero. Y finalmente cuando creías que habías descifrado las sucesivas identidades de la ciudad con la elocuencia de un erudito, te llama la atención un tercer elemento, y de nuevo te asalta la confusión que habías percibido al entrar en la ciudad. Pues la siguiente casa –o algo que se parece a una casa– apela a los peregrinos que regresan de su visita a Jerusalén y les invita a recibir la bendición que desciende sobre cualquiera que toque o bese la roca sobre la que Raquel, esposa del profeta Jacob, apoyó la cabeza cuando se tendió a descansar de camino a Hebrón. En 1948, justo cuando Belén se hubo convencido a sí misma de que estaba saturada de múltiples identidades y se detuvo para sintonizar su respiración con el tañido de las campanas que llamaban a la oración y al canto de sus cánticos, justo entonces, mi padre llegó junto con una caravana de gente que, como él, ni siquiera tenían un hogar.

Y justo en medio de la ciudad levantaron una tienda que, en poco tiempo, se convirtió en su mísera vivienda y, más tarde, en un campo de refugiados. A pesar de su céntrica ubicación, el campamento vivía en los márgenes de la ciudad, y aquella pobre gente sólo se sentía aceptada, segura y a veces incluso en deuda por el espacio vital que aquella marginalidad les concedía.

El campo pasó por sucesivas fases, primero la de las telas y el viento que, cuando soplaba fuerte, no tenía piedad con aquellos desdichados que no habían aprendido a agarrarse a algo y por eso acababan zarandeados a diestro y siniestro. Luego vino la fase de los ladrillos y de la generosidad internacional que cubrió la desnudez e ineptitud de los donantes, así como la connivencia de algunas personas del campo, que comprendieron que ningún regreso inminente iba a liberarlos, y que, por lo tanto, se acostumbrarían a vivir para siempre de esa manera. La última fue la fase del hormigón y de las viviendas construidas con la mano de obra barata de gente que decidió –después de perder su propia tierra– dejarse rescatar por quienes los desplazaron. Así pues, sobre las ruinas de sus propias casas, trabajaron para los invasores, gente que llegó en busca de una patria, creyendo una promesa que les hizo su Señor.

Yo entré en escena durante la fase de impotencia y connivencia, nacido en el seno de una familia marginal, que vivía en un lugar marginal, lleno de gente marginal, en el cual sólo hablaban personas que nadie escuchaba o que no tenían voz. Como cualquier niño marginal, empecé a explorar los límites de mi marginalidad, sin prisas, poco a poco. Cada hora era tan larga como toda una vida, y el número de casas en nuestras inmediaciones no superaba el de los cinco dedos de uno de mis pies descalzos, pies agrietados y secos, que se fortalecieron con el tiempo y me llevaron, raudos, por las callejas y a merodear por los angostos barrios que, a medida que pasaban los años, se constreñían cada vez más, mientras mi cuerpo crecía sin importarle lo más mínimo cómo aquel lugar era incapaz de expandirse; incapaz de dejar espacio a los niños que crecían, a sus piernas y brazos que se robustecían, a sus pies, cansados de dar los mismos pasos, incapaz de despertar en ellos una cierta curiosidad por la naturaleza y por lo que sucedía ante nosotros y también por todo lo que sucedía más allá de los distintos barrios del campo, un campo cada vez más asfixiante hasta el punto de dejarte sin respiro.

Todo en cualquier otra parte parecía más grande: el sol, las nubes, las estrellas. Allí, fuera del campo, la gente parecía más atractiva, tanto que, cuando la veía de lejos con su ropa nueva, imaginaba que celebraban una festividad en sus hogares que no iba a finalizar nunca, pero no se lo reprochaba, la verdad, porque las casas tenían bonitas fachadas blancas, con balcones que daban a pequeños jardines en la parte de atrás y un pequeño patio en la de delante. Casi podía oler lo limpias que estaban. Y comprendí entonces por qué queríamos que las festividades se marcharan tan deprisa por la mañana: los regalos que traían eran escasos, y profunda la decepción que nos causaban, y también por los muchos sueños que atesoraban nuestros niños bajo la almohada antes de dormir.

Mi yo adolescente no soportaba estar en los límites del campo durante mucho rato, vacilaba, pensaba en cruzarlos y acercarme a escuchar qué historias se contaban en aquellas casas. Estaba convencido de que serían mejores que las que contaba mi madre, tan aburridas, llenas de detalles que me confundían y finales felices que deberían de haberme garantizado un sueño reparador. Así que salté al otro lado. Lo primero que me llamó la atención fueron las hileras ordenadas de las casas. Estaban de espaldas al campo, y yo no sabía si estaban dispuestas así a propósito o por motivos que no atinaba a entender. Y sin embargo, aquellas hileras ordenadas me producían una sensación de hostilidad, sensación que luego se me confirmaría por las miradas de la gente que vivía allí, que habían acogido a la festividad en sus hogares y echado el cerrojo a sus puertas y ventanas. Y así la escenografía romántica que prevalecía en las casas, perpetuamente festivas, se convirtió en un thriller en el que un niño intruso, espoleado por la curiosidad, salta furtivamente una valla, se pone a cubierto tras un muro, se oculta en una zona sombría y, por último, encuentra el camino de regreso al campo.

Mi primer encuentro con el otro lado no me intimidó lo suficiente como para disuadirme de volver a intentarlo, al contrario, no hizo más que avivar mi curiosidad. El camino me parecía ahora más cercano, y todo incitaba a mis pies a intentarlo de nuevo. Pero esta segunda vez, me sorprendió mucho ver que las casas habían abierto sus puertas de par en par. Las calles estaban atestadas de gente que celebraba la festividad. Nada en mi primera visita me había preparado para este nuevo escenario. No había muro que disimulara mi tensión y mis pasos errantes, ni rincones donde esconderme para huir de los ojos que me miraban atentos y recelosos, una actitud que consideraba del todo injustificada. Pero ¿qué es lo que temía aquel lugar al otro lado del muro de un chico afligido con una curiosidad desbordada de origen divino? ¿De un joven de adolescencia precoz? ¿O de un campo de refugiados tan angosto que dejaba sin respiración a sus habitantes?

Esa especie de ciudad que rodeaba el campo por los cuatro lados cerraba sus puertas para bloquear el acceso. Nuestras casas y barrios estaban atestados de recién nacidos, el campo había intentado ganar un poco de espacio para albergarlos, hasta que se dio por vencido y los acomodó como podía. Esos niños heredaron las costumbres marginales del campo, porque no hubo ninguna acción ni discurso nuestro capaz de marcar la diferencia, de incidir en la historia o la geografía de la ciudad, una ciudad que se desvinculó de nuestra narrativa y tachó de mentiroso a cualquiera que hablase de expulsión o de exilio forzoso, que arrojó sobre el campo un diluvio de acusaciones, que minimizó sus sufrimientos, lo despojó de sus múltiples identidades y utilizó todos los sinónimos del diccionario para expresar conceptos como traidor, fugitivo, emigrante, refugiado, forastero, desterrado y extranjero. Una ciudad que, por fin, vinculó el campo de refugiados en un tiempo y lugar paralelos, donde, lenta y metódicamente, comenzó a tejer los hilos de su propio distanciamiento, donde los acontecimientos históricos se ordenaron de acuerdo con un nuevo guion, cuyo inicio empezaba con la expulsión durante la Nakba, sin que hubiera nada antes ni nada después. Ningún tiempo preislámico capaz de justificar el uso de las tiendas, nada del profeta emigrante que llegó a ser dueño y señor de Medina, nada de los cruzados ni de Saladino. La historia del campo quedó desprovista de leyendas. No teníamos héroes que cabalgaran a lomos de las nubes, martillo en mano, ninguna generación poblada por dioses, ningún mortal que hablara con su Señor, ningún sabio que caminara sobre las aguas, ningún profeta que hiciera manar agua de una piedra.

Y así, el campo circunscrito forzosamente a un perímetro angosto y un vocabulario asfixiante, tuvo que elaborar su propio mito, y lo hizo con símbolos, héroes y acontecimientos, algunos reales y otros ficticios, además de realidades alternativas. La gente se vio obligada a inventar herramientas e instrumentos para escribir, por si sus recuerdos envejecían y la visión se volvía menos clara y la memoria más confusa. En el campo no había ninguna élite que escribiera su leyenda, que pudiera formular un discurso, para reconstruir las casas en ruinas o reabrir las puertas de los que se quedaron como estaban. No había ninguna élite capaz de aglutinar una visión que reuniera lo que los padecimientos del camino y la magnitud de la pérdida habían hecho pedazos.

Como resultado, el campo estaba solo y aislado, rodeado, de una historia que lo despreciaba, que lo excluía de la totalidad de sus textos, que nada decía sobre la pérdida de su patrimonio, una historia que había levantado muros demasiado altos para treparlos, para garantizar la pureza de su raza. Así que el campo recurrió a los niños que crecían en él, niños que ya no aceptaban el campo como su identidad ni tenían la sensación de pertenecer a él. Esos niños rechazaban los confines del campo como límites de su imaginación y repudiaban las políticas de marginalización.

La segunda generación de la Nakba esperó veinte años para poder sacudirse el pesado y opresivo legado de derrotas que no eran suyas. En 1987, anunció la revolución y utilizó piedras para escribir las primeras páginas de su leyenda. Torsos desnudos, brazos extendidos, ídolos destrozados, techos de cristal hechos añicos y vacas sagradas que fueron llevadas al matadero. Los padres recularon mientras sus hijos daban un paso adelante para escribir su propia historia. Un campo de refugiados, un pueblo y una especie de ciudad..., una liberación, un retorno, una victoria, una espera, grandes sueños y pequeños héroes... otro campo, una playa y una montaña de fuego: todos los elementos de una épica que se había hecho realidad, una leyenda escrita en un muro. Una generación que hasta ayer había estado encaramada a las barreras de su campo, llena de dudas, ahora se convertía en la dueña del lugar y en la narradora de la historia. Ojos que antes habían velado por ella, ahora empezaron a verla con respeto. Los balcones renunciaron a sus antiguas fiestas, para festejar el cambio. En las paredes de las casas colgaban carteles de los que habían sido asesinados la víspera y de quienes alcanzarían la victoria más sensacional al día siguiente. La leyenda renovó la historia de ese territorio, devolvió el sentido del tiempo y del espacio, tendió puentes y derribó muros, cambió las máscaras de la huida y la supervivencia por un trozo de tela para envolverse el rostro antes de la batalla; rechazó las palabras bonitas por hechos, vació los discursos proféticos de sus padres y los llenó de huesos rotos y de cadáveres para enterrar.

Nuestro campo nunca hubiera hecho las paces con cualquier entidad que lo rodeaba, nunca lo hubiera hecho, ni bajo cualquier árbol ni sobre cualquier tierra, nunca se habría reconciliado con un pasado que ahora estaba enterrado en las profundidades de una tierra que antaño había sido suya. Cuando una nueva generación ocupó el lugar de la élite anterior, adoptó el espíritu del regreso y configuró una imaginación colectiva capaz de minimizar las divergencias. Su imaginación logró que los sueños fueran posibles otra vez. Por medio de esa leyenda, el campo recuperó un vocabulario que se había desvanecido. Y a partir de entonces, pese a carecer de los medios y los instrumentos, nunca han dejado de escribir su historia con letras que llegan hasta el cielo.

Toda historia se compone de tres elementos –tiempo, lugar y personajes–, así como algunas cuestiones por añadidura. Sin embargo, la narrativa del campo no tenía ni tiempo ni lugar. Largas décadas de Ocupación habían interrumpido la conexión entre tiempo y lugar, que se alejaron en direcciones opuestas. Para aquellos que habían tenido que abandonar sus casas, bien en la primera Nakba o bien en la segunda, las manecillas del tiempo se habían detenido. Colgaron los relojes cual llaves sobre la puerta de la tienda por si el cielo los enviaba una segunda Pascua al anochecer, un segundo Éxodo que los liberara de su desdichado deambular por el desierto del exilio. Había que poner en orden los acontecimientos, restablecer un antes y un después de la Nakba. Todo lo que habían sembrado, la mitad de lo que habían cosechado, cualquier semilla que había quedado en la tierra y que se comieron los pájaros, todo eso era anterior a la Nakba. En cambio, todo lo que fueron incapaces de plantar, todo aquello que no pudieron cosechar y lo que negaron a los pájaros: eso era la época posterior a la Nakba. Cuando el lugar deja de moverse definitivamente a través del tiempo, lo que se ve son sólo almas jóvenes que llevan a las abuelas sobre sus hombros, junto con todo lo que son capaces de cargar a la espalda, y el lugar, mientras los ve cruzar las puertas del tiempo, se asusta y se clava en el suelo, aterrorizado por la posibilidad de que una explosión planetaria lo reduzca a polvo sin posibilidad alguna de resurrección.

Jacques Derrida dijo: «No hay fuera del texto». La historia del campo es un texto sin un tiempo ni un lugar, y esto lo ha convertido en polvo del tiempo y del lugar. Lo que escribe es una narración propia, prescindiendo de tantos hijos e hijas como sea posible con tal de llegar, no importa cuándo, a un cambio de ruta, un punto de inflexión que permita encontrar todos los elementos de la historia, un punto de intersección en el que puedan lograr un equilibrio. Desde el primer momento en que me di cuenta de que el campo estaba escribiendo su historia, supe que un texto me estaba esperando. Unas veces, era yo quien lo escribía, otras, me escribía él a mí. Aun así, nunca hice nada que probablemente fuera a salvarme, ni que me garantizara una vida futura similar a la de quienes me rodeaban. Qué va. Hice justo lo contrario.

La Intifada de las Piedras, 1987-1993

En otoño de 1987. A punto de cumplir dieciocho años, había organizado mis prioridades y tenía la sensación de que iba encaminado. Mis sueños no se verían condicionados por esos largos periodos que pasaba arrimado a las vallas del campo, reconcomido por la envidia y la rabia por lo que veía al otro lado. Una matriz cósmica de soles, lunas y galaxias ocultas me estaba ayudando a alcanzar mis objetivos, tanto los modestos como los desmesuradamente complejos. Nada parecía demasiado difícil para el Señor al que mi madre rezaba y le pedía ayuda en todo lo que hacía, cargando sobre Sus hombros las pesadas obligaciones y el desafío de atender a las necesidades cada vez mayores de la familia.

Las innumerables estrellas y cuerpos celestes en el cielo mostraban lo fácil que podía ser la tarea. De niño, aprendí sus movimientos y posiciones cambiantes, que tanto me maravillaban. Si alguna vez me sentía desanimado, sencillamente cerraba los ojos y privaba a los cielos de cualquier satélite que iluminaba su oscuridad. Sabía que el Señor de mi madre podía conseguirlo todo sin esfuerzo. Lo único que tenía que hacer era ejercer su compasión y emplear todas las letras del alfabeto en beneficio mío. A fin de cuentas, todo era posible a través de la orden divina: «Hágase».

Dios era como el campo: un lugar de entrega y aceptación, un alfabeto reducido, una existencia fuera del tiempo y del espacio. Yo servía por voluntad propia al Señor que sólo necesitaba tres letras que yo pudiera ser. Y era esclavo del campo porque elegí si ser o no ser. La divina Providencia, sin embargo, continuó acompañándome, a veces limando las asperezas del camino, otras poniéndome obstáculos en él. Después de aprender todo lo que pude de mis padres, cuyas virtudes no incluían la negociación, pasaba largas horas durante noches aún más largas negociando con el cielo. Con la astucia propia de quien ha aguzado los cinco sentidos ante los duros confines del campo, me esforzaba por convencer a Dios de que mejorase nuestras condiciones de vida, o, al menos, que modificara los términos del acuerdo.

Seguí así, como si yo fuera el momento y lugar al mismo tiempo, sin darme cuenta de que otros trataban también de conquistar la divina providencia que reclamaba para mí. Rezaban, ayunaban y glorificaban todos los nombres de Dios, se aferraban a la fe de la obediencia y la devoción, se levantaban al principio, en medio y al final de la noche para complementar las cinco oraciones diarias con una o dos más, como para ganarse la aprobación divina por simple acumulación numérica. Mientras tanto, yo, frente a la valla del campamento, me conformaba con devotas palabras con las que declaraba mi fe en el Señor misericordioso que me salvaría si por una vez –o varias– me dejaba llevar por la fuerza de mi lascivia.

Seguro de mis prioridades, mis resultados escolares fueron la confirmación de mis esfuerzos y la satisfacción de mi ego. Durante una época todo parecía posible. Las estrellas y los planetas se alineaban tal como yo quería, estaban tan cerca que casi podía tocarlos con los dedos; incluso las estrellas y las constelaciones estaban colocadas exactamente donde yo quería que estuvieran, sin excepción. Era una clara señal de que el cielo aprobaba mis planes para un futuro más allá de la valla, más allá de las personas cuya presencia daba por descontada. Pero ese momento fue muy breve, pues el campo, sus confines y esas personas veían las cosas de manera distinta. Sus planetas estaban mejor alineados que los míos, y la divina providencia se preocupaba más de ellos que de mí; el delito de querer un trozo de pan por desesperación los convirtió en una sociedad cohesionada, y su ira estalló en la Intifada de las Piedras.

Para el campo, la intifada fue un momento histórico, de grandes oportunidades que, de haberse gestionado mejor la crisis, podría haber abierto todas aquellas puertas de par en par que se le habían cerrado en las narices. El campo se habría convertido en el protagonista de un cuento popular que habría eclipsado a todos los demás, podría haber reescrito la historia y bajado el telón de las leyendas vivientes que se creía que eran invencibles, podría haber expulsado de la escena a personajes irrelevantes, héroes mitológicos y toda charla fuera de contexto que se prestaba a cualquier interpretación.

Muy rápidamente, como si temiera perder la oportunidad, el campo construyó su escenario. Incapaz de soportar más decepciones, escogió sus papeles, sus héroes y sus diálogos con la maestría de un director experimentado. Y en el centro de la escena, colocó a los desplazados, a los que, tras haber despojado de su propensión a la marginalidad, puso en la piel de un actor principal y luego los envió a llenar plazas y callejones repletos de héroes que sangraban copiosamente cuando las balas atravesaban sus cuerpos. En la primera apresurada escena en vivo, los protagonistas morían uno tras otro y nada en el realismo de la acción ni en la biografía del espectador recordaba a los héroes de Esparta o a los defensores de Atenas, aquí no hay dioses suicidas, ni semidioses hastiados de la monotonía de los cielos que descienden a la tierra para buscar la inmortalidad en la muerte. La temporalidad del dolor, la localización del sufrimiento y la irrevocabilidad de la muerte impregnaban cada escena, cada acto.

Las paredes del teatro estaban llenas de carteles y fotos que mostraban los elementos fundacionales del mito, así como murales que representaban una patria, una revolución y un logo triangular, nada de historias de victorias parciales o medias derrotas, nada de promesas divinas, ni tradiciones alejadas de la realidad ni juicios preconcebidos.

Los jóvenes que pintaban esos murales habían dado la espalda a los discursos que nacieron y proliferaron en una tierra sin patria y a la quimera de una gran nación musulmana, a una *umma* en la que la religión había muerto en el preciso momento en que todos ellos habían sido asesinados o apresados. Aquellos jóvenes, en cambio, daban forma a un nuevo sueño, que veía a un pueblo desarraigado unido en torno a una patria, una idea que recordaba la dimensión física del cuerpo y la geografía tangible de la tierra.

A pesar del limitado espacio, el teatro era lo suficientemente grande para acoger a todos los que participaban en el drama, con sitio sobrado en el escenario para improvisar, intercambiar papeles, personajes y diálogos. Personalmente, presencié intercambio de roles y objetivos, cómo evolucionó el campo, cómo la separación se convirtió en unión, el aislamiento en integración. Su aspereza y rigidez se suavizaron hasta convertirse en un lienzo en el que escribir la Constitución de una sublevación popular. Las fachadas de las casas se pintaron de negro, rojo o de cualquier otro color de los murales que, en una especie de graciosa evolución darwiniana, han seguido adaptándose a las cambiantes condiciones materiales y espirituales del campo con el fin de escapar a la extinción o a la demolición forzosa y porque, en última instancia, la memoria del lugar quedó grabada en estas fachadas, las propias paredes se convirtieron en uno de los actores principales de la representación.

Es indudable que la capacidad de mentir de las élites y la necesidad de creer de la gente constituyen los dos elementos esenciales a la hora de construir cualquier leyenda diseñada para establecer el conjunto de leyes y relaciones que, al regular cualquier sociedad, la lleva a aceptar el poder y la legitimidad del sistema que la gobierna. Hammurabi de Babilonia y el mito del buen rey enviado como regalo a su pueblo por el dios sumerio Anu para ser el guía divino del pueblo; Nüwa, la diosa china que creó a la élite dirigente con arcilla amarilla y a la gente de a pie con arcilla marrón; Púrusha, el ser primigenio, según los hindúes, de cuya boca surgieron las castas superiores, mientras que las inferiores lo hicieron de sus pies; el faraón Akenatón y su dios Atón; todos ellos son mitos, cuyas mentiras han mantenido unidas a las diferentes sociedades por medio de leyes, rituales y normas sociales. De ellos surgieron civilizaciones que poblaron el mundo de prosperidad y decadencia, muerte y renacimiento. Los profetas del monoteísmo no tuvieron más que restaurar y demoler el castillo de mentiras que les había precedido.

Necesitábamos una generación capaz de transformar una mentira en un mito que repudiara todo en lo que habíamos creído: la Nakba, la expulsión, las matanzas, los esfuerzos desesperados, la sumisión como valor, los consejos de nuestros padres y el miedo de nuestras madres. Necesitábamos nuevas mentiras en las que creer, mentiras que estuvieran más cerca de nuestros corazones, y en el altar de su verdad sacrificaríamos todo lo que nos quedaba, todas nuestras reservas para los grandes desastres que estaban por llegar.

Necesitábamos una generación entera de profetas, capaces de escribir en los muros y vivir en los corazones de la gente. Profetas capaces de morir crucificados y ser enterrados junto a nosotros para que pudiéramos seguir predicando sus mentiras y coreando las consignas y canciones que nos hubieran enseñado. Profetas capaces de cavar sus propias tumbas y elevar una última plegaria por nuestras almas cuando la tierra se volviera demasiado angosta para ellos.

Necesitábamos profetas que fueran miembros de nuestro cuerpo, que comieran lo que nosotros comíamos, que construyeran casas que, como las nuestras, fueran arrasadas por las inundaciones, que tomaran el café amargo con nosotros. Profetas que no se casaran, o que, si lo hacían, se casaran con una sola mujer, y si eran infieles, no negaran su traición ni tuvieran celos de sus esposas como siempre habían hecho los hombres de nuestra tribu.

Necesitábamos profetas que transformaran nuestro sufrimiento en poemas de un solo verso, que convirtieran nuestras preguntas en proyectos de investigación, que transformaran en fábulas las historias de nuestras abuelas, y nuestro éxodo en un regreso. Profetas que hablaran una lengua que entendiéramos y convirtieran todas y cada una de sus letras en una causa.

Necesitábamos una generación que se levantara en una intifada, una generación de otoño, una que dejara caer todas las hojas de higuera que cubrían nuestra desnudez para podernos enfrentar al espejo roto que tenemos en nuestro interior. Necesitábamos una generación que nos otorgase el mejor nombre que podríamos tener: la Generación de las Piedras.

Preguntas

Dime por qué estarías dispuesto a luchar y te diré quién eres. ¿Qué perturba tu sueño? ¿Qué sueños te despiertan con un sobresalto por la mañana? ¿Qué hace que te asome una lágrima a los ojos? ¿Te inquietas cuando llegan tarde las lluvias? ¿Cómo haces el amor? (¿O prefieres una versión más explícita de la pregunta?) ¿Sobre qué pecho apoyarías la cabeza si tu madre falleciera de repente? ¿Te molesta hablar ante el espejo o das un respingo cuando ves tu propia sombra?

¿En qué profetas crees? ¿Tiene Dios un lugar en tu pequeño espacio vital? ¿Y si fuera más amplio? ¿Se te da bien algún baile en particular? ¿Qué define tu pobreza: las cosas que posees o las que no? ¿Cómo tomas el café? Si te diera opción entre todas las cosas posibles, ¿serías capaz de elegir una? ¿Tu signo es Escorpio? ¿Has saludado alguna vez a una mujer que no conocías? ¿Qué clase de mujer te deja sin aliento y te provoca un vuelco el corazón? ¿Qué significa para ti el mes de octubre? ¿De qué lado estarás acostado cuando mueras? Si volvieses a nacer, ¿seguirías siendo tú?, ¿y adónde irías?

Dime por qué estarías dispuesto a luchar y te diré quién eres.

Estas y otras muchas preguntas difíciles agobiaban a un joven que aún no había cumplido los dieciocho. ¿Qué hacían estas preguntas tan apremiantes que merecían respuestas complejas en medio de aquella vorágine de gases lacrimógenos y asuntos más importantes? ¿Por qué no eludí las preguntas cuando tuve ocasión de hacerlo? Después de todo, dar media vuelta y huir es el primer postulado de la supervivencia si te encuentras en un callejón sin salida y las balas zumban a tu alrededor. Sin embargo, no eché a correr. Dejé que las preguntas me golpearan desde todas partes hasta que todas y cada una de ellas se convirtieron en un incentivo para buscar, investigar y experimentar.

Sin intentar ordenarlas por orden de importancia, puse manos a la obra. Las preguntas eran hermosas: eso fue lo primero que descubrí, y hermosas también eran sus implicaciones, sus posibles respuestas, los caminos para llegar al fondo de ellas, que a veces eran lineales y a veces tortuosos, porque la libertad de la que disfrutaba me daba la oportunidad de explorar, pero también de caer mal, y algunas de estas caídas me dejaron cicatrices que aún llevo conmigo. ¡Ay, la magnificencia de las preguntas! ¡Y qué escasas las respuestas! Esa es la impresión que me acompaña, pese a la sensación de aplazamiento que impuso la intifada a tantas de mis incertidumbres.

Me sorprendía la facilidad con que mis compañeros encontraban respuestas a muchas de sus preguntas. Volvían exhaustos del campo de batalla, comían los restos que quedaban en la mesa, de quienes habían aguardado tanto tiempo su vuelta que habían perdido las esperanzas, y se echaban a dormir en cualquier lugar que la tierra les ofrecía. Dormían junto a amantes imaginarias que, por la mañana, les permitían de nuevo volver a sus sueños. Dormían con la firme convicción de que la revolución sería victoriosa, incluso si dicha convicción los mataba. Yo envidiaba su prodigiosa capacidad de rechazar preguntas y, al mismo tiempo, aferrarse al consuelo de una respuesta. Envidiaba su sueño agotado, su fe en la victoria, sus amantes imaginarias, los orgasmos que tenían en sueños, pero nunca me rendí, abracé mis obstinadas preguntas con una obstinación aún mayor, aunque me condenaran a padecer una angustia nocturna y me magullaran tanto el costado derecho como el izquierdo de tanto dar vueltas de aquí para allá. Yo veía todo lo que había más allá, que me llamaba para que fuera a descubrirlo.

Quienes participaron en la intifada tenían la sensación de que cada una de sus acciones podría haber sido la última. Nada te garantizaba el mañana, ni siquiera cuando el día estaba tocando a su fin. Los besos que dejabas para la semana siguiente podían bendecir la boca de otro en vez de la tuya. Decidir no reconciliarte con tu padre después de una estúpida discusión podía privarte de la oración que salvaría tu alma. Una aventura nocturna con una chica que se echaba atrás en el último instante podía convertirse en tu decepción más profunda. La bala que no te alcanzó ayer podía matarte en una hora. La bandera de la victoria que escondiste bajo la cama de tu madre podía convertirse en tu mortaja.

Para mí, se había terminado el tiempo. Se había acabado el tiempo de la espera, de tomarse las cosas con calma y de aguardar un mañana mejor. El tiempo de estar encaramado al muro había quedado atrás. Aun así, yo era incapaz de abandonar esa infinidad de preguntas, una infinidad aún mayor de posibilidades y un hambre que casi me consumía.

Me puse, pues, a investigar. Y os dejo que imaginéis lo que seis años de investigación han supuesto para un hambre insaciable y para preguntas que nunca se vieron satisfechas con una sola respuesta posible...

¿Habéis terminado de imaginároslo?

Yo ni siquiera he empezado.

Pequeños dioses

Las inquietudes, obsesiones, intereses y preocupaciones en los que elegimos centrarnos dicen mucho sobre nosotros. Crecemos a medida que se expanden y retrocedemos cuando se contraen. Sea fruto de una elección o de una predisposición, cada una de las cosas que habitan en nosotros nos moldean, determinan gran parte de nuestros actos, nuestras horas de sueño, lo que celebramos en torno a la mesa del desayuno, las canciones que escuchamos, el número de minutos que pasamos intercediendo con Dios, así como el título y el precio de los libros que compramos y leemos. Las cosas que defendemos y amamos: eso es lo que nos define. Son las primeras cosas de las que hablamos cuando nos presentamos a alguien, en el primer encuentro con la primera persona que nos pregunta.

La Generación de las Piedras eligió concentrarse, además de en sus propias preocupaciones, en otras causas: los territorios árabes ocupados cuyos dirigentes vacilaban a la hora de luchar por recuperarlos; en una comunidad árabe que guardaba silencio acerca de los ladrones del país que consagraban sus derrotas, como si toda *umma* fuera de su propiedad; en los discursos nacionalistas escritos en lenguas extranjeras; en los miles de millones de pobres en un mundo que no dejaba de acumular riqueza; en los millones de personas que morían de hambre y quedaban reducidos a cifras, estadísticas y promedios en las últimas páginas de los periódicos en las capitales más importantes e influyentes; en los niños que estaban obligados a trabajar y en sus impíos capataces; en la mano de obra barata y en condiciones laborales aún más baratas; en las mujeres cuyos cuerpos son hostigados por manos pecaminosas; en un movimiento de mujeres que nunca renuncia a la lucha; en las arengas para despertar una masculinidad adormecida... Entre una manifestación y la siguiente, entre el funeral de un mártir y el entierro, los palestinos seguían encontrando el tiempo y la energía para llorar el dolor ajeno, para solidarizarse con las causas ajenas, para dejar espacio en nuestros estrechos muros a los detalles de su sufrimiento; escribimos y dibujamos tanto que, al final, las imágenes y los eslóganes se entremezclaron y formaron un extraño mural universal en honor a la dignidad existencial del sufrimiento, pero con tanta esperanza que compensaba el exceso de frustración y desesperación que vivíamos.

Hablábamos todas las lenguas del dolor. Dibujamos todos los escenarios posibles, nuestras palabras abrazaron todo el planeta, sin connotaciones racistas que se diferenciaran por la religión, el color de la piel o las convicciones. Nuestros torsos desnudos y ensangrentados acabaron con la visión estereotipada de nosotros como un Oriente bárbaro que necesitaba de un Occidente para frenar su brutalidad y salvajismo primitivo. En el léxico de nuestros murales, los sufrimientos ajenos no tenían color ni olor que los distinguieran de los nuestros, pues nos identificábamos con todo aquel discurso que se rebelara contra la injusticia y apoyara a quienes aún no habían triunfado.

Con furia, condenábamos los tediosos panegíricos en honor de reyes y sultanes. En su lugar, leíamos las obras de Nâzim Hikmet y Amal Donqol, y acerca de Võ Nguyên Giáp y el Che Guevara. Bailábamos en torno a la hoguera con los nativos americanos que quedaban. Recitábamos la al-Fátiha* sobre las almas de un millón de mártires argelinos. Nos apresuramos a cortar el nudo corredizo en torno al cuello de Omar al-Mukhtar en Libia. Cogimos entre los brazos tantos libros árabes como pudimos salvar de la destrucción de los descendien-

* Primera de las suras o capítulos del Corán. *(N. del T.)*

tes de Atatürk. Repetimos las palabras pronunciadas por De Gaulle después de su victoria: «¡París destrozada! ¡París martirizada! Pero París ha sido liberada». Hablábamos todas las lenguas del dolor, pero aún encontrábamos tiempo para sonreír y reírnos de los chistes. En el fondo, estábamos convencidos de nuestra victoria, y seguíamos creyendo en una vida mejor, en que eso pasaría, que ocurriría cuando nuestra larga muerte muriera, la enterraríamos en el patio de atrás y recitaríamos los poemas de la victoria que habíamos escrito para la ocasión.

Nuestros espacios públicos no eran lo suficientemente grandes para dar cabida a todas esas angustias. Y sin embargo, estaban todas ahí. Y en esa estrechez jugábamos como niños, volviendo con la mente a nuestra infancia perdida y a la necesidad de una inocencia que incluyera los errores pero también la certeza del perdón, de romanticismo que se manifestaba con todos sus excesos. Nuestras mujeres se transformaron en tantas poetisas parecidas a la preislámica al-Khansa, y todos nuestros muertos se habían ganado el paraíso. Nuestros frutos no caían con el paso de las estaciones, nuestra agua era dulce, nuestros veranos suavizados por las lluvias ligeras, nuestras naranjas turgentes, las piernas de nuestras niñas un relámpago y un trueno, y nuestro aire una brisa que acariciaba tu rostro. Ensalzábamos a nuestros poetas, aunque sólo hubieran escrito un poema antes de morir. Relatábamos sus hazañas, con algunos detalles inventados, pero ¿quién reprendería a un niño por mentir cuando cuenta una historia? Sólo exagerábamos un poco. Al fin y al cabo ¿qué es un mito sino un sueño que ha llegado a puerto después de una larga y agotadora travesía?

El romanticismo de los insurgentes nos enseñó a ser indulgentes, a perdonar cuando alguien miraba hacia otro lado. Encontrábamos siempre justificaciones para aquellos que no pueden darlas. Creíamos en lo que la literatura dice acerca de nuestra lucha: que quienes no actúan no fallan. Y así fuimos capaces de perdonarnos por los errores que cometíamos.

Estábamos cerca de la gente, cerca de sus penas y de sus preocupaciones cotidianas. Estábamos cerca de sus corazones palpitantes, acelerábamos el ritmo de nuestras acciones hasta donde lo podían soportar y lo aminorábamos cuando estaban exhaustos. Y la gente creyó en nuestro proyecto; creían en nosotros. Abrían las puertas de sus casas de par en par para cobijarnos. Nos protegieron y nosotros los protegíamos a nuestra vez.

La intifada nos dio una causa por la que luchar. Nos convirtió en pequeños dioses. La moldeamos a nuestra imagen y le insuflamos nuestro romanticismo, nuestra tolerancia y nuestra capacidad de perdonar los errores, desde el más pequeño al más grande. La acogimos y le dimos un sitio entre nuestros pensamientos y ella acabó ocupando el primer lugar. Luchó, resistió y obró los pequeños milagros que con tanta desesperación necesitábamos. Las causas, al igual que los sueños, sólo se materializan si creemos en nuestra capacidad de comprensión, de percepción y de fe para lograrlas. Lo único que nos hizo falta para liberarnos de nuestro provincialismo fue creer en la universalidad de la opresión y la globalización de la pobreza.

No teníamos ni veinte años, y sin embargo nos entregamos a causas que más tarde entrarían en el tercer milenio. Luchamos contra cualquier tentativa de esclavizar al ser humano. Arrojamos luz sobre héroes legendarios que se convirtieron en dioses cuando lucharon y murieron por sus causas. Nosotros también éramos dioses que sangraban y morían. Éramos dioses sin trono, sin un cielo que fuera nuestro hogar, sin nada que no hubiéramos creado de la nada. No éramos ni gobernantes ni súbditos, no aceptábamos ofrendas sagradas de nadie. Luchábamos con todas nuestras fuerzas, dormíamos cuando podíamos y mentíamos hasta la extenuación.

Éramos más grandes que nuestro país: nuestro mar, nuestra tierra y nuestro cielo.

Éramos más santos que nuestros santos lugares: nuestras mezquitas, nuestras iglesias y nuestros templos.

Éramos más deliciosos que nuestros huertos: nuestras manzanas, nuestras palmeras y nuestras vides.

Éramos más antiguos que nuestra historia: Canaán, Adnán y la lengua arábiga.

Éramos más elocuentes que nuestros poetas: Tarafa, Kuthayyir y el Rey Imru'l Qays.

Éramos, éramos, éramos...

Éramos dioses embusteros, pero creíamos nuestras propias mentiras. Creíamos que Palestina seguía siendo posible, que el camino era largo y quizá no la viéramos en nuestra vida. Creíamos que la libertad era posible, pese a todo lo que exigía, y que quizá nuestros sacrificios no fueran suficientes. No dejamos de creer ni un solo día. Habríamos muerto, si hubiéramos dejado de hacerlo. No dejamos de luchar ni un solo día. Sin la lucha, nos habríamos desvanecido sin dejar rastro. No abandonamos nuestra causa ni un solo día. De haberlo hecho, habríamos dejado de ser dioses para ser de nuevo hombres.

Las capitales árabes, infectadas por los muchos males que padecían, y por sus fervientes concesiones de atenerse a la realidad de los hechos, enfermaron. Las capitales árabes enfermaron tanto que empezaron a vomitar a sus refugiados palestinos, todos aquellos cuerpos extranjeros que se habían colado en su interior y perturbaban sus fronteras coloniales. Con la esperanza de curarse de sus males, los árabes acudieron a la Conferencia de Madrid en 1991, mientras que los palestinos se fueron a Oslo y otras capitales europeas para decretar, desde allí, el principio del fin de la más hermosa de todas las mentiras en la que habíamos creído.

Yo, ignorante de cómo la realidad de los hechos conspiraba con nuestras mentiras, seguí creyendo y mintiendo hasta el invierno de 1993.

A principios de invierno la detención y a mediados de invierno la cadena perpetua. Su fin aún no ha comenzado.

Una mañana aplazada

Enero de 1993. Pasé una noche de frío en casa de un amigo, fuera del campo. Intenté conciliar el sueño con la excitación de quien está agotado después de alcanzar una victoria gloriosa. La mañana se acercaba deprisa, como si estuviera ansiosa por ver cómo es el mundo a través de los ojos de los vencedores. ¿Por dónde saldría su sol? ¿De qué lado había dormido la noche? ¿A qué sabría el primer café de la mañana con sólo un poco de azúcar? Después de semejante triunfo, ¿tienen los vencedores hambre a la hora del desayuno? ¿Se lavan la cara o se dejarán en ella el polvo de la victoria? Yo quería saber qué aspecto tendría cuando llegara a la universidad. ¿Parecería más alto? ¿Más atractivo? ¿La chica que tanto me gustaba percibiría las señales de mi victoria y, en consecuencia, dejaría de ignorarme, como había hecho durante un par de meses?

Había cargado aquella mañana de tantas expectativas y preguntas que empecé a temer que se asustase ante tanta responsabilidad y no llegase nunca. Mis dos amigos se habían dormido enseguida, mientras yo había permanecido despierto, atenazado por la ansiedad que todo ganador siente por su victoria, el aterrador que te dice: «Será la última». Incluso inmerso en la ebriedad de mi triunfo, nada me garantizaba que la mañana fuese a llegar; y, de hecho, una sola hora hubiera sido suficiente para arrebatarme todas las victorias que había logrado el día anterior. Del mismo modo que una sola hora podía mandar al infierno todos los recuerdos de mi clase de las dos de la tarde y una conversación con Natalie, la joven profesora auxiliar de atuendo llamativo a la que impresioné con mis descripciones de los caballeros de la Mesa Redonda y del breve amor de Ricardo Corazón de León. Dos meses antes, Natalie nos había invitado a mi amigo y a mí a tomar un helado en su casa, en uno de los barrios antiguos de Jerusalén. Creo que a ella no le debieron pasar por alto los esfuerzos que hacía este alumno suyo, curioso y algo impertinente, que vivía en el campo de refugiados para captar su atención. ¡Qué helado tan rico! Así pasé velozmente de un recuerdo a otro, me sumergí bajo las oleadas de agotamiento y me dormí.

La mañana llegó de repente, horas antes de lo previsto. La mañana llegó en la forma del cañón de acero de un rifle que me golpeó la frente e hizo añicos las deliciosas visiones del cálido cuerpo de Natalie. La experiencia no se pareció en nada a la descripción habitual de la muerte, cuando una persona ve pasar ante sus ojos su vida entera en cuestión de segundos. En cambio, el acero frío lo congeló todo. Congeló el tiempo y el lugar. Me congeló a mí, y congeló al hombre que sostenía el rifle, junto con todos sus motivos y razones. Congeló el miedo que le tenía y el odio a todo lo que representaba. El universo se congeló y nos encontramos en una tierra de nadie, sin determinar, donde perdimos todos los rasgos que nos definían, los sentidos y la capacidad de establecer nuestros roles. Ese momento, sin embargo, terminó enseguida, porque la misericordia del acero es escasa y dura poco.

De pronto, todos adoptamos de nuevo nuestros papeles. Yo volví a ser el niño que el acero había asustado, con la frente perlada por el sudor frío. Frente a mí el dueño y señor del acero, en toda su solemnidad militar. Otros hombres de acero formaban un cordón en torno al tiempo y el espacio. A un lado estaban mis dos amigos, reducidos, que intentaban comprender lo que estaba ocurriendo sin conseguirlo. Al fondo, había una jauría de perros enfurecidos, que ladraban y tiraban de la correa, ansiosos por morder cualquier cosa que les resultara hostil.

Como ráfagas de una ametralladora, una voz extraña me escupió una andanada de preguntas. Era una voz inquietante, con un marcado acento, que pronunciaba mal nuestras palabras cotidianas. No, no estaba muerto. Si estuviera muerto, la voz me preguntaría por mi Señor y mi fe, sobre un profeta que llegaría al final de los tiempos, y cosas por el estilo; preguntas que yo no habría sabido responder. No había palabras en sus frases, sólo signos de interrogación al final de los nombres, de personas y lugares que conocía bien. Aun así, fui incapaz de responderle. No era por rechazo o arrogancia, sino porque no podía hablar. El acero, entre otras cosas que congeló, me congeló la lengua. Las preguntas no cesaban, y sin embargo yo no conseguía articular palabra. ¿Esa voz habría oído mis planes nocturnos y las aventuras que estaba soñando por la mañana? ¿Habría oído lo de Natalie y sus cuencos de helado, o cómo la chica que me gustaba pasaba de mí? ¿Habría venido a estropear mi ingreso triunfal en la universidad?

Todo se interrumpió. Los personajes eran siempre los mismos, pero habían cambiado de posición. Yo estaba en el centro de la escena, de pie y vestido. Había más rifles y brazos extendidos encañonándonos. Eso fue lo último que vi antes de subir a un camión que apestaba a hierro y pólvora, lleno de perros que seguían ladrando vorazmente. La voz volvió a preguntarme acerca de la víspera. ¿A qué hora te despertaste? ¿Quién estaba contigo? ¿Desayunaste? ¿Cuánto comiste? ¿Quién preparó la comida? ¿Cuándo saliste de casa? ¿Adónde fuiste? ¿Cómo ibas vestido? ¿De qué color era la ropa? ¿Por qué tardaste tanto en prepararte?

Esta vez, respondí a las preguntas, porque los golpes que me daban en todas las partes del cuerpo habían reactivado mis sentidos. Era como si la escena se hiciera realidad, más auténtica y real gracias a la violencia que, al principio, no se había dado. Una escena así no podía ser cierta a menos que su naturaleza violenta estuviera incluida como un elemento fundamental. Me sorprendía cómo era capaz, entre una pregunta y otra, de recordar toda suerte de imágenes, situaciones y conversaciones. Imaginé la reacción de mis padres ante la noticia de mi detención. Recordé mi última conversación con mi hermana Inshirah. Vi a la chica que pasaba de mí, y esperé que se echase a llorar al oír la noticia. Recordé el sabor del helado y la ropa que no llevaba Natalie aquel día. Y así sucesivamente, otra pregunta, otra fotografía que examinar, y más respuestas que se convertían en balbuceos. Y luego, el ladrido y el jadeo de los perros, cada vez más fuerte, cada vez más cercano, me confundía cada vez más.

El vehículo se detuvo de repente. Luego siguió adelante medio minuto y se detuvo de nuevo. En el interior estalló un gran alboroto. Tuve la impresión que todo se abalanzaba sobre mí, incluidos los perros; de pronto, otra pausa de calma, y finalmente, sin previo aviso, unas manos me agarraron por las cadenas que sujetaban mis muñecas y tobillos y me arrastraron brutalmente fuera del vehículo unos cuantos metros antes de arrojarme al interior de un cuarto y cerrar la puerta de golpe.

Es difícil servirse del lenguaje común para describir el centro de interrogatorios, porque en su interior los cinco sentidos de los prisioneros quedan anulados y el caos sensorial en el que se encuentran les impide reconocer el lugar, el tiempo ni la naturaleza que los rodea. Las palabras que han acumulado a lo largo de toda la vida ya no sirven, y los que pasan por el centro de interrogatorios suelen recurrir a términos que no están en el diccionario para describir sus experiencias allí dentro. Titubean con los detalles, sus descripciones no guardan relación con los asuntos concretos. Las paredes ya no son una masa de hormigón. Las cadenas de hierro se comban según la forma de las extremidades que inmovilizan. Los gritos de los encadenados alcanzan puntas de misticismo, las almas se desgajan de los cuerpos, y viven experiencias propias, totalmente distintas de las de la carne.

Durante el interrogatorio, el tiempo carece de sentido. Dejas de calcularlo, no importa lo larga o corta que sea cada ronda de preguntas. El lugar se restringe al único muro del que te cuelgan cuando se acaba la sesión. Tus necesidades se reducen a las dos únicas cosas que pueden garantizar tu supervivencia: comer, pese a las circunstancias que te han quitado el apetito, y golpear la puerta para que, Dios lo quiera, aparezca el carcelero, aunque sólo sea un instante, y te dé la oportunidad de eliminar del cuerpo la comida asquerosa que has comido, antes de que sea demasiado tarde.

En el centro de interrogatorios, a tus esfuerzos por sobrevivir se añade otra obsesión: escapar del hedor pútrido que llevas pegado a la piel y que tiene su propia historia, una historia extraordinaria, que cuenta cada preso a su manera, y siempre es la misma. Habría peleado a muerte por tener la oportunidad de darme una ducha y poder desprenderme del hedor que se había adherido a mis fosas nasales. Quería lavarme y cambiarme de ropa para saber si recuperaría el olfato. Me asaltaba una profunda vergüenza cada vez que el interrogador expresaba hasta qué punto le repugnaba mi olor y mi persona. Ni las múltiples palizas ni los insultos proferidos con las palabras más viles, ni siquiera el olor a muerte que impregnaba aquel lugar pudieron ahuyentar el torpor en el que estaban sumidos mis sentidos tanto como aquel hedor nauseabundo que me repugnaba y me avergonzaba, allí donde avergonzarse debería de haber sido la última de mis preocupaciones.

En el módulo de interrogatorios, lo desconocido te asedia y consigue que pierdas tus puntos de referencia, te sacude hasta que, asaltado por una especie de vértigo, te resulta imposible dormir, aunque nunca habías estado tan cansado.

En el centro de interrogatorios, reconstruyes tus relaciones con el Señor y con todo aquello que crees. El dolor puede llevarte al extremo de apelar a Dios una última vez, antes de que la fe y la creencia desaparezcan para siempre.

En el centro de interrogatorios, el paso de las estaciones ya no tiene sentido. Ni el amanecer, ni tampoco el atardecer. Cosas así dejan de ocurrir cuando los muros se cierran a tu alrededor.

En el centro de interrogatorios, el único sueño es la fatiga extrema, no hay olores excepto el de los cuerpos exhaustos que tan espantosamente se parecen a fantasmas de hormigón rugoso.

En el centro de interrogatorios, no hay nada dentro, ni siquiera tú estás allí, la única presencia es tu ausencia, de ti sólo quedan las confesiones y lo que has ocultado incluso a ti mismo.

En el centro de interrogatorios, eres el olor de tu sudor, el sabor de tu derrota, y la presa de tus pensamientos. Eres la vieja copia de un documento lleno de notas con tu temblorosa firma garabateada a pie de página.

En el centro de interrogatorios, tú lo eres todo, y nada eres tú.

La confesión

«Quien confiesa es un traidor.» Ese es uno de los proverbios más repugnantes y execrables de nuestra lucha palestina. Una sentencia prematura, parcial y despreciable dictada por quien ignora hasta qué punto sobrecoge el olor del hierro oxidado; es el fruto de románticos discursos revolucionarios escritos en un lenguaje que sobrevive al dolor; es una sentencia que te fustiga sin piedad y hace que tu equilibrio se tambalee y que el aluvión de preguntas que te golpean sea más cruel; que te ataca justo cuando estás a punto de caer, que no ve quién eres dentro de ti, que te aterroriza y persigue cuando no sabes adónde huir. Es una sentencia que ignora tu naturaleza humana, tu carne sangrante, tu aliento que se rompe y tu fe que retrocede, el horrible hedor que te atormenta, la avalancha de preguntas y la tortura, es una sentencia que te saca de tu oscura Edad Media para llevarte a un Renacimiento, donde no hay perdón para el que confiesa. En el seno de una iglesia que dejó de conceder indulgencias una hora antes de que nacieras, los ángeles de Miguel Ángel ven cómo te condenas, te señalan con dedo acusador y están listos para abalanzarse sobre ti.

El escenario está casi vacío. Estás sentado en tu silla confesional, inmerso en el intenso aroma de un café que nada tiene que ver con el café oriental al que estás habituado. Tomas un sorbo como si fuera lo último que vas a beber, mientras el humo de un cigarrillo te recompensa por la cooperación y la sinceridad después de un mes en el que sólo te mantenían caliente las palizas que soportabas. Frases como «si no te importa» y «tómate tu tiempo» y «quieres otro café» proceden de voces cercanas a las que, sólo horas antes, tu proximidad les asqueaba. Oyes que te sugieren tomarte un descanso si así te sirve para que dejen de temblarte los dedos y sean ilegibles las primeras palabras que escribes. Luego empiezas otra vez, escribes sobre tu pasado reciente y tu pasado lejano, escribes lo que hiciste en cada uno, cuentas hechos que te condenan y otros que te condena aún más, y, por supuesto, evitas hablar de los que proclamarían tu inocencia. Y al hacerlo, caes por tu propia voluntad de lo alto de los cielos, robas el fuego junto con Prometeo, tiras la fecha que se clava en el talón de Aquiles, construyes la gran pirámide de Keops, escondes las tablas de Moisés, traicionas al hijo de María, reniegas del último profeta, construyes la Gran Muralla, derribas el muro de Berlín, sobrecalientas el planeta y aterrizas en la luna... O al menos eso crees hasta que te llevan de regreso a tu celda y cierran la puerta de golpe a tu espalda. Sí, porque entonces, de repente, comprendes que has confesado, que ofreciste las pruebas que necesitaban para condenar no sólo tu pasado sino también el mañana y todos tus días por venir. Te das cuenta de que, desde el principio, el hombre que te hizo las preguntas sólo estaba interesado en lo que podrías hacer en el futuro, no le importaba lo que habías hecho, lo que quería condenar era tu futuro, porque dejó escapar tu pasado. Te das cuenta también de que confesaste todo aquello que aún no sabes: cómo duermes, la duración de las horas de sombra cuando el calor del verano arrecia dentro de ti, el número de gotas de lluvia que te caen, tu estado de ánimo al inicio del día, el color del cepillo de dientes, la cantidad de besos y citas que te perderás, la edad de tu madre cuando le aparezcan las primeras arrugas en la cara, la primera vez que tu esposa se fije en otro hombre, cuál de tus hijos será el primero en maldecir tu ausencia, cuál de ellos será el primero en maldecirte a ti.

El interrogatorio termina cuando te pones a escribir cosas que ya no te importa si son verdad o mentira, ya no te interesa la precisión con la que se traducirán a otra lengua, ahora tu mayor preocupación es cómo interpretar y definir este nuevo tú, cómo encontrar el sentido de la orientación, la posición del sol, la de tu sombra, los nombres y los rostros de quienes amas y de quienes odias a tu pesar, el número de días de la semana, tu fecha de nacimiento, y a qué progenitor te sientes más cercano.

Entonces empieza el examen de conciencia, y de repente, te planteas las cuestiones que siempre has postergado, pues esta podría ser la última ocasión que tienes para hacerlo. ¿Has vivido plenamente? ¿Cuál es el error que más te pesa? ¿Cuántas veces le has dicho «Te quiero» a tu madre y lo decías de corazón? ¿Hasta qué punto fuiste un estúpido al rechazar bebidas alcohólicas? ¿Cuándo volverás a tener una erección?, ¿recuerdas la última? ¿Cuál de tus amigos te echará más en falta?, ¿y de verdad te interesa saberlo? Las preguntas se acaban de repente. En tu interior, las dudas se contraen y se dilatan, sin embargo una fe que contiene múltiples identidades y creencias, puede que encuentres la redención y el perdón que te librarán del mal que has escrito con tu puño y letra. Y te resignas.

Las cosas no acaban ahí. Se aprende a soportar, cada vez más. De hecho, así lo demuestran las muchas horas que pasé en compañía de pequeños insectos que deambulaban por la celda con la confianza de quien sabe orientarse en la oscuridad y sabe también que su vida no corre peligro.

Me acostumbré a su presencia amable y pacífica, una coexistencia que –apenas unos meses antes– sólo habría durado lo que necesitaba para vencer la pereza y aplastarlos en el rincón de mi cuarto con lo que fuera necesario.

No creo que Freud se hubiera tragado esta explicación. Creo que habría profundizado en los acontecimientos y sucesos de los últimos meses. Habría concertado una reunión entre mis miedos, mis ideas y yo mismo dentro de mi celda, en compañía de mis mascotas. De haber fijado la atención en mi padecimiento con esa mirada singular suya durante un análisis psicológico, habría deducido lo siguiente: «¿De verdad es tu tolerancia y la grandeza de tu corazón lo que te llevó a hacerlo? ¿O lo que salvó a esas criaturas fue tu necesidad de criaturas más débiles que tú que te devolvieran algo que perdiste mientras colgabas de los muros de ese lugar: la necesidad de poder que sentías cuando tenías en tus manos la vida o la muerte de otro? Después de haber sido golpeado y aplastado, necesitas criaturas que sean más miserables que tú».

Es verdad, porque sólo percibimos nuestra fuerza oculta cuando nos encontramos con alguien más débil que nosotros, que, temeroso de desencadenarla, nos la señala con dedos temblorosos. ¿Cuántas veces nos reconfortaron las desgracias ajenas y aliviaron la abominación de nuestras tragedias, aunque sólo fuera porque eran más grandes y espantosas que nuestro propio dolor? ¿Y todo lo que dijimos sobre la solidaridad, la universalidad del dolor y la globalización de la opresión? ¿Era un consuelo que ya no necesitamos?

Por suerte Freud no fue uno de los autores que leí en aquella primera etapa de mi vida. Habría complicado aún más las cosas de lo que ya estaban; y eso era lo último que necesitaba.

Mi interrogatorio concluyó, y ya no tenía ningún sentido permanecer recluido entre las cuatro paredes de aquel sótano oscuro, sobre todo con aquel ir y venir de camiones y furgonetas que traían nuevos prisioneros que ocuparían mi sitio y con el interrogador que necesitaba todo el espacio libre que había disponible en el interior de aquellos muros. Mi confesión era más que suficiente para condenarme a cadena perpetua, para encerrarme entre otros muros en algún otro lugar de reclusión. Pasé mis últimas horas en el centro de interrogatorios contemplando el muro negro, como si lo descubriera por primera vez. Busqué los puntos de contacto y de convergencia, que nuestras afinidades fuesen el presagio de una relación equilibrada, incluso pacífica, que nos permitiera estar serenamente juntos en lo que se esperaba que fuera una larga convivencia. Y en ese momento comprendí que para conseguir ese objetivo, sólo debía adherirme al muro, aferrarme a él como si fuera lo único con lo que podía contar. Y si bien eso supondría que se tambalearan mis anteriores certezas, renuncié a todo lo que quedaba al otro lado del muro. Rechacé las respuestas del momento y acepté preguntas que ignoraba. Renuncié al helado de Natalie y me aferré a pequeños cuencos vacíos rebosantes de posibilidades. Renuncié a la chica que pasaba de mí y me aferré a la perspectiva de alguna otra chica que fingiera no conocerme. Renuncié al yo que conocía y me aferré al que empezaba a conocer. Renuncié al mundo que había sido mi hogar y abracé aquel en el que ahora vivía.

Por primera vez en meses, me levanté y me puse delante del muro. Con un trocito de metal, frío, tallé dos palabras que me han acompañado durante los últimos veintisiete años. Dos palabras definitivas que aún no han sido pronunciadas: «¡Adiós, mundo!».

Régimen de incomunicación

Nunca eches raíces demasiado profundas en el mundo en el que vives. Sólo así podrás evitar el dolor y el sufrimiento cuando te lo arranquen. Cuando llegue el momento de que te saquen de raíz, vive en la superficie de esta vida, no hundas tus raíces más profundamente y no subestimes las cosas que la componen, pues podrás trascenderlas, sólo si vas más allá, si vuelas sobre ellas.

No pronuncié muchas palabras de despedida cuando dejé el mundo en el que vivía, pero pronuncié muchas cuando me reconcilié con el muro del que me colgaron, un muro que consumió una tercera parte de mi peso corporal en los meses anteriores y seguía sin estar saciado. Evité lanzar una última mirada a lo poco o mucho que dejaba atrás, me limité a esperar las sorpresas que iba a depararme mi vida futura. Me perdoné todos mis errores, porque la cárcel, como la fe, borra todo lo que existía antes que ella. No he escrito consejos para los futuros presos, y salvo por mis dos palabras, dejé el resto del muro negro intacto para quien llegara después de mí, porque la cárcel, como el ahogamiento, es una experiencia individual: todo el mundo la vive a su manera, y nada te prepara la interrupción de la respiración, salvo el momento en que se interrumpe.

Los interrogadores no se desentendieron de mí por completo. Cuando terminaron de hurgar en mis bolsillos y sacar las cosas que les interesaban –y otras con las que no sabían aún muy bien qué hacer–, decidieron mantenerme en régimen de aislamiento y demorar mi traslado –al contrario del procedimiento normal– a una de las numerosas prisiones que hay repartidas por toda Palestina. Para justificar su decisión alegaron que yo todavía suponía una amenaza para sus sueños, y que era preciso erradicar lo que quedaba de las ideas revolucionarias que yo había construido a partir de leyendas y mitos de la libertad y el regreso.

En las paredes del vehículo blindado –que llamamos «el furgón»–, había unos agujeros en los laterales que me permitían mirar al exterior, y me di cuenta de que estábamos a principios de primavera. No miré demasiado porque estaba concentrado en el agujero que tenía en mi interior, en la maraña de preguntas y respuestas que había ido dejando atrás; de hecho, esperaba llegar a mi destino, regresar a mi muro, a la claridad de su superficie vacía y la profusión de preguntas y respuestas todavía por formular, y que yo escribiría, sólo yo, el señor y dueño de todas ellas. Yo era el margen de maniobra, su duda y su certidumbre; yo era ese chico que saltó a su muro para poder habitarlo. Al otro lado de los agujeros sólo estaban los míos, mi antigua manera de resistir en el campo: una existencia marginal, un lugar distorsionado, una vida angosta y almas en pena que habían dejado de creer en su fe después de que una oleada de nuevos sermones anunciara medidas inminentes para dar a nuestras casi ciudades la posibilidad de convertirse en ciudades reales. Y también para llevar el progreso a nuestros pueblos, para reconciliar el tiempo con el espacio, para que los corazones volvieran a palpitar, para cerrar las puertas de nuestros cementerios y para que pudiéramos envejecer en paz.

Me inquietaron las palabras de consuelo que me dieron algunos detenidos que iban conmigo en el furgón cuando se enteraron de que mi destino era el módulo de aislamiento de una cárcel en la ciudad ocupada de Ramala, justo en el centro de Palestina. Tenía la impresión de que ellos sabían cosas que yo ignoraba, pero no pregunté. De todos modos, estaba preparado para cualquier cosa. Mis páginas estaban en blanco, listas para recibir cualquier tipo de escritura, en el color que yo quisiera, y con el alfabeto que eligiera. Nadie me impondría sus creencias, sus deidades, sus medias verdades con las que manchar los muros. No, ese fue mi nacimiento. Yo elegiría mi primer llanto, mis primeros pasos y mis primeras palabras, a quién decírselas y cómo. Elegiría qué dirección tomar para alcanzar mi muro, yo en descifrarlo y en explicar sus tareas, yo en eliminar sus dudas.

Yo era todas mis horas futuras y mis estaciones tardías. Ya no había océanos por explorar, pues yo era señor de los océanos, tanto de las superficies como de las profundidades. Era el señor de la cripta. No había grilletes que pudieran encadenarme. Las cosas son como queremos que sean. Viviría en el corazón de ese lugar, incluso mientras flotara en su superficie. Contaría su historia a mi manera. No habría raíces que se me enredaran en los pies si decidía remontar el vuelo y volver a aterrizar después de perder el sentido de la orientación. No detestaría al carcelero ni aquello que cree sobre las puertas que cierra. El odio no es más que una pérdida de energía y otra cerradura más. No hay puerta, salvo la que me cierro yo.

Las voces reverberaban en el furgón, y me di cuenta de la proliferación de lenguas. Alguien refunfuñaba en árabe por el hacinamiento. Otro se puso a gritar en el mismo idioma para que los soldados le aflojaran las esposas, que le habían puesto demasiado prietas en las muñecas. Un tercero amenazaba con hacérselo encima si los soldados seguían haciendo caso omiso de que necesitaba ir al baño. Otro hablaba en hebreo con acento oriental, había vivido tanto tiempo al margen del proyecto sionista occidentalizado que, al final, desesperado por poder integrarse empezó a robar. Un último se expresaba en ruso y su arrogancia congénita fue en aumento hasta que explotó contra el primer preso que tenía delante.

Vuelta la calma, volví a sumergirme en las muchas cosas que me decía a mí mismo y que decidía en el amplio terreno intermedio que separaba el yo firmemente aferrado del otro yo, el asustado, pero que estaba dispuesto a todo. El furgón se detuvo, primero a la entrada de la cárcel, luego una docena de metros más adelante, frente al módulo de aislamiento. Pese a que estaba encadenado de pies y manos, aún pude bajar unos peldaños de hormigón. A continuación, con un gesto, uno de los soldados me ordenó que girara a la derecha, y luego, me detuviera. Se abrió una puerta, una mano me empujó hacia dentro y la puerta se cerró a mi espalda. El primer día había comenzado.

A una profundidad de tres metros, treinta y seis celdas compartían un espacio de aproximadamente cuarenta metros de largo por cinco de ancho. En cada celda había dos catres de hierro, encajados uno dentro del otro. Y enfrente, un pequeño rincón para lavarse y hacer las necesidades. Todo eso en una celda de no más de cinco metros cuadrados. ¿Cómo era posible que existiera una cosa así? ¿Qué mano decrépita la había diseñado? ¿Qué mano sorda la había construido? ¿Qué miedo atenazaba a quienes estaban al mando? ¿Qué les asustaba tanto que habían tenido que cavar esta tumba en la que esconder lo peor de sus acciones y temores?

Miré alrededor. A través de la reja de mi puerta, vi los rostros agotados de otros presos que me recordaron al mío. Corrí hacia el espejo que colgaba de la pared para comprobarlo, pero no vi nada que pudiera reconocer en una superficie corroída por la humedad de una vida bajo tierra y la ausencia total de luz solar. Volví a mirar las caras agotadas. Sus voces contradecían lo opuesto a la fatiga. Voces ásperas, fuertes, voces que conocía, que venían de lejos y se unían a otras voces... Todo me resultaba familiar, la gente, las voces, las conversaciones. Eran los dioses embusteros. Me aferré a mi puerta mientras me colmaban de palabras de bienvenida. Me aferré con más fuerza mientras continuaban hablando. ¡Las conocía tan bien esas mentiras! Guardaron silencio después de invitarme a que recobrara el aliento y me sintiera como en casa, aunque prometieron volver pronto.

La celda no me interesaba en absoluto. Lo único que me importaba era el muro. Mi muro se había desprendido de la indumentaria negra de luto que había llevado en el módulo de interrogatorios. Ahora iba vestido de un color que bien podría haber sido blanco si hubiera hecho el menor esfuerzo por eliminar las motas –de formas, colores y olores tan diversos– que manchaban su cuerpo. Lo primero que decidí fue que los dos necesitábamos lavarnos, con urgencia y a fondo.

Me planté en mitad de la celda, medio desnudo, y me despojé de todo lo que había antes de mi llegada. Empecé a asignar nombres a cada cosa. El catre de hierro se convirtió en una cama. El techo se tornó azul y luego más azul hasta transformarse en un cielo. La puerta con sus barrotes de metal se evaporó: fue sustituida por la puerta de una suite de hotel, con tarjeta llave para que no entraran visitas inesperadas. El muro se convirtió en una página impoluta en la que podía escribir lo que quisiera.

Aún no había terminado de poner nombres a las cosas, cuando las voces empezaron a sonar de nuevo con feroces declamaciones dignas de Trotski. Los dioses embusteros reiteraban viejos discursos revolucionarios a todos aquellos que, de aquel agujero cavado en las entrañas de la tierra, habían hecho su Panteón. Los dioses embusteros no podrían haber seguido aquí en esta mazmorra si no hubieran echado raíces profundas en la tierra y remontado el vuelo bien alto sobre la esfera terrestre. No habrían podido expresar sus revoluciones en esa nueva geografía si no se hubieran liberado de la fuerza de gravedad. No habrían podido sobrevivir al frío de este subsuelo si no hubieran dado espacio y temporalidad al dolor, patetismo universal a la mentira y al anhelo de profecías. No habrían podido aferrarse a los barrotes de sus celdas ni arrancarse la máscara de fatiga de la cara y mantener la llama de las revoluciones si no hubieran rechazado conceptualmente tanto la puerta como las propiedades físicas del hierro.

El escenario me sorprendió. La cripta ofrecía una hondura y complejidad que yo necesitaba con desesperación. Necesitaba entrar en un escenario así, que parecía estar a años luz de mi época en el módulo de interrogatorios. Necesitaba este escenario de los dioses embusteros con sus rostros cansados y sus vigorosas bocas para recuperar la estabilidad y la fe. Era un escenario que constituía un puente entre dos muros, el antiguo del campo al que solía encaramarme, para dar el salto, y este nuevo sobre el que me abalanzaría, sin saber si podría aferrarme. Unos meses de aislamiento era justo lo que necesitaba para sistematizar mi relación con el muro con calma, sin distracciones. Eso no habría sido posible si me hubieran transferido de inmediato a una de las cárceles principales, atestada de cientos de presos y miles de historias –muchas similares pero algunas contradictorias– sobre el muro y la vida después del muro. Necesitaba esa breve pausa, solo y aislado, para convivir con la tríada que me acompañaría durante todo el largo periplo de mi vida: yo, mi dios, y un lugar enclaustrado, una especie de santísima trinidad en su santuario. Al margen de sus mentiras, bajo su terror, sobre su cielo, después de algunos fracasos y de otros aún por llegar, en sus brazos, aguardándolo, a su lado muy cerca, en su tumba, en su verdad, en su objetivo: ese era el espacio donde escribiría mi exilio.

Cuando los corazones heridos se aíslan, o sanan lentamente o mueren en silencio. Vi cómo se recuperaban las almas del calabozo a pesar de la opresión del lugar, de la precisión de su violencia, de la brutalidad de las torturas que infligía, de los abusos diarios. Vi cómo abandonaban sus cuerpos por la mañana para reencontrarse con ellos al caer la tarde, cuando comprobaban las nuevas heridas sufridas ese día. Las veía durante su única hora de sol en el patio miserable, de pie, en la tierra dura, bajo una cerca de alambre de púas sobre sus cabezas, los ojos se les iluminaban como si vieran a alguien por primera vez desde hacía mucho, mucho tiempo. Escuchaba sus profundas inspiraciones al inhalar los últimos rayos de sol antes de desaparecer. Volvía con ellos al interior de la cripta, sus torsos henchidos de suficiente vida como para resistir hasta la siguiente hora al sol. Yo les creía cuando decían que el sol sale todos los días al mediodía, sólo para ellos, para desaparecer de este mundo una hora después. ¿Quién podría discutir con los dioses cuyo Corán es una mentira, cuando su religión es la fe ciega y su Sunna es el dolor?

Mis meses de aislamiento fueron un puente entre dos mundos. Durante ese tiempo, renuncié a mi alfabeto terrenal y empecé a aprender la lengua de la gente del cielo, que me permitía interpretar las antiguas alabanzas de viejos discursos con nuevas palabras. Esos meses me enseñaron la rareza del sol, qué reparadora es la sombra y qué espaciosa podía ser mi angosta celda cuando remontaba el vuelo. Aprendí a mantener conversaciones nocturnas y a cómo garabatear en el muro secretos que hallaba bajo la superficie corroída del espejo. Me enseñaron hasta qué punto puede ser turbia el agua, profunda la herida y escasos los medicamentos. Me enseñaron que las personas son capaces de curarse, que la fantasía hace maravillas, que los sueños pueden tener detalles increíbles. Me enseñaron a imaginar la sensación que se siente junto a una mujer. Y entonces terminaron mis meses de aislamiento. Unos largos metros más allá, las fauces de hierro del furgón se abrieron con la amenaza de algo nuevo. No podía hacer otra cosa que esperar.

Hambre

No fui el único en salir del módulo de aislamiento en el verano de 1993. En menos de dos semanas salieron del régimen de aislamiento todos y cada uno de los detenidos. El capítulo de nuestra liberación, escrito por muchas manos, lejos de las nuestras, nos dispersó en numerosas prisiones por todo el territorio, donde abrazamos más de una causa.

Los presos palestinos, tras el largo y continuado rechazo por parte de las autoridades de Ocupación, se acostumbraron a emprender heroicas batallas como huelgas de hambre, así como otros métodos para mejorar las condiciones de vida en el interior de las cárceles. Una lucha, la suya, que obtuvo numerosas victorias y otras tantas derrotas que, sin embargo, no doblegaron su determinación ni los habían desalentado de repetir las tentativas, una y otra vez, a pesar de los grandes sacrificios y de los caídos, a pesar de las dosis de paciencia y de hambre que suponía enfrentarse a una maquinaria despiadada que poseía numerosos medios y mecanismos de represión, además de una cobertura política y social, un conjunto de factores que hacían de su batalla una cuestión de vida o muerte.

En las antiguas cárceles abandonadas por las autoridades del Mandato Británico y sobre los escombros de las dos Nakbas, el Estado Ocupante construyó numerosos campos de prisioneros que, a partir de 1967, se llenaron de jóvenes cuya conciencia social, a diferencia del dolor y el sentimiento de pérdida, no era aún suficientemente madura. Estos jóvenes luchaban y eran asesinados, o eran arrojados a la penumbra de las cárceles. Dentro de esos centros penitenciarios, los detenidos palestinos eran sometidos a coacciones y torturas. Quedaban disociados del tiempo y del espacio cuando sus acciones eran condenadas por tribunales militares que no respetaban ni tratados ni convenciones, que hacían caso omiso del derecho internacional y adoptaban su propio sistema de normas y leyes al margen de la justicia y la condena era la única sentencia que prevalecía. Dentro de esas cárceles, aquellos jóvenes no podían soportar las palizas, las privaciones, la enfermedad, la indiferencia por parte de las autoridades penitenciarias, el aire enrarecido y la falta de luz solar. Así, durante las décadas siguientes, los presos harían huelgas de hambre y optaban por dejarse morir en condiciones que iban de lo desesperado a lo imposible.

Por cada necesidad, hay un dios al que implorar, una divinidad a la que jurar lealtad si te escucha, a la que llevar ofrendas si te complace, o a la que maldecir si te decepciona. Lucina es la diosa del embarazo y del parto; Juno, la guardiana de un buen matrimonio; Neptuno protege a los marinos perdidos, con las velas hechas jirones; Marte marcha junto a los guerreros y se convierte en espada si la suya se les rompe en las manos. Y los monoteístas tienen un Dios que toma distintos nombres y prerrogativas según quién ocupe su trono. Y quien inicia una huelga de hambre, cuando su cuerpo empieza a comerse a sí mismo, recurre a todos los dioses y diosas. Durante la huelga, los dioses embusteros se reúnen en torno a una mesa. Dios deja de ser un concepto vasto y distante para acercarse a los hambrientos, para acercarse a ellos más que su propio aliento, más incluso que las comidas imaginarias que les preparan todas las noches para llenar sus días, sus noches y sus vientres con una sociedad imaginaria. Durante una huelga, los hambrientos olvidan todos los nombres de Dios: Uno, Único, Misericordioso, Omnisciente y Magnífico. De todas las dulces y buenas promesas que la mente humana puede contemplar sólo queda una: Pacientísimo.

Durante una huelga de hambre, el cuerpo impulsa al espíritu los diez primeros días. Después, los papeles se invierten, y el cuerpo se transforma en un lastre. Durante una huelga no hay nada que te proteja del frío de la noche más que la inflamación de los intestinos, la fiebre de la espera, y abrazar el muro. Durante una huelga, la cháchara nocturna es interminable y las doncellas hermosas ya no se presentan para tentar tu cuerpo debilitado. Durante una huelga, la muerte te hace compañía, y tú escuchas cómo respira. Nada te reconforta, salvo el fallecimiento de alguien que dormía cerca de ti en una cama de hierro, lo que lleva a reafirmarte en que no morirás tú también. Duermes tan cerca del suelo como te lo permiten los huesos. Tienes el agua al lado, al alcance de la boca. Buscas una quibla* por todas partes para dirigir tus oraciones. Te postras, pero no hay tierra que reciba tu frente y te sueltas el pelo, que es la única parte de ti que continúa creciendo. Durante una huelga, rechazas todas las noticias que te llegan, y sólo crees en las mentiras que te hablan de la victoria.

La primera huelga de hambre de prisioneros palestinos tuvo lugar en el año 1970. No supuso ningún avance notable, y concluyó con la muerte del preso Abdul Qader Abu al-Fahm, que se convirtió en un mártir. Una huelga similar aconteció en 1976. La tercera huelga, que llegó tres años después, fue debida a las condiciones de la cárcel de Nafha en el desierto de Negev, donde más de ciento cincuenta prisioneros estaban hacinados en pequeñas celdas sin camas y sólo podían salir al aire libre una hora al día. La huelga duró veinte días, y tres presos, Rasim Halaweh, Ali al-Ja'fari e Ishaq Maragheh, pasaron a ser mártires cuando las autoridades de Ocupación insistieron en alimentarlos por la fuerza. Los presos consiguieron importantes logros: instalaron camas y colchones en las celdas para sustituir las finas esteras de cuero que había antes en el suelo. Asimismo, se incrementaron las salidas al aire libre en los patios de los

* Muro de una mezquita orientado hacia la Meca. *(N. del T.)*

módulos y se estableció un horario regular. Los logros de esa huelga reforzaron la confianza de los prisioneros en su capacidad de alcanzar nuevos resultados que condujeran a una mejora de sus condiciones de vida. En 1984, se anunció una nueva huelga que concluyó con numerosas concesiones, las más importantes de las cuales fueron la introducción de aparatos de radio en las celdas, el permiso para que las familias les llevaran pijamas y ropa de deporte, y una mayor cantidad y variedad de comida.

Después, los presos pasaron varios años relativamente tranquilos hasta que las autoridades de Ocupación anunciaron el estado de emergencia en las cárceles cuando estalló la primera Guerra del Golfo. Al terminar el conflicto, la administración de la cárcel se negó a restablecer las condiciones anteriormente vigentes, razón por la cual los reclusos iniciaron una huelga de hambre que se prolongó veinte días y que consiguió varias mejoras, como el cierre inminente de los módulos de aislamiento, incluido el que ocupaba yo, y el traslado de todos los presos que estaban allí recluidos a otros campos de prisioneros.

Con pasos lastrados por los grilletes en los tobillos, me dirigí a la salida del módulo de aislamiento; o de la cripta, como yo lo llamaba. Más de una vez me detuve y volví la vista. Mi vacilación provocó gestos de asombro en los rostros de los soldados que hacían guardia en la prisión. Empezaron a gritarme para que siguiera adelante y me dieron algún que otro empujón. No sé qué les irritaba más, que escapara de la cripta o que demostrara anhelarla tan profundamente. Desde el interior del furgón, contemplé el módulo de aislamiento por última vez. Me sobrevino un miedo repentino a afrontar la realidad de abandonar mi soledad y las noches húmedas, mi muro y las pocas superficies blancas que aún me quedaban. Recordé la única hora de sol, y cómo mi cuerpo temblaba cuando la tibieza del primer rayo me rozaba la piel. En ese aislamiento, había algo parecido a los días en que iba hasta los confines del campo en el frescor húmedo del anochecer, en busca de un lugar al margen de una sociedad que ponía trabas a todo lo que yo anhelaba: yo, el que se rebelaba contra la moralidad de la tribu; yo, el único con preguntas extrañas, el que insistía obstinadamente en hallar respuestas.

Antes de que el furgón partiera, los soldados comprobaron nuestras credenciales, nos contaron y se aseguraron de que nuestros cuerpos desnudos no ocultaban nada sospechoso que pudiera obstaculizar el avance del convoy. Los rostros de los que estaban conmigo mostraban signos de tensión. No sabíamos adónde nos dirigíamos, las preguntas estaban cargadas de angustia y preocupación. Por lo que a mí respecta, me asaltó el miedo y la tensión porque no podía dejar de pensar en lo que había oído sobre el hacinamiento de las cárceles en las minúsculas celdas en donde se amontonaban más de quince presos. Un hacinamiento de esta envergadura y la falta de aire me hacían temer por mi relación con el muro; por los nombres que daría a los objetos, por mis horas solitarias que pasaría al principio de cada noche, por mis visitantes nocturnos que querían tenerme todo para ellos. ¿Qué sería de mis cosas, de las decisiones que había tomado durante el aislamiento acerca de renunciar, aferrarme al muro y de existir en el tiempo y el espacio?

Un frenazo repentino me apartó de mis pensamientos y provocó que nuestros cuerpos salieran disparados de sus asientos y golpearan contra las paredes del vehículo. Todos gritamos, y el revuelo era cada vez mayor hasta que nuestros guardias nos amenazaron con castigarnos sin piedad si no nos callábamos de inmediato. Nos callamos tras unos minutos, pero sólo por cansancio. Durante los siguientes cuarenta y cinco minutos que nos separaban de nuestro final de trayecto en Ascalón, la tensión y el miedo fueron en aumento.

Ahora, mientras escribo estas líneas, a las cinco de la tarde del miércoles 6 de febrero de 2019, acabamos de recibir la noticia de que Faris Baroud ha pasado a ser mártir, un prisionero de la cárcel del desierto de Rimón, donde pasó casi treinta años tras ser condenado a cadena perpetua. En el interior de la bestia blindada que era el furgón hace tantos años, este mártir, Faris, iba sentado a dos metros escasos de mí, y todavía alcanzo a oír su grito cuando se golpeó de improviso con el lateral de hierro. Faris significa «caballero», y su nombre me recuerda la historia de Asma, hija del califa Abu Bakr, aquella noble árabe de los albores del Islam que acudió al soberano injusto y le suplicó que le entregara el cadáver de su hijo, que colgaba en la horca. «¿No es hora de que descienda este *faris*?» Ahora otro caballero ha descendido de su muro, después de haber estado tanto tiempo aferrado a él. Intentó reconciliar su relación con la cárcel en más de una ocasión. Cada vez que fracasaba, volvía a intentarlo, hasta que después de una serie de fracasos huyó por voluntad propia al régimen de aislamiento: al primer muro, al comienzo del muro. Ha pasado un cuarto de siglo desde la última vez que nos vimos, y es posible que transcurra otro cuarto de siglo antes de que vuelva a encontrarme con él, al pie de otro muro, cuando otra hora de sol ilumine un grito final...

Llévate todas tus bestias de hierro, Faris, y entiérralas bien hondo contigo. Llévate el cigarrillo que compartiste conmigo cuando el tabaco escaseaba. Llévate tu voz áspera y leonina. Llévate nuestro decaimiento y la fresca humedad de Ramla. Llévate contigo las cartas que intercambiamos. Llévate todo lo que olvidamos y nos parecía demasiado pesado, llévate todos los recuerdos que tienes de tu madre, antes y después de que falleciera. Llévate el hogar del campo de refugiados, y el mar. Llévate contigo, pobre refugiado, el mapa de tu casa y todas las viejas historias que recuerdas. Llévate la llave de tu abuelo. No nos la confíes a nosotros, pues ya no somos los atentos guardianes que fuimos. Llévate lo que quieras, y escoge el paraíso que desees. Ahora que te has ido, tenemos el muro, el largo muro. Faris murió después de que su corazón se derritiera como la cera y fuese devorado por una horda de bárbaros extranjeros, que no tienen piedad por la sangre, ni en su ley ni en la ley de sus antepasados.

Terminaré esta historia por el bien de Faris y por todos los «caballeros que lo han precedido», así como por los caballeros que todavía no han descendido de sus muros. Terminaré esta historia por otros que no han dominado aún las artes del muro, cómo colgarse de él no sólo para aprender de él y asimilar sus lágrimas y sus enseñanzas, sino para sobrevivir, porque cada muro tiene su propia historia y alguien que la cuenta. Cada una de esas personas tiene su propio mundo, sea amplio o estrecho; su propio vocabulario con el que contarla, ya sea en parte o en su totalidad. Cada uno tiene un dolor y un tiempo de espera. Cada cual tiene derecho a contar su historia. La escritura es una suerte de curación, una extensión despejada, es el espacio intacto que el mundo te niega y que tú llenas de líneas en el lenguaje que eliges.

Y entonces llegamos a la cárcel de Ascalón, el origen de mi tensión y mi miedo. Tres cuartos de hora separaban dos muros: el muro que yo llevaba conmigo y el muro que me llevaba. Ambos son yo.

Ascalón

El furgón se detuvo delante de un antiguo edificio de Ascalón. El olor del mar impregnaba el aire, pero la humedad tenía un sabor distinto del de mi cripta. A pocos metros del muro había una hilera de palmeras, sin fruto. Esperamos un rato, luego el muro se abrió y nos engulló. Unos minutos más tarde, el furgón soltó por fin su carga. Se abrió la puerta de una celda. Nos apelotonaron a todos dentro, y la puerta se cerró con un golpe metálico a nuestra espalda. Luego empezó una húmeda y tediosa espera. La puerta se abrió por segunda vez y lo que vino a continuación fue la exhibición de cada uno de nuestros cuerpos desnudos al cachearnos. Todos hicimos una representación individual ante un oficial que nos preguntó qué intenciones teníamos para los próximos años. ¿Qué intenciones teníamos que tener más allá de darnos un baño y dormir una o dos horas? Nuestras representaciones no convencieron a nadie y no ganamos aplauso alguno.

Después de una breve procesión, se abrió otra puerta que mostró un espacio abierto. Era un patio de cárcel, delimitado por cuatro muros de hormigón, tres de los cuales de dos pisos de altura. (En total, había cinco módulos de internamiento, que albergaban a más de cuatrocientos prisioneros.) Al acceder al patio, lo primero que me llamó la atención fueron tres árboles: una palmera alta en el centro, que no daba frutos ni sombra; a su izquierda, un árbol en flor que ofrecía una sombra considerable, y a su derecha una acacia que proporcionaba poca sombra, realmente poca. Me detuve unos instantes para observar el patio. En comparación con mi cripta anterior, la sensación de espacio me asombró, igual que el número de personas que pululaban por allí dentro: docenas de presos, que formaban grupos de no más de cinco, caminaban en círculo en sentido opuesto a las agujas del reloj.

Cinco minutos después, entré en una de las celdas. Había siete camas superpuestas a otras siete, un pequeño cuarto de baño y una mesa de madera con cuatro sillas de plástico. Almas en movimiento por todas partes: la que lavaba, la que cocinaba, la que bostezaba, dos que se gritaban sobre un tablero de backgammon. Luego una persona con voz autoritaria me condujo hasta mi cama. Cuando empecé a guardar mis pertenencias, cesó de repente toda actividad, hasta los gritos. Palabras de bienvenida y unos cuantos largos abrazos, luego todos volvieron a lo que estaban haciendo. La persona con voz de líder me facilitó información acerca de los demás mientras me ayudaba a hacer la cama. Al final, cuando todo estuvo listo, ocupé mi lugar en una litera de arriba, al lado de una ventana de hierro y hormigón que daba al patio. En la pared opuesta había una televisión. Alguien dormía a medio palmo de mi cabeza. Y comenzó la primera noche.

Me senté en la cama y observé todo lo que ocurría a mi alrededor. Apoyé la cabeza en la pared y le di las gracias a Dios por estar allí, y que mi cabeza no se derrumbara quién sabe dónde. Era jueves. La cena estaba lista. Catorce almas se congregaron en el centro de la sala y formaron un círculo en torno a los platos que estaban distribuidos por el suelo. Todo el mundo estaba sentado o en cuclillas, cada cual a su manera, algunos habían adoptado posturas extrañas, otros muy graciosas, aunque no me reí. Comimos, y luego la gente arrimó el hombro para lavar los platos y limpiar y organizar la sala. El de la voz autoritaria me invitó a sentarme con él, y me explicó con todo detalle cómo empezaría el día siguiente y el resto de la jornada, todas las cosas que tenía que hacer, cuáles tenía que evitar y cuáles estaban prohibidas. Me explicó a qué hora despertaría y cuándo desayunaría; cuál sería la hora al aire libre, cuándo leería e incluso qué; y otros dónde, cuándo, hasta el momento de conciliar el sueño. Cuánta información en una noche.

Más palabras amistosas acompañaron mis pasos de regreso a la litera, donde me encontré frente a la ventana que tantas esperanzas me dio en las noches de insomnio que estaban por venir. Todo el mundo volvió a sus ocupaciones, lo que me permitió estar un poco a solas conmigo y poder hacerme una idea de mi nueva situación. Cada rincón tenía una historia. Un tipo hablaba de un libro que estaba leyendo mientras otro escuchaba con atención. Otro preparaba té de menta, mientras que un grupo cercano veía un partido de fútbol. Un hombre de cincuenta y tantos años recitaba lo que parecía que era un poema, y se detenía para explicar muchas palabras. Allá arriba cerca del techo, la noche tardaba en llegar y la espera resultaba una agonía. No estaba acostumbrado, porque en mi cripta, cuando se apagaban las luces, la noche se te echaba encima de repente, no había nada que esperar. Pero ahora la oscuridad tardaba tanto en llegar que pensé que se quedaba rezagada en el camino. Ojalá llegara de una vez, para que nadie se percatara de mis conversaciones nocturnas conmigo mismo y pudiera ponerme a escribir por primera vez en el muro.

Tumbado en la litera superior y mirando el techo dos metros más arriba, comencé a repasar cuál era mi nueva escenografía. Lo comparé a cuando me interné en otra ciudad años atrás. Me refiero a mi primera entrada consciente en ese lugar más allá de los muros del campo, mi exploración precisa y detallada de las cosas y los rostros y de los constantes cambios temporales entre lenguas y dialectos. En la ciudad del Mesías no había nada que recordara a una ciudad. Todos sus caminos –las antiquísimas calles y callejuelas– conducían a María y a su palmera de la que habla el Corán; incluso la mezcla de olores y la confusa mezcla de colores llevaban a ella. Todo señalaba a María, a su hijo y a una iglesia a medio camino entre dos mensajes divinos: uno que llegó con Moisés, que no admitió la existencia del niño, y otro que llegó con Mahoma y expresaba su buena voluntad hacia esa criatura. Esa ciudad, Belén, me contó exactamente la misma historia en todos las lenguas, con la añadidura o no de algunos detalles insustanciales; una ciudad asfixiada por los pueblos de los alrededores y con un campo de refugiados que surgió en los suburbios y que temía ser arrasado. Yo era joven en aquel tiempo y no sabía cómo recomponer todos esos elementos contradictorios en una imagen clara. Para conseguirlo, tuve que volver una y otra vez, pero después de numerosos intentos fallidos terminé por rendirme.

Mi ingreso en la cárcel de Ascalón me produjo la misma sensación que mis exploraciones de Belén. Esa fue la primera conclusión a la que llegué tendido en la cama de hierro. Esa cárcel no se parecía en absoluto a la de mi angosto régimen de aislamiento. Apenas si era una cárcel. Todos los caminos llevaban al patio con una palmera en el centro. Dentro de las murallas de la ciudad había gente de otras ciudades, pueblos y campos, además de los que venían del otro lado del mar, en busca de una patria de la que habían leído en los periódicos de Beirut y otras capitales árabes, o habían oído hablar de ella en las historias que contaban las madres y las abuelas antes de mandarlos a la cama.

Era un escenario familiar. Me aseguré que sería capaz de integrarme enseguida, pues estaba rodeado de los dioses embusteros, cuyos discursos me había aprendido de memoria. Mientras tanto, me había llevado el muro conmigo, respiraba el aire húmedo, me llenaba los pulmones el aire del mar.

Pasé un año entero en la cárcel de Ascalón. Allí aprendí a vivir con una rutina, repetitiva, y a conocer la relación que se establece con ella. Una relación que empieza con un sentimiento muy hostil que todo preso siente ante la tediosa monotonía de sucesos que se repiten con regularidad. El preso hace intentos pueriles de romper con esa rutina que percibe cada vez más cerca y amenaza con engullirlo. Quizá despierta una hora antes o después de su horario habitual; quizá se demora al afeitarse uno o dos días; se da una ducha más larga o más corta de la habitual; cambia por otra su marca de tabaco; quita de la pared una fotografía de su madre y la sustituye por otra de alguien menos familiar; una mañana se salta la hora de sol al aire libre; de pronto decide adelgazar por una cuestión de salud; se afeita un bigote que nunca se había recortado. Y su lucha contra todas sus rutinas continúa hasta que llega el día en que ruega al cielo para que lo libre de los demonios que lo están volviendo loco. Y, de la noche a la mañana, debe contar hasta veinte para no pelearse con su vecino porque lo despierta un cuarto de hora antes de la hora prevista, y para proteger la monotonía de sus días, igual que hace un escritor cuando empieza a escribir un texto. Cualquier cambio de su programa diario puede desestabilizar su equilibrio mental o alterar su presión sanguínea. El proceso de reconciliación de un preso con la rutina puede llegar más pronto o más tarde, pero llega inevitablemente.

En Ascalón, aprendí a escribir con letras minúsculas y abigarradas para no molestar a mis vecinos; aprendí a dormir rodeado de ronquidos intermitentes; a esperar pacientemente ir al servicio, aunque hubiera otros diez que, con paciencia, aguardasen su turno antes que yo; a fingir que dormía, a sabiendas de que tenía por delante muchas horas de insomnio; a escuchar más de una historia a la vez, y responder cualquier pregunta improvisada para comprobar si estaba prestando atención; a rezar con los demás y decir «amén» a cada súplica, aunque no estuviera de acuerdo; a rezar para que Dios diera larga vida al cocinero, por mucho que su comida me quitara el apetito durante una semana; a lavarme el cuerpo con la menor cantidad de agua caliente para que el siguiente no tuviera que aguantar un repentino chorro de agua fría y yo me ahorrara así sus imprecaciones; a caminar en círculo con otros setenta presos, sin que me diera vueltas la cabeza. Ese año también aprendí que mi capacidad de estar en lo cierto tiene sus limitaciones y que puedo cometer errores. Aprendí a atemperar mi rebeldía, aunque sólo un poco; a someterme a las opiniones de la colectividad, aunque fuesen equivocadas; a pedir constantemente el perdón de Dios, sin ninguna razón en particular, y a darle las gracias por todo; a dar la bienvenida a cada recién llegado como si fuera el último; a guardar silencio con alguien que llora la prematura muerte de su padre y maldice el tiempo demasiado breve que ha vivido; a esperar el primer café de la mañana mientras leía literatura rusa o soviética. Aprendí a despedirme de aquellos cuyos muros se cansaban de sostenerlos, y en consecuencia los dejaban en libertad. Aprendí a renunciar a mi aislamiento pero también a aferrarme a cualquier oportunidad de soledad que conseguía robar.

En Ascalón, vi gente que surcaba los cielos, pese a estar recluida en una prisión. Vi rostros que dejaban huella en un espejo de tan intensamente como se miraban en él. Vi cómo los dioses embusteros no dejaban de transgredir, de creer, de tener fe y de escribir sus eslóganes, así como de distribuir sus panfletos mensuales e incitar a la revolución. Los vi confraternizar sin descanso con todas las penas que proliferan en el mundo, atender cada dolor como hace el preso del poema de Mahmud Darwish. Los he visto compadecerse de los pobres al devolver o rechazar las comidas en su nombre, solidarizándose así con todos los presos que hay sobre la faz de la tierra, con los trabajadores y los campesinos, y rezar por ellos para implorar que lloviese. Los he visto solidarizarse con las mujeres que se levantan contra un patriarcado que oprime tanto a individuos como a la sociedad.

En los primeros días de Ascalón, observé y escuché más de lo que hablé, analicé e interpreté el comportamiento de los que me rodeaban. De pronto, al cabo de la primera semana, vi de repente cómo las almas volvían a entrar en sus cuerpos, vi que esos cuerpos los examinaban con cuidado para asegurarse de que todo estuviera en orden, que todo estuviera en su lugar, que no faltaba nada ni nada estuviera dañado. Era martes: la víspera del día de visitas.

La visita

El miércoles por la mañana, todo cambió. Las almas despertaron dentro de sus cuerpos y empezaron a sacudirse el polvo tras dos semanas de mal dormir en rincones oscuros. Buscaban la forma de ocultar una herida que no había cicatrizado aún después de la última reyerta, o un cierto malestar que las pastillas de paracetamol no había subsanado. La escena sufrió una transformación mientras yo yacía en la cama, sorprendido y desconcertado por la rapidez con la que todo cambiaba.

Diez de mis compañeros de celda eran de Gaza, se habían criado a la orilla del mar, y su piel estaba oscurecida por el sol, un sol que se desplazaba lentamente sobre el sufrimiento de esa estrecha y atestada franja de tierra. Diez almas que dormían la mitad de la noche y la otra mitad la pasaban despiertas esperando la mañana. Diez almas que rezaban para pedir que el cielo no se durmiera o madrugara lo suficiente para acompañar a los autobuses que, en su interior, transportaban la nostalgia de una infancia y el olor a mar impregnado en los pañuelos de sus hermanas. Autobuses que llevaban las súplicas de unas madres que se habían levantado dos horas antes del amanecer para ocultar a sus hijos esas súplicas, que escondían entre los pliegues de su ropa. Las madres se cercioran de que estén allí y añaden unas cuantas palabras de súplica más. Autobuses que llevan también a niños descorazonados después de haber estado de pie durante horas delante de una imagen, una imagen muda, cuyo silencio no ofrece nada que sacie una sed ardiente, nada que satisfaga un hambre dolorosa, nada que responda reiteradas preguntas sobre la ausencia de un padre.

Continué observando la actividad que había a mi alrededor. Los hombres se agolparon delante del único espejo. Uno estaba afeitándose y otro se miraba el rostro ya afeitado. Un tercero intentaba limpiarse un hilillo de sangre que se había hecho al afeitarse demasiado aprisa, mientras que un cuarto perdía la paciencia e instaba a todos a que se apartaran del espejo de una vez. Después del afeitado, la siguiente parada era la ducha. Todos sentados en la cama, envueltos en varias capas de tensa espera junto con prendas que se habían lavado con excepcional cuidado. Al salir de la ducha, la gente entonaba el típico saludo –«*Na'eeman!*»–, seguido de comentarios intencionados acerca de si se podía ir más deprisa cuando había gente esperando. Otra ronda de arremolinamiento en torno al espejo para peinarse y repasar una vez más el afeitado. A falta de cualquier perfume, se hidrataban la cara con agua de colonia que escocía a base de bien. Y luego comentarios y observaciones acerca de que todos estaban listos, y algún que otro vistazo esporádico al espejo o a la maleta en la que guardaban su ropa. Alguien preparó otra cafetera, y aprovechó las llamas para consumir algunos de los largos minutos que le oprimían los nervios. El olor a tabaco impregnaba la celda y alguien no dejaba de preguntar por qué la lista con los nombres de quienes tenían visita estaba tardando tanto en llegar. Preguntó de nuevo, y nadie tenía respuesta para tranquilizarlo. A las diez en punto llegó por fin la lista. Los dioses que velaban por el viaje desde Gaza habían atendido las plegarias de los que habían pasado la noche rezando hasta que, exhaustos de tanto rezar, se sumieron en el sueño.

Transcurrió otra semana antes de que me tocara a mí rezar hasta quedarme dormido. Despertar al amanecer, una ducha, un café, el humo de mis cigarrillos que ondeaba sin cesar en el techo, y una respuesta de los dioses del viaje más largo desde Cisjordania, a los que había abrumado a fuerza de súplicas e invocaciones. Los autobuses traían a madres, esposas, hijos, hermanos, hermanas, abuelas, padres y abuelos. Amigos, y más raramente, novias y amantes. Los autobuses traían noticias, historias llenas de desamor, deseos, reproches por una larga separación. Traían desesperación y una angustia inmutable. Traían ropa para las cuatro temporadas y muchas penurias.

Partieron con las primeras luces del alba, esos autobuses llevaban nuestra conmoción más allá de los pueblos, a través de las casas en ruina y los cementerios de pueblos abandonados, donde las moradas de los vivos y los muertos nunca estaban demasiado alejadas. Los autobuses atravesaban esas ruinas, y, durante unas horas, unían dos momentos culturales que definían y separaban la Nakba de 1948 y la de 1967. La memoria no reconoce la geografía, de lo contrario permanecería inmóvil, petrificada. Por su naturaleza, es una interrupción del tiempo, por eso, nosotros, cuando regresamos a nuestros dolores, el lugar podría haber cambiado por completo, revistiendo el dolor de una nueva topografía, extraña y desconocida. Pero el tiempo del sufrimiento permanece inalterado. Privado de la geografía de cada catástrofe, sus momentos siguen estando siempre presentes en nuestro interior.

Los autobuses, después de atravesar muchos dolores, llegaron al último, al más reciente. Los niños bajaban primero, luego las madres y las abuelas, por último, se apeaban las esposas, que iban sentadas al fondo, sin prestar atención a sus hijos o sus suegras, que se habían demorado porque se miraban en sus espejitos. Formaron pequeños grupos acordes al número de sillas que había en la sala de visita, entraron en una salita bien iluminada, una para hombres y otra para mujeres, donde se les cacheaba –una experiencia de la que en las próximas horas nadie hablará– y, por último, el primer grupo tomó asiento en la sala de visitas.

En mi sala, pasé mis últimos minutos de espera en compañía de un café y un cigarrillo. Luego se abrió una puerta, y descendí por una corta rampa que recorrí custodiado por unos guardias. Pasamos nuestra propia inspección –los detalles no son muy distintos de la experiencia al otro lado– y luego accedimos a la sala de visita. Un minuto para localizar las caras que hay allí sentadas, esperando, detrás de una reja metálica, tan tupida que apenas dejaban pasar medio dedo o el gesto de un beso. Detrás de la reja estaban mi madre y los parientes que venían con ella. «¡Hola, cariño! ¿Cómo estás, hijo mío? Gracias a Dios, ¿estás bien?» Medios besos, dedos que se enlazaban por entre la estrecha malla de metal. «¡Cómo te he echado de menos, hijo mío! ¿Qué tal estás? Gracias a Dios, ¿estás bien? ¿Estás bien de salud?» Mi madre repetía las preguntas, sabe que miento bien y que no sobreviviría ni siquiera a una sola respuesta sincera. Se me dan bien esas mentiras, y ella, al creerlas, impide que se vuelva loca. Ella me agarra los dedos, parece que se agarre a ellos, de vez en cuando me los besa. «Gracias a Dios, te veo bien, hijo mío. Mira, tu hermano te ha comprado una camisa nueva, te envía recuerdos... ¿Has desayunado, hijo mío? ¿Comes lo suficiente? Ayer, tu hermana preparó las hojas de parra que te gustan. Dice que ojalá estuvieras con ella como en otros tiempos. Sus hijos la están volviendo loca, hijo mío. Tienes los ojos cansados. ¿Por qué no duermes más, cariño?» Tiró con más fuerza de mis dedos y los besó de nuevo. Luego se apartó de la malla metálica para que otros dedos pasaran por ella y abrazaran los míos, otros labios se acercaran a besarme.

Mi padre que siempre ha detestado la cháchara, se quedó de pie, a un lado, hasta que todos hubieron acabado su turno. Luego agarró ligeramente mis dedos y me preguntó cómo estaba, fingiendo ignorar cuántas ganas tenía yo de que se me acerara y retuviera por más tiempo mis dedos entre los suyos. Así me correspondía mi padre por hacer oídos sordos a sus consejos, que habrían garantizado mi bienestar y el suyo. Mi padre no había creído ni un solo día que los dioses embusteros pudieran liberarlo de su sufrimiento, aunque nunca me impidió creer en ellos o participar en actividades que, según él, tendrían consecuencias nefastas para mí. Mi padre se alejó de nuevo y se recluyó en un silencio doloroso, y la reja de metal dejó pasar los dedos de mi hermana, que echaba en falta nuestros paseos nocturnos, cuando su brazo se cogía al mío para no caer, y, por último, los dedos de mi hermano pequeño que me veía como un dios, una divinidad que hubiera deseado tener a su lado, un sentimiento que había permanecido inalterable hasta el día en que, ya crecido, se encontraría con otras divinidades que no lo abandonarían en la hora de la necesidad y las preguntas.

«Me encuentro bien. Estoy bien de salud. Duermo bien. Nos dan tanta comida que me duele el estómago. Rezo con regularidad, con plena fe y sumisión. Todas las noches, las mujeres más hermosas de la tribu se acuestan a mi lado. Todos los días escribo poesía, apasionada y llena de esperanza. Me da igual que la chica que pasaba de mí se haya comprometido con un hombre al que yo odiaba. No tendrás que esperarme mucho, madre. Estoy más cerca de ti, incluso que el miedo que tienes por mí. Oigo lo que dices, padre. No tardaremos en dar muchos paseos, hermana mía. ¡No te busques a otro acompañante!» Estas y otras muchas eran las mentiras que quienes me visitaban querían creer. Algunas las había elaborado entre oraciones, y otras entre el primer café y el último cigarrillo que había encendido esa mañana.

Durante tres cuartos de hora, mis visitantes lucían rostros en los que no se apreciaban signos de cansancio, y cuerpos que no habían sufrido maltrato durante el rato en el que se les somete a los cacheos. Después de mis primeras palabras, todos representábamos bien nuestros papeles. A nadie se le escapó una frase o un solo movimiento capaz de traicionar nuestras mentiras. Durante tres cuartos de hora, un prisionero vuelve a ser un padre, un hermano o una hermana, una madre, una hija o una esposa, o un amante. Durante tres cuartos de hora, crees todas las palabras de amor, y tu corazón baila al compás de las melodías de las viejas canciones cantadas por tu madre.

Durante tres cuartos de hora, dejas caer tus defensas, porque cuando estás con los tuyos, no hay amenazas que valgan. Durante tres cuartos de hora te descuelgas del muro, y no te importa hasta dónde te lleva la caída. No queda nada, salvo la reja metálica y el escozor de los dedos después de cada abrazo. Perdonas a tus ojos el pecado de llorar, perdonas a tus piernas si, al inicio de la visita, te han flaqueado. Tres cuartos de hora en los que glorificas aquello a lo que habías renunciado y te reconcilias con lo que has retenido, sólo para serte arrebatado cuando se acaba el tiempo.

La visita estaba llegando a su fin, eso se adivinaba en los movimientos de los guardias que estaban a nuestro alrededor. Se armó un alboroto al otro lado de la reja metálica. La gente se apelotonaba para recibir el último abrazo. Madres se aferraban a los dedos de sus hijos y se negaban a soltarlos. ¿Quién sabía si sería su abrazo final? Un gesto de alivio se reflejaba en las caras de los niños, pues la extraña escena terminaría pronto y podrían volver a juegos que conocían bien. Un padre encarcelado ruega un último beso a un hijo que se esconde detrás del vestido de su madre y se pregunta qué quiere de él ese hombre de cara desconocida que está detrás de la reja metálica. Una adolescente, envuelta en un exceso de ropa que debía ocultar los frutos prohibidos de un cuerpo en ciernes y su padre que vacilaba en besarla en el momento de las despedidas. Una mujer que todavía no ha cumplido los cuarenta aprovecha la confusión para robar uno o varios besos fugaces para apagar el fuego que todas las noches prende la mitad de su cama vacía.

Mi madre me dio unos últimos consejos antes de soltarme los dedos: «Que duermas bien, hijo mío. ¡Asegúrate de comer! No te preocupes por nosotros. Estamos bien. Lo único que necesitamos de ti es que estés con nosotros. ¡Querido hijo, amor de mi vida, cuídate!». Así me llamaba mi madre, el «amor de su vida». Luego me soltó, y abracé a otros visitantes con los dedos que mi madre me devolvió. Mi padre seguía en un aparte y esperó hasta el final. Me dio un frío abrazo y luego se fue.

Las familias empezaron a salir de la sala de visitas. Los cuerpos se desplazaron hacia la puerta mientras sus ojos permanecían rezagados. Mis dedos siguieron aferrados a la reja de metal. Lo último que vi fue el dobladillo del vestido de mi madre.

Cuando se hubieron marchado, el silencio ocupó su lugar. Nuestras medias sonrisas, rastros de lágrimas, caras confusas que miraban al techo, bolsas de plástico con ropas impregnadas del olor de quienes habían estado allí, transcurridos los tres cuartos de hora, eso es lo que queda, luego regresaron las voces de los guardias y emprendí el camino de vuelta hasta mi cama. Durante un rato estuve absorto en las noticias y en la visita, y luego enterré aquellos tres cuartos de hora en algún lugar profundo e inaccesible, y me dispuse a organizarme la vida tal como había sido antes: mi muro, las cosas que decía la gente sobre asuntos internacionales, un poco de charla sobre el más allá, en la próxima vez que nos dejarían pasar una hora al aire libre y en mis garabateos en el muro.

En Ascalón, los presos no dejaron de interesarse por los temas, tanto internos como externos, del país, que les resultaban cercanos, en un clima que hacía presagiar la inminencia de un brusco punto de inflexión en su historia. Observaban con atención todo lo que estaba ocurriendo dentro y fuera del país, y reflexionaban sobre cómo las circunstancias, tanto nacionales como internacionales, incidían en la muerte lenta de su revolución, hasta que unos palestinos sorprendieron al mundo con un sustancioso banquete político que habían preparado en secreto en los restaurantes europeos con estrellas Michelin.

Oslo

A principios de la década de los noventa, en un mundo que giraba en torno a un solo eje, todos los poderes de la oscuridad y la luz se unieron con un fin en común. Con el apoyo de centros regionales, semiestados, pequeños Estados y organizaciones locales, urdieron toda una intriga posible para extinguir una sola llama. Eso había hecho la Intifada de las Piedras, había prendido una llama de fe, la profunda convicción de que las cosas son posibles si queremos que lo sean. Por eso libramos nuestras pequeñas guerras, por eso fuimos asesinados y enterrados o asesinados y nos dejaron insepultos, por eso nos siguieron y persiguieron y nos pusieron grilletes, por eso nos hicieron desaparecer en el sótano de un calabozo o en una de las muchas prisiones.

En septiembre de 1993, cuando representantes del pueblo palestino se reunieron con los líderes del Estado Ocupante y firmaron unos pactos provisionales llamados Acuerdos de Oslo, los campos de prisioneros se alzaron como un solo hombre, partidarios y opositores juntos, y permanecieron así durante meses, transformados en arenas donde se celebraban debates políticos en salitas a puerta cerrada. La vida en celdas y secciones cambió de forma radical. Los líderes entre los presos removieron cielo y tierra para interpretar, justificar y analizar aquel acontecimiento trascendental a medida que nos llegaban más detalles. Pero nada de aquellos debates remitía a los dioses embusteros o a sus patrañas. Y cuando se alzaron las voces de los que impugnaban el acuerdo, esos dioses se formaron sin orden particular en diferentes facciones, lo que desencadenó una febril contienda por establecer cuáles eran los dictados narrativos y quién tenía derecho a contarlos.

Para neutralizar una mentira no hay nada mejor que una mentira aún mayor. Los arquitectos de Oslo no tenían nada que ofrecer salvo pequeñas mentiras insertas en una historia fragmentada. Eran cuentistas que no se creían los finales felices de sus hermosas argucias. Llegaron a lomos de sementales negros que no tenían nada que ver con nosotros, y los pasos que daban eran más cortos incluso que nuestros propios jadeos. Llegaron con uniformes militares que no se veían en el campo de batalla desde hacía mil años, o si no con ropa de paisano que no era adecuada para el trabajo en los talleres ni el campo. Trajeron consigo órdenes morales y organizaciones sociales de carácter casi tribal. Habían llegado con un bagaje cultural que no encajaba en ninguna parte. Llegaron con canciones que hablaban del mar porque temían ahogarse; llegaron con una plétora de poesías que hablaban de la paz y del recuerdo de tantas guerras; llegaron con mapas en los que no aparecía Jaffa –la esposa del mar– ni la ciudad de Acre –victoriosa sobre Napoleón– ni el camino que lleva a los muertos al cielo, ni otras cosas. Eran semidioses que se regodeaban en semileyendas, contaban mentiras parciales que se creían a medias y dibujaban algo así como mapas de posibles regiones.

Un preso no puede salvarse, salvo por las mentiras en las que cree. Algunos prisioneros se aferraban a su vieja historia, que reescribían en letras más grandes aún y seguían proclamando a voz en grito para evitar que los sacaran a rastras del escenario. Hubo prisioneros que alzaron la voz contra traidores e infieles, y lapidaron a esos falsos dioses con setenta piedras. Colgaban de sus muros y aguardaban, rezaban y ayunaban y suplicaban al Señor de los mundos que les devolviera la libertad. Otros presos clamaban contra los traidores y sus mentiras, pero no los acusaban de herejes porque no creían en el infierno. Esos también colgaban de sus muros y aguardaban un golpe de suerte que los librara de mentiras y traiciones. Gran parte de los reclusos quería creer, y colgados de sus muros, aguardaban; unos rezaban y ayunaban, mientras que otros sólo esperaban, justificando ese nuevo comienzo con las viejas palabras que conservaban en la memoria y usaban para decorar sus muros.

Una leyenda nueva sólo nace cuando otra antigua muere o es asesinada. Sólo si sus falsedades se desprenden de los muros sin dejar rastro que nos la recuerde. Sobre sus escombros, los nuevos narradores construyen otra leyenda, bien por la fuerza o bien por medio del engaño. Nos cuentan mentiras aún más presuntuosas sobre Palestina: Palestina como nexo unificador, Palestina como lugar de resurrección, Palestina como la tierra de Dios y los profetas. Hay una Palestina de las piedras, una Palestina del mar y del cielo, una Palestina del recuerdo y los nombres antiguos. La Palestina que se parece a todos, aunque nada se parece a ella; la Palestina que lo compensa todo, aunque nada le compensa, la Palestina que dejaba sin aliento a mi padre cuando venía a visitarme; la Palestina como las lágrimas de todos los que rezan y también de todos los que han abandonado las oraciones, la Palestina que el sol no ahoga y que da sombra a todos... y de todos los otros garabatos que me aseguré de que estuvieran aún en mi muro y en los otros de al lado, escritos antes o después de mí. En aquellos muros no había espacio para una nueva narrativa que necesitaba muchas explicaciones y un número aún mayor de interpretaciones y justificaciones. Los muros eran ásperos no podían soportar esos sermones zalameros propios de las antiguas teorías sobre la *realpolitik* y de condiciones regionales e internacionales.

Se avecinaba un invierno frío para los prisioneros palestinos, los corazones se dividieron aún más, algunos muros se derrumbaron y luego se reconstruyeron para dar cabida a las nuevas mentiras de los antiguos profetas, que modificaron su mensaje para adaptarlo a la nueva revelación. Otros se aferraron más al antiguo credo y a las mentiras de antes. Los patios, las secciones y las celdas se volvieron más angostos y dejaron más espacio para el relato de una sola narración. Los dioses embusteros se dispersaron y se precipitaron desde su cielo para morar en su desierto; los muros entraron en conflicto y empezaron a expresarse con lenguajes irreconciliables; a traducir de distintas maneras conceptos como pobreza, hambre e injusticia. Proliferaron puntos de vista contradictorios sobre la libertad y la liberación; las percepciones de la historia y la geografía se confundieron, las cosas que se consideraban sagradas se invirtieron, y todo lo que era haram pasó a ser halal; lo que antes estaba prohibido se convirtió en lícito; resonaron los tambores de la paz y las guerras volvieron al púlpito de sus cuevas, los sermones se llenaron de mitos viejos y nuevos, las narraciones se multiplicaban mientras los narradores luchaban, persiguiendo todos los puntos de contacto, ignorando nuestras dos catástrofes, ignorando los campos de refugiados, nuestros pueblos y nuestras cuasi ciudades, ignorando las plazas que los habían abrazado y los cementerios que los habían acompañado, ignorando a los prisioneros, los muros y las celdas. Para los reclusos la situación no cambió hasta la firma de los Acuerdos de El Cairo en mayo de 1994.

Entre septiembre y mayo, los prisioneros vivieron en vilo a la espera de saber si serían todos liberados o no, o al menos si los acuerdos políticos entre la Organización para la Liberación de Palestina y el Estado Ocupante incluían un calendario de las liberaciones previstas. En aquella época, gracias a mi obstinación, me trasladaron a la sección 3. Allí no había celdas como las demás, se trataba más bien de una especie de laboratorio artesanal, donde los presos hacían manualidades, reproducciones de los lugares sagrados y de atracciones turísticas de carácter local e internacional –la Cúpula de la Roca, por ejemplo, o la torre Eiffel– con cartón, cuerda, pegamento. Trabajaban de la mañana a la noche hasta que les dolían los dedos y la espalda para, luego, caer en un sueño profundo. Por lo que a mí concierne, me disponía a ayudar en las tareas más simples, pero nunca me esforcé por aprender, porque mis manualidades no podían compararse con las de ellos.

Los presos que habían estado en los campos desde 1967 habían sido testigos de numerosos momentos de liberación. Algunos fueron liberados pero otros, los que no lo fueron, siguieron rezando para que su sufrimiento acabara en un futuro próximo. Detrás de esas oportunidades estaba el trabajo de los palestinos en el exilio. Gente combativa y obstinada que no había renunciado a sus creencias y que anteponía el ser humano y su libertad a cualquier cosa. A lo largo de las décadas anteriores, estos grupos de resistencia habían firmado numerosos acuerdos de intercambio de prisioneros: en los años setenta, más de ciento cincuenta prisioneros palestinos fueron liberados; en 1983, en un intercambio, más de cinco mil prisioneros palestinos fueron liberados. El intercambio de 1985 dejó en libertad a mil ciento cincuenta presos de un total de dos mil quinientos. El número de detenidos en centros de detención israelíes había disminuido hasta sólo unos cientos a finales de 1987, pero el estallido de la Intifada de las Piedras desencadenó una oleada de detenciones masivas que, a comienzos de 1994, pondría a doce mil palestinos entre rejas.

Las liberaciones comenzaron tras la firma de los Acuerdos de Oslo en septiembre de 1993. Todos los enfermos y los menores de edad. Luego se produjo una pausa hasta que la Organización para la Liberación de Palestina y el Estado Ocupante firmaron unos acuerdos políticos en El Cairo el mes de mayo siguiente. La ilusión de esos ocho meses despertó la esperanza de alcanzar la libertad, o al menos la expectativa de tener un programa de excarcelación. El mes de mayo se acercaba, y cuando estuvo a las puertas, mis compañeros de celda permanecieron, durante días, delante de la pantalla del televisor, siguiendo las noticias y esperando el día de la ratificación del Acuerdo de El Cairo.

La vida tal y como la conocíamos se interrumpió. Las cárceles, junto con todas las personas y cosas que contenían, permanecieron suspendidas entre la tierra y el cielo. En raras ocasiones descendían para atender alguna necesidad terrenal.

Comían, bebían o se lavaban el cuerpo. Luego volvían a ascender, suspendidas y a la espera. Dormían de pie. Comían sin hambre. Se separaban de sus muros como si los muros no existieran. Abandonaban sus monólogos vespertinos para retomarlos a mitad de la noche. Descuidaron sus murales, olvidaron sus oraciones y súplicas. Incapaces de conciliar el sueño, se levantaban por la noche, y se fumaban un cigarrillo, luego volvían a la cama y no se levantaban hasta las tantas de la mañana. Sacaban pequeños paquetes de fotografías para contemplar los rostros que había en ellas antes de volver a esconderlas. Rebuscaban en sus bolsas en busca de ropa nueva que reservaban para la siguiente visita.

Yasser Arafat, el Gran Narrador, llegó a El Cairo para reunirse con el Estado Ocupante y firmar documentos y mapas que ni siquiera él era capaz de interpretar realmente. Después, las noticias de su incapacidad llegaron incluso hasta los que estábamos recluidos en el interior de las cárceles. Algunos, en vez de culparle, aguardaron para ver cómo evolucionaba la situación. Luego llegaron las listas con los nombres de los prisioneros que iban a ser excarcelados, que habían sido preparadas de antemano para el momento de la firma del acuerdo. Se hizo un anuncio por la megafonía de la cárcel: hasta que no se leyera el primer grupo de nombres, todos los presos debían guardar silencio, un silencio sepulcral. Aquellos cuyos nombres leían contuvieron la voz y el aliento con alegría cohibida. Cuando se terminó de leer la lista del primer grupo, los nombres liberados brincaron y bailaron, se abrazaron y se besaron. Lloraron, se despidieron y regalaron la ropa nueva. Lloraron y se abrazaron por segunda vez. Se abrieron las puertas, y esos nombres abandonaron sus muros.

Una vez más se hizo un silencio sepulcral. Otra tanda de nombres. Una espera sin aliento. El anuncio había terminado. Bailes, saltos, abrazos, besos, lloros y una despedida final. Puertas abiertas, y almas que abandonaban sus muros. Luego me quedé solo. Miré a mi alrededor. De los treinta que estaban conmigo, no quedaba nada salvo el último aliento que había quedado flotando en el aire de nuestra sala compartida. Había un olor extraño en la sala, a silencio, a nada. Volví a mirar a mi alrededor. En mi cara prevalecía una mezcla de olores que me habían dejado sus besos de despedida. Me lavé la cara. Me la lavé otra vez. Empecé a repetir los nombres de los que habían estado allí, a contarlos. Me olvidé de uno o dos. Me precipité hacia la puerta cerrada. No había nada que oír ni ver. El silencio sepulcral. Volví a mi cama y me aferré al muro.

Unas manos limpias y otras manchadas de sangre. Eso decidió y firmó con su nombre el Gran Narrador: ni paz ni libertad para los que habían ido llevando su historia demasiado lejos o se hubieran sumergido demasiado hondo en su narración, para aquellos que alzaron la mano para partir la espada que los había dejado huérfanos. Arafat creó una nueva leyenda, en la que no tenían cabida los dioses de la guerra y sus arengas revolucionarias. Era una leyenda asombrosa sobre los dioses de la paz que forjaron sus palabras de antaño, y que aburridos y cansados de su exilio, buscaban refugio en la primera tierra que los acogiese.

Los prisioneros de guerra volvieron con sus dioses a sus muros, que siguieron siendo los mismos: sólidos, inamovibles y dispuestos a aceptar cualquier cosa que se escribiera en ellos. Los muros recibieron a sus almas con los brazos abiertos y la promesa de seguir allí para siempre. Esas almas volvieron y se juntaron en unas pocas salas, ahora que las anteriores estaban vacías, salvo por los fantasmas. A la lista de nombres le traía sin cuidado sus sueños, y la megafonía guardó silencio sobre su dolor. Les habían cerrado la puerta en las narices. Al volver del territorio intermedio en el que habían estado suspendidos, abandonaron todas las aventuras románticas que habían empezado a planear, pues todas las promesas habían sido un engaño. Volvieron a su único muro inamovible, un muro que era el comienzo de la historia, el nudo y el final.

Estuve solo apenas unas horas antes de que me transfirieran al módulo n.º 4, junto con todos aquellos presos, cuyos nombres no se habían pronunciado aún. Permanecimos sentados mucho rato, en silencio, evitando palabras que inflamasen con solo decirlas un dolor imposible de aplacar. Estuvimos mucho tiempo en silencio para que ninguna palabra reabriera nuestra herida aún abierta.

Miedo

> El cementerio, la última morada del hombre,
> es el lugar donde nacen los dioses.
>
> LUDWIG FEUERBACH

Cuando la muerte es inminente, crece en nosotros el miedo a lo desconocido que nos espera. El miedo abarca toda nuestra existencia: lo que creemos, lo que dudamos y en lo que pensamos; lo que hemos construido dentro y fuera de nosotros, las buenas acciones, y los sentimientos y emociones que han desencadenado en nosotros; todo lo que no llegamos a entender; las personas que llenaron nuestros corazones y los que se deslizaron por entre los pliegues; los pasos que dimos y las oportunidades que perdimos; las palabras que dijimos, las que escondimos, las que retorcimos.

En toda esa extensión horizontal de nuestra vida, lo único que puede salvarnos de la verticalidad de la muerte es una fe sólida e inquebrantable en el más allá y en un dios o dioses, misericordiosos y eternos. Igual que los cuerpos ateridos se juntan en torno a una hoguera, los mortales se unen en torno a la idea de la inmortalidad, se aferran a ella, consumidos por el temor de que su vida llegue repentinamente a su fin y que después sólo haya una nada en la que nunca habían pensado. Y cuando el miedo evoca en nosotros toda una serie de preguntas sobre lo que hay después de la muerte y nos muestra que ni siquiera poseemos una respuesta, entonces huimos, señalamos hacia arriba, levantamos la cabeza y las manos al cielo, abandonamos nuestro horizonte, buscamos algo a lo que agarrarnos para no volver a caer en ese infierno de preguntas y miedo, y dejamos de mirar hacia abajo, porque abajo sólo hay tumbas, ausencia y el fin de todo.

El cielo sobre la cárcel de Ascalón se cubrió durante mucho tiempo de nubes negras. Bajo su persistente oscuridad, los reclusos tuvieron que recuperar el aliento, evaluar su situación y renovar antiguas relaciones con sus muros. Eran las primeras víctimas del nuevo relato que surgió después de Oslo; no serían las últimas. Estas almas empezaron a arremeter contra cualquiera a quien creyeran que era responsable de la prolongación de su cautiverio. Los despellejaban a fuerza de vituperios, hasta los llamaban traidores. Con sus propias manos, plantaron las semillas de la duda en certezas que, hasta el día anterior, habían sido tan sólidas como los muros que las coronaban.

Mi muro me salvó de la duda y de sus consecuencias, mientras a mi alrededor algunos se perdían, yo sostuve mi muro con firmeza, nunca lo rechacé ni siquiera una hora. Me aferré a él y permanecí inmóvil mientras a mi alrededor había quienes abandonaban el suyo a un cielo que creían inmenso cuando, en cambio, es estrecho y opresivo. Mi muro me salvó cuando todo se arremolinaba a mi alrededor; siguió siendo mi punto fijo y nunca, ni siquiera por un día, he dudado de su capacidad para interpretar y comprender el desorden que me rodeaba. No busqué nuevos dioses, en mi muro contenía toda la fe que necesitaba. Otros presos perdieron sus puntos de referencia y se dejaban llevar hacia cualquier dirección por donde soplara el viento. Aturdidos y mareados, perdieron la confianza en la historia de su tierra y en una inefable victoria.

En un muro cercano colgaban otros que, desde el principio, habían rechazado la leyenda de la tierra, y, en cambio, habían adoptado una narrativa que hablaba del cielo, de los dichos de los profetas y de los vínculos de la fe. No tenían una historia que hablase de ellos, y, sin embargo, se consideraban protagonistas de una historia escrita mucho tiempo atrás, no en esta tierra, sino más allá de los cielos, una historia que no contenía mentiras en las que creer o profetas que maldecir si estos no cumplían sus promesas; una historia que no contenía derrotas ni reveses, sólo etapas diversas y temporales en el camino que conducía a una inminente victoria divina. Las historias y leyendas de los demás les traían sin cuidado. Negaban la existencia de otros profetas y semidioses que se pasaban media vida en las callejuelas, donde comían, bebían, sangraban y se morían. Esas almas tenían todas las respuestas. Las preguntas ya no los atormentaban con sus dudas. Nos íbamos a la cama con la certeza de que ningún insomnio vendría a estropear nuestros rezos al amanecer.

Sin embargo, yo, pese a saber que respuestas así son grilletes, que negaban la posibilidad de seguir investigando, que cortaban las alas a tu deseo de avanzar y, en última instancia, te impedían llegar a tu destino, aun así, cuando me ahogaba en un mar de preguntas y me perdía en una multitud de posibles respuestas, envidié a esas almas. Dormían toda la noche mientras yo rondaba los márgenes del sueño. Sentía envidia de su único Dios y de los atajos que buscaban para llegar a Él. Sentía envidia de los relatos de sus profetas y de su certeza de tener intercesiones y la salvación garantizadas. Pero mi envidia remitía cuando una nueva pregunta me llevaba al comienzo del camino. Entonces miraba a esas almas colgadas de sus muros. Y me di cuenta de que no se aferraban a su muro porque tuvieran fe en su dios y creyeran en él, sino más bien porque negaban la existencia de todo lo anterior y posterior a él. Se aferraban a Él, lo temían y lo deseaban. Hacían caso omiso de todas las pintadas que distorsionaban la faz de su dios. Habían dejado de escribir y habían roto el cálamo, habían abierto los brazos a un texto preconfeccionado, y obedecían a su primer y único dios que, al entregar el Corán a su profeta Mahoma, le había ordenado: «¡Lee!».

Así pasé la primavera de 1994, observando a mis compañeros de la prisión de Ascalón. Algunos deambulaban perdidos después de las liberaciones, intentando entender por qué todavía estaban allí. Otros sencillamente se resignaron a retomar sus vidas allí dentro. Las autoridades de Ocupación empezaron a ceder a los palestinos la tarea de gobernar las principales ciudades de Cisjordania. Nosotros pudimos ver en la televisión por primera vez cómo la policía y las fuerzas de seguridad palestinas entraban en Gaza, mientras la gente bailaba y arrojaba caramelos llena de júbilo por esas noticias. Delante de la pantalla del televisor, yo no me lo podía creer. Se me llenaron los ojos de lágrimas. Eran lágrimas de cansancio de quien quiere creer, al menos, un poco de sus propias mentiras. O quizá eran las lágrimas de alguien que está teniendo un hermoso sueño, y teme que una mañana falsa e intrigante llegue demasiado pronto y se lo arrebate. Pero aun así lloré al verlo, y ni todas mis dudas me lo impidieron.

Terminó la primavera, y llegó el verano, que trajo una nueva cita con la bestia de hierro. Esta vez el furgón me llevaría a la ciudad ocupada de Nablus, que aún no había pasado a manos palestinas. La cárcel de Juneid se había construido en 1984, y, en la primera década, sus muros se habían tragado decenas de miles de detenidos de Cisjordania. Es aquí, entre sus muros, donde surgió la jefatura y la base del movimiento nacionalista palestino. Yo llegué en agosto y, después de pasar unas semanas en el módulo n.º 3, me transfirieron al módulo n.º 7, donde una ventana nueva me brindaba una magnífica vista desde el lado este de la cárcel, orientado hacia el tranquilo y soñoliento barrio de Rafidia.

Las condiciones en la cárcel de Juneid no eran distintas de las de Ascalón, pero había un ambiente de entusiasmo efervescente, susceptible de estallar en cualquier momento, que deduje que se debía a una mayor concienciación de los acontecimientos políticos que estaban teniendo lugar en la plaza pública palestina. El miedo era de una naturaleza distinta en

Juneid. Estaba tan cerca que casi te quemaba los dedos. Era un miedo familiar, algo con lo que ya había tenido que lidiar. Un miedo que conocía, y que me conocía. Algo de su sabor y su olor acre me recordaba al alcohol.

Lo que me asustó fue la sensación de cambio. La transición de una geografía se realiza sólo si viene acompañada por una transformación del estado emocional. Es decir, que el traslado implica un tránsito entre dos estados emocionales diferentes, y del mismo modo, entre dos momentos culturales, cada uno de los cuales tiene su propia disposición particular. La Ocupación Israelí de 1948 impuso un tiempo cultural diferente de la situación en Cisjordania y la Franja de Gaza, territorios que no fueron ocupados hasta 1967. La primera Ocupación estableció un nuevo Estado en el que abundaban los elementos y el vocabulario de la modernidad, tanto en sus organizaciones políticas como en sus estructuras sociales y su planificación civil. Por otra parte, la Ocupación de 1967, después de haber saqueado todos sus recursos naturales, les permitió declinar una especie de congelación temporal. La Ocupación, de hecho, logró crear dos tiempos culturales completamente diferentes en una pequeña geografía que no pudo soportar esa enorme disparidad, y ella también se apresuró a mostrar al mundo dos modelos discordantes: el primer modelo presentó un Estado moderno e ilustrado que trajo la modernidad a un Oriente Medio ignorante, brutal y tendencialmente bárbaro; el segundo modelo ofrecía la imagen de un pueblo atrasado, violento, fanático, refractario al desarrollo y a la innovación, parte de una comunidad y de una geografía no menos feroz. Pero a la Ocupación eso aún no le bastaba, y además de dividir temporalmente las dos realidades, aumentó aún más la carga, dándole una pátina ideológica.

Como resultado, la geografía de Palestina experimentó, por lo tanto, una contradicción fundamental que ha repercutido en su identidad, su naturaleza y su cultura; en su cielo, su aire y su talante; en su lengua y su conciencia. Más aún, la Ocupación Israelí logró crear dos momentos culturales distintos dentro una sola geografía pequeña, sometida a la presión de las disparidades extremas. En los territorios de 1967 –Cisjordania, Gaza y Jerusalén Este– primaban una lengua árabe de marcado acento, la escasez de agua, una agricultura rudimentaria, un sector manufacturero preindustrial, estructuras sociales y familiares de carácter tribal, unos recursos naturales saqueados y una pobreza humillante. Era una geografía que se resentía hora tras hora como resultado de la confiscación de tierras que llevaron a cabo los sucesivos gobiernos de Ocupación. Por otra parte, estaban los otros territorios, los del 1948, con su extraña lengua hebrea, abundancia de agua, extensas tierras, agricultura avanzada, un sector industrial moderno basado en tecnología punta y una entidad política judía democrática fundada en el principio de ciudadanía. Una geografía que no dejaba de expandirse a expensas de los territorios de Cisjordania. Nada lograba saciar su apetito de saqueo y confiscación.

Todo palestino experimenta un estado de confusión temporal en su tierra cada vez que se desplaza entre esas dos geografías. Una es un espacio que conoce, que le parece en cada detalle atrapado en la antigua burbuja del tiempo, que lo corteja, que comprende sus escasos recursos y le promete suministrarle lo que necesita para vivir si se resigna y se da por satisfecho, pero también si se rebela y busca venganza. El otro espacio no lo conoce. No se le parece en absoluto, sino que lo mata, le roba y lo atrapa y que le promete seguir así si se resigna y se venga. El Estado Ocupante posee todo el arsenal militar necesario, incluidas las armas nucleares. Y es con este lenguaje que se dirige a los palestinos y Estados circundantes.

El palestino tiene que aferrarse a todos los dioses que conoce y a otros en los que no cree. Debe forjar la propia crisis a partir de su pobreza, la escasez de recursos y la dureza de corazón del mundo árabe que lo rodea. Es la única arma que tiene a su disposición para contrarrestar a la bestia que creció en su tierra hasta que la engulló entera. El arma sólo puede ser un mito, que es lo único que posee. No es una tarea fácil porque el discurso con el que se encuentra puede hacer temblar todas sus creencias. El tiempo paralelo lo persigue por todas partes y, a veces, se doblega, y a veces se rebela ante su propio cumplimiento. En algunas ocasiones, le pide a Dios para que le conceda un invierno lluvioso que nutra los campos que todavía posee; en otras, le ruega que no llegue ni gota de agua a esas tierras. Reza para que una ira divina caiga y destruya todo lo que el ocupante construyó en su tierra, e inmediatamente después siente una oleada de admiración hacia aquel que construyó esas maravillas. Despoja al Estado Ocupante de cualquier legitimidad o legalidad, aunque su democracia y su autoridad independiente nunca dejan de impresionarlo. Lo acusa, lo culpa, y lo denuncia por criminal cada vez que se acuesta o se malogra su cosecha, y sin embargo siguen sorprendiéndole sus excepcionales capacidades.

Cada palestino intenta con todas sus fuerzas mantener a raya la dolorosa realidad de los dos tiempos paralelos que se ha impuesto a su tierra. Por mucho que intente negarlo, al final reconoce su propia extrañeza ante un lugar que ni siquiera recuerda; además del olfato reconoce su propia transferencia física y emocional entre una geografía y otra. A veces aún intenta negarlo o ignorarlo, pero fracasa cada vez. En otras, se agarra a su leyenda y sus embustes: que no hay más que una sola geografía, siempre presente en todas partes, y un estado emocional constante e inmutable incluso cuando se traslada de un lugar a otro. Grita tan fuerte como puede, repite su discurso revolucionario, al que añade algunas palabras de amor. Escucha con atención; mira de cerca. Hurga en su memoria y recuerda su época y su lugar. Vuelve a gritar: ¡Soy el amo de este lugar! Soy el mar, la playa y las olas rompientes. Soy el cielo, el aire y lo que lleva a lomos a los pájaros. Soy la llanura, el prado y la bandada de palomas. Soy la arena, la jena y los manantiales de agua. Soy los cantos rodados, soy el águila. Soy la flor y la abeja. Soy la perdiz. Soy el valle, el llano y la costa. Soy el Viejo de la Montaña.

Cuando llegué a la prisión de Juneid tenía miedo de que se hubiera producido en mí una mutación psíquica, admitirlo me habría parecido una traición, rendirse suponía ceder ante la mentira de la tierra con dos identidades y dos pertenencias, supondría aceptar la ilusión de las distinciones temporales y culturales entre Ascalón en los territorios de 1948 y Nablus en los territorios de 1967. Al entrar en Cisjordania, me asustó la familiaridad que tenía con el aire, el olor, la disposición de las casas, las voces de los soldados que pululaban por las estrechas calles de Nablus. Me asustaba la idea de estar de nuevo en Cisjordania, en un lugar que se parecía al mío, tan distinto de Ascalón, mi anterior exilio.

Pero el miedo pasó. No se interpuso entre mi muro y yo. Aguardé la llegada de la noche, para poder estar a solas con mi muro de salvación y la vista de Rafidia que me ofrecía ampliamente la ventana que estaba a la misma altura que mi litera de arriba. Me preparé un café y me senté en la cama con las piernas cruzadas. Recibí el atardecer que se extendía sobre las calles del barrio. Todo parecía cercano; todo, salvo los rostros, que estaban a una distancia imposible.

Las autoridades de Ocupación, que aún no habían dejado Nablus en manos de los palestinos, seguían ejerciendo sus políticas opresivas contra la población. En la cárcel, fuimos testigos de escenas de interrogatorios y torturas. Desde nuestras celdas, oímos el estrépito de disparos contra las manifestaciones. Fueron meses de espera que se entremezclaron con oleadas de excarcelaciones como las que se vivieron en Ascalón, aunque más modestas. Y en mayo de 1995 iniciamos una huelga de hambre, con la que expresamos cuál era nuestra postura ante la escena política y los acuerdos que no nos tenían en cuenta y no hacían más que perpetuar nuestro dolor. Exigimos que los dirigentes palestinos se comprometieran a liberar a todos los presos políticos. La huelga continuó, en medio de presiones externas e internas, a lo largo de dieciocho días sin conseguir ningún resultado. En aquellos meses, no participaron movimientos islámicos, los islamistas dijeron desde el principio que estaban en contra de aquellos acuerdos de paz.

Fueron meses difíciles para nosotros, los presos, que recluidos dentro de nuestras celdas, no teníamos ninguna noticia acerca del traspaso de competencias a la administración palestina. Inquietos por su suerte, publicamos numerosas cartas dirigidas a los responsables de tomar las decisiones en el bando palestino. Y si bien ocultamos los miedos profundos que nos atenazaban, estos seguían siendo muy vívidos, agazapados en todos los rincones oscuros de nuestra prisión.

Yo pasaría casi un año y medio ante esa ventana, justo enfrente de la modesta casa de una familia de Nablus, que a causa de la reja yo veía dividida en un centenar o más de cuadraditos. El escenario nunca cambiaba, y nada alteraba su belleza y perfección. Yo percibía los detalles de la vida cotidiana a la vez que esa familia. Despertaba por la mañana con ellos, atento a la primera luz en el interior de la casa. El rostro de una mujer, inexpresivo, iluminaba una cocina pequeña y se desplazaba a pasitos. Otras luces despertaban en otros rincones de la casa: dos niños salían por la puerta camino de la escuela; una madre subía a la azotea para tender la ropa al sol. Después, ningún movimiento perturbaba la tranquilidad de la casa.

Luego abandoné mi ventana para abordar mi rutina diaria, pero cuando volví vi unos vehículos militares que perseguían a unos jóvenes por las calles, y otras escenas que me recordaban una leyenda en la que no había pensado durante un par de años. Esperaba la llegada de la noche, cuando los miembros de la familia se reunían en la casa. Me sumaba a los juegos de los niños, me sentaba con la familia a la mesa donde cenaban, me quedaba con ellos hasta que se apagaba la última luz. Con ellos, disfrutaba del sabor de las primeras uvas y de la fruta de sus árboles. Sentía su mismo miedo cada vez que los soldados se acercaban a su puerta, y expulsaba el aire de alivio cuando los soldados seguían su ronda. Les di nombres y rasgos a cada uno de los miembros de la familia: lo que les gustaba, lo que detestaban, las bromas inocentes que se gastaban en el desayuno, cómo vestían los días de fiesta, el color de las cortinas de la sala de estar, y lo que le contaba el marido a su esposa, y a lo que ella prestaba atención y a lo que no. Y así seguimos mi familia y yo hasta octubre, el mes que escribió un nuevo libro del Éxodo para todos nosotros, aunque su relato de liberación sigue, a día de hoy, inacabado. Octubre de 1995 era la fecha prevista para la cesión de Nablus a los palestinos y para el abandono del territorio por parte de las fuerzas de Ocupación, una partida que iría acompañada de un largo convoy de bestias de hierro con los vientres llenos de almas traicionadas y olvidadas, que carecían de voz para expresar sus sufrimientos. Pero también era la fecha del fin de un mito en el que muchos ángeles cayeron y muchos dioses dejaron de ser dioses, la fecha en la que una narración exhalaba su último suspiro, la fecha en la que el tiempo había vencido al espacio y a los que no creían la mentira de la geografía con sus dos dimensiones temporales. Antes de salir al encuentro de un nuevo éxodo incierto, esas pobres almas rebuscaban en sus maletas y en sus muros en busca de dioses a los que aferrarse; aterradas después de haber asistido al impotente final de la vieja narración, rebuscaron de nuevo, más aterradas aún, en los techos y debajo de las camas. Ahora que las mentiras en las que habían creído se habían desvanecido, sólo quedaba la lenta aproximación de la desaparición final, el rugido de las bestias de hierro, las celdas y las secciones de la prisión se llenaron de odio, del olor del fin, y cuando el miedo se convirtió en fe, los dioses protectores de los largos viajes bajaron para dar consuelo a aquellos que los invocaban. Los presos trajeron consigo todo lo que podían llevar, fingieron que no veían la casi ciudad en la que se habían desesperado y echaron una última mirada a sus muros, a los que habían rechazado cuando creyeron que iban a ser liberados.

Encontraron sus muros igual que antes, sólidos, compactos, como todos los muros, que no se retractan de sus promesas, no te niegan su apoyo y no le dan la espalda a nadie.

Mi último día en Juneid, me senté en la cama, recostado en el muro, del que nunca me había separado. Contemplé por última vez a la pequeña familia que había iniciado su rutina diaria, del todo indiferente a lo que estaba a punto de ocurrirle a quien ahora estaba observándolos. Como cada día, pusieron la mesa del desayuno. Los niños se fueron al colegio. La madre subió a la azotea. Mi partida no les aceleró la respiración ni hizo que les diera un vuelco el corazón, pero yo no se lo tuve en cuenta, ni pronuncié ninguna palabra de despedida. Desde mi punto de observación, eché un vistazo a lo que ocurría en el interior de la cárcel, y me apoyé con más fuerza en el muro. No hubo conversación alguna entre mi muro y yo capaz de perturbar nuestra unión y nuestra soledad.

La mayoría de mis compañeros lanzaban sus últimas miradas de reproche a la casi ciudad que parecía tener poca memoria. Tenían los ojos asustados como los que aún ignoran el verdadero motivo de lo que temen y no dejan de buscarlo.

Yo estaba listo para partir. Mi destino era la cárcel de Beersheba. Los demás fueron destinados a otros lugares. Las bestias de hierro recogieron su cargamento entristecido y, en un instante, se convirtieron en máquinas del tiempo, o eso parecía a juzgar por los rostros angustiados y asustados de quienes se trasladaban de una geografía a otra y sentían que la fuerza de aquellas bestias de hierro estaba devolviéndolos a su propio exilio. Sólo estuve unos meses en Beersheba, después me trasladaron a la cárcel de Nafha en el desierto de Negev. Allí se inició un nuevo periplo para mí, con desenlaces que nunca habría sido capaz de imaginar.

En la cárcel…

En la cárcel…
eres la confesión de todo lo que tienes dentro,
algunas de las cosas que dices
hablan un poco de ti, aunque igual transmiten cosas
que no crees
o empiezas a creer cuando los años comienzan a pesarte
demasiado
y los sentidos se te vuelven quebradizos,
cuando te confunden el lugar y las caras y la música,
los nombres que te rodean
y la diferencia entre noche y día,
cuando el muro se te acerca, y tú no sabes
si ha venido para fortalecerte
o para matarte.

En la cárcel…
eres lo que los demás dicen de ti,
nada dentro de ti merece contarse,
salvo lo que dicen de ti en tu ausencia,
tú eres sus errores si se equivocan
y cuando entienden…
No hay lugar para ti cuando sus causas se dispersan
ni cuando vuelven a unirse,
su tumulto invade el espacio, ninguna voz se alza
por encima del ruido
y tú no tienes voz.

En la cárcel...
te despides de las mañanas que van hacia un rostro
que no es el tuyo
y cuando aparecen las columnas de luz
sólo significan para ti
que tu sombra desaparece
que los cuerpos arden antes que tú,
y después de ti
luego llega el atardecer
un momento de sombra larga, la última hora
del sol
el lento avance de la oscuridad y el final
de un día que te ha pisoteado

En la cárcel...
nada atestigua tu presencia
no estás aquí
estás lejos de allí
allí donde ya nada recuerda tus pequeños detalles
allí donde nadie te echa de menos
Ninguna señal para decir que eres tú...
¿Cuándo llegaste?
¿Cuánto tiempo te quedarás?
¿Trazaste tú esta línea? ¿Y cuál de tus preocupaciones
te ha condenado?
¿De verdad eres tú? Dentro de ti
¿queda algo aún que se te parezca?

En la cárcel...
los fantasmas de quien amaste y has colgado, como fotos,
en tu muro
no envejecen como tú y tu rostro.
Otros se han ido, los has escondido lejos de tu dolor
para que no perturben
el rostro de quienes aún están ahí

o abrumen demasiado tu recuerdo si olvidas,
y otros semblantes, a los que has dado
rasgos y nombres y deseos que se parecen a tu hambre,
que saltan de su cama y acuden
raudos
a juguetear con tu sueño.

En la cárcel…
tus errores y pecados se juntan, todos los que has diferido
a la inmensidad del tiempo y la multiplicidad de intenciones,
la primera mujer que traicionaste
tu certeza sobre los días futuros
el olvido de tu Dios
o recordarlo aún
tu mal de amores, tu sumisión a la esclavitud,
una patria libre de preguntas, habites tú en ella o habite ella
en ti,
y errores que te han golpeado
una pequeña cantidad de todo lo que postergaste te reconforta
y justifica que pidas a gritos el perdón de Dios

En la cárcel…
lo desconocido se vuelve conocido
tus charlas después de una hora, la cantidad de sal en
la comida siguiente, y la mujer que te visita al comienzo de
cada noche,
tu ración de sol
tu estado de ánimo antes del café y el que podrías tener
después
Los rostros de quienes te visitan, el olor
de la espera
de qué lado dormirás esta noche y todas las noches,
la cantidad de aire en los pulmones
el sabor de la mañana después del primer cigarrillo y los
colores

que turban tu espejo cuando comienzas cada día
por mirarte a la cara.

En la cárcel…
tus manos en el aire, una para ti y otra para escribir
tu incapacidad
para colgar tu espera de la primera horca
para consolar a tu madre por tu ausencia
u olvidarla
para impedir que las agujas del tiempo
avancen raudas
para destruir tu muro, o permitirle que te construya o
te destruya
para olvidar a una mujer que quisiste
y que te rompió el corazón
para recordar la cara de tu padre y perdonarte su muerte
y tu incapacidad para reclamar una mano que una vez fue
tu mano.

En la cárcel…
eres lo único que necesitas cuando habitas
en ti mismo
cuando aceptas que sabes que
no sabes, que el mañana no se vengará de tu hoy
y que los caballos te estarán esperando
si los miras de cerca
y dejas de huir de ti mismo y de tu muro.
Eres lo único que necesitas
así que detente.
Estas son tus horas, este es el latir de tu corazón, esta es tu
vida, si
crees en ella,
es toda tuya

En la cárcel…

Puedes ser lo que quieras
el último de los profetas de la mentira
el primer hombre en creer en el Mesías y a caminar sobre las aguas para alcanzarlo.
Aladino o su lámpara, elige tú,
una mariposa de vida breve
el amante de Scarlett O'Hara en *Lo que el viento se llevó*
o la propia Scarlett,
una bailarina de flamenco andaluza
un purasangre árabe en tierras lejanas
una supernova que se recalcitra antes de morir
un balcón que se asoma al mar o una mujer
aún más dulce y más lejana.
En la cárcel, puedes ser lo que tú quieras
sin cadenas que te aprisionen.

En la cárcel
eres tu liberación de todo lo que está por llegar, pero nada llega,
y todo lo que llega eres tú.
Eres el lugar y eres el tiempo.
Tú, tú solo.
En la cárcel,
lo posees todo y nada
es tuyo.

Mi dios

Soy hijo de padres creyentes, que tenían fe en un dios sencillo, con un mensaje sencillo y unas peticiones también sencillas, un dios al que reconocían todas sus prerrogativas y todos sus nombres, tanto los fáciles como los difíciles, con el que se peleaban cuando nos acostábamos con hambre y con el que se reconciliaban cuando nos veían dormir profundamente. Rezaban, ayunaban y e intentaban cumplir los preceptos como podían. A veces, mi padre pronunciaba mal algunas palabras de su Señor, y me ignoraba si intentaba corregirle. En realidad, mis padres nunca impusieron su fe a sus hijos, todo les llegaba tarde, excepto el amor por sus pequeños.

La historia de mi madre con su dios era extraña y divertida a la vez. Era una relación ambigua. Por un lado, era una especie de flirteo y, aunque el vocabulario amoroso de mi madre tenía un número limitado de palabras, eran suficientes para ella y su Señor. Pero, por otro, cuando tenía algo de lo que quejarse, se abandonaba a una de sus largas diatribas, mediante palabras y expresiones que, de haberlas examinado con atención, no habrían resultado ser muy devotas. Mis hermanos y yo solíamos provocarla sólo para oír cómo le echaba la culpa al Señor y le regañaba si le sucedía algo imprevisto y desagradable, mientras, reunidos a su alrededor, nos moríamos de risa.

De niño, mi imagen del Señor era la que describían mis padres. Los chicos del barrio aportaron otros elementos heredados de sus progenitores. A medida que mi círculo de movimientos y amistades se iba ampliando más allá del campo, se añadieron otros rasgos. Y así, y después de haber eliminado cualquier cosa que contradijera las ambiciones, esperanzas y deseos de un joven que se aprovechaba de su curiosidad y rechazaba cualquier forma de prohibición, acabé con una imagen amalgamada de un Señor que cada vez se parecía más a mí.

Al principio, en mis prácticas religiosas, imitaba los gestos de mis padres, aunque me aburría un poco su repetitividad. Rezaba una semana o dos y luego dejaba de hacerlo durante varios meses. Pero siempre ayunaba durante el mes del Ramadán, empecé cuando tenía ocho años y nunca he dejado de hacerlo, salvo en casos justificados. A medida que fui cumpliendo años, mis rezos fueron menguando. En una especie de acomodo propio de un adolescente, seguí viviendo en perfecta armonía con mi Señor. Él me perdonaba mis pequeños pecados, o eso creía yo. Luego, cuando crecí un poco más, mis pecados se hicieron más grandes, igual que su capacidad para perdonarme. Y gracias a ese equilibrio de conveniencias, tuve una adolescencia feliz. La felicidad duró hasta que cumplí los quince años, cuando a una de las mujeres del campo, en un golpe de astucia, se le metió en la cabeza que le gustaba el hombre en el que yo me iba a convertir. Empezó a cortejarme, a veces con palabras, a veces con gestos, hasta que un día harta de esperar a alguien al que le costaba tanto entender como madurar, decidió dar un paso más. Ese encuentro me desconcertó y me dejó el cuerpo entumecido. Estaba furioso, exultante, asustado por el nuevo mundo que había descubierto, hui. A los pocos días, regresé. Más desconcertado, con el cuerpo más entumecido, más enfurecido, y luego más exultante y asustado por lo que habría por descubrir, y hui por segunda vez, más rápido que nunca.

Cuando mis tanteos dejaron de ser tan simples, mi adolescencia entró en una fase más compleja y empecé a relacionarme con un nuevo dios, que tenía que hacerse más grande, con una mayor capacidad de compasión proporcional a los nuevos descubrimientos que iba haciendo en mi vida. No fue fácil, pero lo conseguí. Esta nueva fase convirtió los ocho años siguientes en una experiencia vital, y yo no estaba preparado para entender los nuevos mundos que se me revelaban. Pero esos ocho años también me prepararon para afrontar el largo viaje que me esperaba. Mi Señor siguió velando por mis pasos, tanto en la adolescencia como en los años siguientes de mi rebelde primera juventud, durante la Intifada de las Piedras y camino de la prisión.

Inmerso en el clima de peligro y muerte que supuso la intifada para toda una generación, después de mis aventuras de carácter erótico –una intifada que me desnudó el cuerpo y quebrantó su paz haciéndome madurar demasiado deprisa–, necesitaba un dios que fuera más cercano, más misericordioso y compasivo. Un dios que descendiera de su cielo y viviera en nuestros barrios atestados de soldados, con el hedor de la pólvora, y llenos de gente pobre y de almas perseguidas que buscaban un lugar donde refugiarse. Un dios capaz de interponerse entre nosotros y las balas que nos desgarraban los cuerpos. Un dios que no recibiera a nuestros muertos, sino que los mandara de vuelta para que, junto a nosotros, se reincorporaran a la lucha. Un dios que llamara a nuestra puerta, y si nuestro orgullo nos impidiera contestar, llamara por segunda vez, y aun una tercera, hasta que le abriéramos las puertas de nuestro corazón. Un dios que aguardara mis súplicas, aunque llegaran tarde, y que me respondiera incluso si dejara de rezar. Un dios que conociera todas mis necesidades, incluso en el caso de que yo las hubiera olvidado. Un dios como el de mis padres, que no se enfadara si añadía palabras a su vocabulario o le culpara de mis debilidades.

No fue el miedo lo que me impulsó a buscar un dios más cercano, fue mi necesidad de tener un compañero que fuera ajeno a este planeta, que no reconociera las leyes naturales, tradiciones y las diversas culturas de este mundo nuestro. Una presencia armoniosa, que respetara mis pecados y no me juzgara precipitadamente, ni revelara mis secretos a nadie. Un compañero del que no tuviera que avergonzarme por poner en práctica mis hábitos más bochornosos. Con Él, abandonaría todas mis máscaras, todas mis falsas palabras. Un compañero divino, en cuyas leyes y geografía no hubiera nada que ofuscara mis emociones ni limitara mis maravillosas aventuras; un compañero que no me lapidara, que no me fustigara, amenazara ni provocara temores que no pudiera soportar. Necesitaba un dios que permaneciera conmigo si me abandonaban los más íntimos. Un dios que no temiera entrar en lugares angostos y oscuros si yo no conseguía salir de ellos y remontar el vuelo. Un dios que me acariciara el pecho si me faltaba el aire, que aliviara el dolor de mi corazón cuando se me estuviera rompiendo.

De este modo, mi dios se convirtió exactamente en lo que yo quería que fuese. Me refugié en él cuando las callejuelas me oprimían y los soldados me cortaban la retirada. Me refugié en él, entre una bala y la siguiente. Me refugié en él después de honrar al último caído. Me refugié en él cuando me detuvieron y confesé, abajo en la cripta. Me refugié en él cuando mi mundo se contraía y dentro de mí todo se volvía confuso. Hice que se quedara a mi lado, muy cerca, cuando yo vivía entre cuatro paredes. Mi Señor ocupaba una amplia zona del mural que hice, peleó y rivalizó por cada centímetro, nunca se cansó de estar a mi lado, ni se desesperó cuando yo me obstinaba y peleaba con él.

Los tres –yo, mi dios y un lugar sumamente enclaustrado–, permanecimos así juntos, sobre un solo muro, en una especie de armoniosa estabilidad, que me dio seguridad, me ha reconciliado con la vida y, gracias a su solidez, me permitió crear mundos y destruir otros, cambiar la posición de las estrellas y los planetas, alargar y acortar la duración de las estaciones, abrir las puertas a mis visitantes cuando en realidad hubiera deseado cerrárselas. Todo el mundo tiene un dios al que reza y adora, y con cuyo rostro se encuentran cuando se despiertan al amanecer. Yo tenía el mío, al que amaba y que me amaba. Mi dios era el dios de la fe y de la creencia; el dios de los errores y de las buenas intenciones; el dios de los ricos y los pobres, el dios del espacio y del tiempo, de lo que vino antes y lo que vendrá después; el dios de los soldados y de aquellos a quienes persiguen; el dios de las guerras, de las derrotas y de las victorias; el dios de los padres, de las madres y de los hijos; el dios de los que se aman para siempre e incluso de los que traicionan.

No quedamos así los tres –yo, mi dios y un lugar enclaustrado–, los tres con nuestros monólogos sobre un muro que se había acostumbrado a nuestra compañía, e incluso en las entrañas de la bestia de hierro que nos internaba cada vez más en el desierto palestino de Negev. En unas horas, nos reuniríamos en la cárcel de Nafha. Durante todo el viaje, se nos llenaron los pulmones de aire seco, y me asaltó la intensa sensación de que me iba para siempre. Cuanto más nos acercábamos a nuestro destino, más se aceleraba mi respiración. Era una sensación que no podía explicar, esperaba que algo cambiara de alguna manera, pero todo seguía igual. El furgón se detuvo ante la puerta de la prisión, y todas las voces se apagaron.

La separación

Poco antes de amanecer, Buthaynu saludó
a mi camello y se puso en camino;
¡Responde al saludo! ¿Cómo puedes no
responder al saludo, ay, camello mío?

KUTHAYYIR (*c.* 660-*c.* 723)

Cuando leo nuestra poesía preislámica, siempre me ha maravillado cuán rico es su vocabulario para describir un árido paisaje desértico que sólo debería necesitar unas pocas palabras como: arena, zarzas, sol abrasador y escasez de agua. La profunda emoción y la refinada sensibilidad de esta poesía son asombrosas, a pesar de la dureza de la vida nómada y de la naturaleza severa de la tribu, que para vengar la muerte de un animal derramarían la sangre de mil hombres. Me maravillaba su fe y la confianza que ponían en sus ídolos cuando la tribu prosperaba y a los que devoraban cuando la caza o la cosecha se malograban. Me maravillaba su capacidad para inventar un centenar o más variantes para cada nombre. Los árabes preislámicos poseían una genialidad extraordinaria para la poesía. Nos equivocamos, en nuestra ignorancia, al llamar a esa poesía *jahili*, que significa «ignorante», transfiriendo el término anteriormente aplicado a la era preislámica.

¿Cómo es posible que el desierto proporcionara a un tosco beduino sensaciones tan exquisitas, la claridad del agua y la tersura de la hierba? ¿Cómo llegó ese beduino a todos sus dioses cuando en la naturaleza que lo rodeaba no había nada más que represión, coacción y donde sólo abundaban el hambre y la sed? ¿Acaso había algo en la horizontalidad del desierto que inspiraba a nuestros antepasados beduinos una verticalidad que les impulsara a alzar el vuelo hacia el cielo y colmar todo ese vacío? ¿Había algo en su soledad nómada que le llevaba a personificar su entorno y dar voz a la noche, al día y a los cuerpos celestes? ¿Qué le impulsaba a conversar con su montura y escuchar su respuesta? ¿Cómo pudieron florecer aquellos corazones en un pecho tan árido? ¿Cómo pudieron sus mujeres escribir poesía? ¡Cuántas contradicciones en el desierto! Así como enterraban a sus hijas recién nacidas, sepultaron también sus miedos y angustias, y la pobreza. De entierro en entierro convirtieron el desierto en una fosa común que contenía todo lo que perturbaba su existencia. Y sobre los restos de aquellas tumbas escribieron su literatura y su poesía, que dedicaron a sus mujeres, versos que nadie, ni antes ni después, ha sabido jamás escribir.

En enero de 1996, yo también estaba en el desierto. Todos guardábamos silencio cuando el furgón lleno de prisioneros se detuvo delante de la cárcel de Nafha. Su enorme puerta se abrió, y se nos echaron encima largas horas de espera. Después de una inspección humillante, nos reunimos en la sala de visita, a la espera de que nos distribuyeran en los diversos módulos y salas. La cárcel tenía cuatro módulos, donde cerca de cuatrocientos reclusos estaban inmovilizados en las celdas y en patios tan estrechos que hasta el sol, raudo, se apresuraba a abandonarlos. Un desierto rodeado de una prisión, que a su vez estaba rodeada de un desierto inabarcable. El cielo estéril, sólo atravesado por el griterío de algunas aves, el ruido de los aviones militares que se entrenaban para combatirnos y los granos de arena que dificultaban nuestra respiración.

Al caer la noche, ya estábamos todos en nuestras salas. Ocho almas hacinadas para protegerse del frío del invierno. Después de unas presentaciones prolongadas, me encaramé a mi litera de arriba. Una ventana daba a un patio trasero en el que no había más que arena y polvo, alambre de espino, y los ladridos de los perros guardianes.

Allí estaba mi muro, esperando a que dispusiera mis cosas para poder encontrarnos otra vez a solas y enfrentarnos juntos a nuestra primera mañana. Pero antes, tenía que averiguar la sensación de sofoco que me sobrevino durante el viaje en el furgón. Me miré. Miré el muro. Luego busqué a mi Señor en todos los lugares habituales, y no lo encontré. Su desaparición no me produjo ansiedad. Busqué de nuevo, con más cuidado esta vez. No hallé nada, salvo su ausencia en el muro. Miré a los demás, también ellos habían sido rechazados por las casi ciudades, los pueblos y los campos, también ellos habían sido enterrados aquí bajo la arena del desierto, lo bastante lejos para que sus gritos de dolor no perturbaran el sueño de nadie. Volví a mi muro. Me había liberado de un dios al que no reprochaba ninguna de las cosas extraordinarias que nos habían sucedido: aquí es donde tú y yo nos separamos. El muro estaba impregnado de esa sensación de separación. Seguí repitiendo lo que pensaba: aquí es donde nos separamos, tú y yo.

En los siete años siguientes, rechazaría a un dios que me había acompañado durante la mayor parte de mi vida. Abandoné mis oraciones y devociones diarias. Me abracé al muro que era mi punto de referencia estable, me aferré a él como no lo había hecho nunca. Siete años enteros en los que huiría de mi dios y su misericordia, su consuelo, sus amenazas, su proximidad y su alejamiento. Huiría de sus libros, de sus profetas y de sus jardines llenos de mujeres vestidas de seda. Huiría de su fuego que fundía el hierro. Hice caso omiso de las repetidas llamadas de mi dios a mi puerta cerrada y me remonté al desierto *jahili* con su multitud de dioses. Renuncié a todo lo que había vivido antes o viviría después y me aferré a mi muro y a toda la vida que albergaba: yo soy mi muro, y mi muro es yo. Le ofrezco mis años como un sacrificio, y no se harta de mí ni me abandona.

Mis garabatos se extendieron de punta a punta del muro, sobre todo después de haber rechazado cualquier presencia divina en él. Necesitaba ese espacio en medio de la hacinada reclusión que se me caía encima día tras día. No mucho después, aprendí a ajustar mi respiración a las partículas de polvo que sofocaban el aire; aprendí a dormir, pese al constante ladrido de los perros. Ya no sentía mis pasos oprimidos por la multitud de pasos en el angosto patio durante las horas al sol. Sin protestar demasiado, aprendí a aceptar la realidad de que el desierto siempre tiene la última palabra.

Mientras tanto, mi muro existía por encima de cualquier fenómeno natural. Nada en él se veía afectado por las variaciones de nuestro entorno. No le importaba en absoluto mi separación de mi dios siempre y cuando continuara aferrándome a él. Es posible que mi muro prefiriera incluso que hubiese vuelto al estado de ignorancia *jahili*, teniendo en cuenta su paganismo y una pequeña Kaaba* cuyos muros atestados albergaban a todos los dioses, sin que estos entraran en conflicto, ni excluirnos, ni rechazo ni asesinatos por cuestiones de identidad. Al muro le agradaba que viviera como mis antepasados, los árabes *jahili* en su desierto. Busqué vida en mi interior después de que toda posibilidad de vida en el desierto quedara descartada. A partir de la arena creé dioses que mataban si mi desierto se quedaba sin sangre que derramar. Dormí con todas las mujeres de la tribu y con aquellas de las tribus vecinas. Sobre la sinuosa e irregular superficie del muro, escribí un millar de poemas en líneas simétricas. Renegué de todos los profetas, pues no me tentaba ninguna religión, salvo la de mi tribu. En lugar de la Kaaba, caminaba en

* Construcción en forma de prisma dentro de la mezquita Masyid al-Haram, en La Meca, que representa el lugar sagrado más importante del Islam. *(N. del T.)*

círculo alrededor de mi muro. Colgué sobre él mis creaciones poéticas que hablaban del amor y la guerra.

Durante más de un año, en la prisión de Nafha, mi vida se redujo a mi muro y yo, sin un tercero a nuestro lado. Allí los reclusos vivían cada día como si fuera el último. Recordaban su vida anterior al verla en los ojos de las visitas, pero la volvían a olvidar cuando estas regresaban a la arena y el polvo. Rezaban y ayunaban y dormían. Se hacían mayores y lloraban por una patria que los había abandonado. Mi muro y yo sobrevivimos a tormentas de arena y al frío del desierto, que no tenía piedad con nuestros huesos quebradizos. Nos aferrábamos a nuestras antiguas leyendas y nuestras mentiras, igual que los demás, que hallaban cierta estabilidad en las historias que se contaban a sí mismos. Creía que mi rutina continuaría siempre, sin que ningún nuevo revés del destino pudiera desestabilizarme. Entonces llegó marzo y con él una visita de mi madre. Sentado frente a ella, observé su rostro apesadumbrado. Guardaba silencio, igual que los parientes que la acompañaban. Reparé que mi padre no había venido y le pregunté a mi madre por él. No respondió. Entonces se echó a llorar. Mi padre estaba muerto.

Me caí de la silla. Cuando me desperté esa noche en mi cama, me di cuenta de que tenía los dedos ensangrentados de tanto golpear la reja de hierro que separaba el llanto de mi madre por su querido esposo del mío por un padre. Se me cayó la cabeza hacia atrás y se golpeó contra el muro. Y entonces hice salir a mi padre de la tumba, lo hice sentarse frente a mí y expresé todo lo que lamentaba.

«Lamento, padre, tu muerte y tu vida. Tu tierra, y las semillas que te olvidaste de plantar, la forma en que te expulsaron de Bayt Nattif, el exilio en el campo de refugiados, y tu pobreza, tu ignorancia y todas las emociones que reprimiste. Lamento, padre, todas las veces que no te besé, todas las veces que agravé tu sensación de impotencia, todas las veces que te culpé cuando no era culpa tuya, todas las veces que me avergoncé de tus manos vacías y tu carro tambaleante, y todas las veces que te llamé padre sin llamarte señor. Lamento todas las conversaciones entre nosotros que quedaron suspendidas, y todas las veces que interrumpí tus momentos a solas con madre, intencionadamente o no. Lamento, padre, que no me hicieras caso durante las visitas, y todo lo que querías decir pero no dijiste. Lamento que tu muerte me tomara por sorpresa, y haberme perdido la ceremonia del lavado de tu cuerpo, tu entierro y todas las cosas buenas que se dijeron sobre ti. Lamento llorar, y no haber llorado nunca antes por ti. Lamento mi paganismo, y no tener una sola moneda que colocar sobre tus ojos para aligerar el tránsito final.»

Le pedí disculpas a mi padre por estas y otras muchas cosas. Pero también recordé todos los momentos hermosos que pasamos juntos. Mi padre había depositado en mí todos sus sueños, y yo los cargué sobre el muro. Luego este padre murió, y todavía veo la tristeza que le demudaba el rostro cada vez que visitábamos Bayt Nattif, su pueblo abandonado y saqueado. Mi padre murió sin despedirse de mí, ¡y cómo necesitaba yo despedirme! Mi padre murió, sin dejar de culparme y censurarme, antes de que pudiera explicarle mi ausencia o hacerle entender las razones de lo que hice. Mi madre dijo que él se acostaba todas las noches llorando, lejos de las miradas ajenas, pero nunca derramó una sola lágrima en mi presencia. Ahora lloré por él como no había llorado por nadie. Sigo llorándole, por si se compadece de mí y me perdona. Pronuncio todas las palabras de amor que sé. Le cuento nuestras viejas historias y la leyenda de la tierra, y que hemos plantado árboles suficientes para dar sombra y alimentar a quienquiera que luche, árboles que se levantarían y lucharían en nuestro lugar si muriésemos. Le hablo de su pueblo. Los cardos han crecido y ahora son más altos que yo, todavía hay higos y almendras, y el algarrobo grande sigue en pie donde solía darnos sombra cada vez que íbamos hasta allí. Le cuento cómo le va a mi madre después de que él se fuera, y que es más hermosa cada año que pasa, y que se niega a morir porque, si lo hiciera, yo la acusaría de traición.

Cuando se llora la muerte de un ser querido, lo que necesitas es un lugar apartado donde poder refugiarte, donde poder recuperarte o morir en silencio. Una celda estrecha y hacinada es lo más alejado de un lugar así. Me vi obligado a soportar a todos mis compañeros que consideraban su deber religioso y humanitario añadir su carga a mi pena. Se arremolinaban en torno a mí y me hacían extrañas preguntas sobre mi padre, sobre su vida, sobre su enfermedad, sobre la última vez que lo vi, sobre lo que me había dicho, y así sucesivamente. Me susurraban al oído todos los versículos del Corán sobre la paciencia, junto con los dichos del Profeta acerca del perdón y lo inevitable de la muerte.

Esperaba que las preguntas se terminaran para poder regresar a mi muro. Envuelto en mi tristeza, pensé en una existencia sin mi padre y me pregunté qué vida sería: ¿la maldeciría o me reconciliaría con ella y llegaría a aceptarla? En mi muro había sitio de sobra ahora que lo había abandonado mi Señor, así que llevé a otro señor que había muerto sólo unos días antes, y lo enterré en mi muro. Le leí los versículos en los que él había creído, y que seguían teniendo sentido para mí. Recé para que tuviera otra vida, una existencia en la que no conociera la pobreza ni la ausencia, e incluso podría haber rezado para que tuviera otra mujer tan hermosa como mi madre, si algo así fuera posible, y si mi madre se lo hubiera permitido.

Durante aproximadamente ese año en la cárcel de Nafha, había vivido separado de un Señor que nunca había muerto. Pero luego otro señor murió, y el dolor por aquella muerte no me abandonaba, no callaba, no tenía piedad, no moría.

La Intifada de Al-Aqsa, 2000-2005

Los años comprendidos entre 1993 y 2000 vivieron tentativas de negociación por parte de palestinos e israelíes. Pese a que Israel se negaba encarecidamente a cumplir las obligaciones derivadas de los acuerdos que había firmado, eso no impidió que los reclusos lograsen cierta estabilidad. Hubo un avance significativo en sus condiciones de vida como nunca había sucedido en décadas anteriores. Los responsables de la penitenciaría dejaron de comportarse con mano de hierro, simplificaron los procedimientos y respondieron de manera más positiva a las peticiones de los presos. Estos cambios no podían compensar de ninguna manera la dolorosa decepción de sentirse abandonados, pero los presos aprovecharon ese clima más benevolente para lograr aún más concesiones que mejoraran su vida diaria.

Estábamos convencidos, y era nuestro único consuelo, de que seríamos la última generación de palestinos que colgarían de los muros, ocultos en las cárceles de la Ocupación. Queríamos creer que las puertas de la prisión se habían cerrado de una vez por todas, y que no habría almas nuevas que llamaran a la puerta y nos devolvieran al punto cero. Queríamos una muerte rápida y tranquila, no queríamos que su respiración jadeante perturbase el mundo al que habíamos renunciado cuando nos dio la espalda. Comíamos más, dormíamos más horas, nos hacíamos mayores.

Pero cualquier intento de mantener viva una narrativa condenada a muerte en el mismo momento en que veía la luz, fracasó. Los palestinos se esforzaron e hicieron más concesiones de las que estaban en condiciones de soportar. Los ocupantes se mostraron cada vez más exigentes y menos colaborativos. Algunas voces de la resistencia palestina alzaron la voz e inmolaron sus cuerpos frente a la Ocupación; otras voces de la resistencia israelí masacraron a gente que rezaba en los patios de las mezquitas. Ambos bandos hicieron oír sus protestas en otras formas y de otras maneras.

Recorrida buena parte del camino hacia la muerte, los internos observaban con preocupación los procesos de cambio de la sociedad palestina. Aferrado a mi muro, yo también intenté entender los acontecimientos con cierto desapego, distanciándome de mi ira, mi frustración y mis ansias acusatorias. El panorama general se había vuelto más complejo a lo largo del camino de la aplicación parcial de supuestos acuerdos que habían desfigurado los rasgos históricos y geográficos del territorio. Sin ninguna preparación previa, los palestinos realizaron rápidamente la transición de una posición revolucionaria a otra civil. Enterraron la antigua leyenda bajo la nueva que habían creado. Abandonaron la economía de resistencia y construyeron una economía de mercado que los convirtió en rehenes de la economía del Estado Ocupante.

Aunque la Ocupación seguía sin cumplir los acuerdos, los palestinos no lograban dar con una respuesta apropiada, salvo por algunos enfrentamientos que no consiguieron cambiar el curso de los acontecimientos. Los presos seguíamos los avances con inquietud, y participábamos en numerosas discusiones para analizar la situación política. Manifesté mi temor de que una nueva generación palestina, que denominé la «Generación de Oslo», influida por los nuevos discursos que acabaron por subvertir y reemplazar el viejo mito, acabara descarrilándose por el curso natural de los acontecimientos. Y en lugar de resistir una Ocupación que seguía devorando su tierra, aceptara vivir el tipo de vida que dichos discursos le propusieron.

La nueva narrativa estaba repleta de palabras acerca de vivir y de la vida, mientras que la muerte, que siempre estaba presente, había quedado relegada a los amplios márgenes. Era justo lo contrario de lo que ocurrió en nuestra antigua historia, donde la muerte estaba por todas partes, y las celebraciones de la vida ocupaban posiciones marginales. Al mismo tiempo, esta nueva narrativa había debilitado nuestra identidad nacional colectiva, reforzando, sin embargo, las identidades locales y familiares entre otras, así como las diferencias en las estructuras social y económica entre Cisjordania y la Franja de Gaza. Las diferencias entre esas dos mitades de la historia se gestaron durante muchos años de Ocupación. El nuevo discurso se mostraba incapaz de tender un puente entre la separación identitaria de las dos entidades territoriales, consecuencia de largos años de Ocupación.

El año 2000 fue testigo de un último intento de reavivar el proceso de paz. Murió enseguida, y con él, la nueva narrativa murió por completo. Sus autores perdieron la capacidad de hacer que los palestinos creyeran sus mentiras sobre la vida, sobre el tiempo y el lugar de reconciliación y sobre una retirada del enemigo. El discurso de los líderes palestinos sólo contenía una quinta parte de una historia, y no alcanzaba ni de lejos la plenitud de la narrativa anterior: sólo una quinta parte de la tierra, una quinta parte de la historia, una quinta parte del tiempo y el lugar. Renunciaron a los otros cuatro quintos, que se combinaban con el mar, la costa y el cielo para conformar la leyenda entera. Después de comprender sólo una parte de la historia, los palestinos vieron cómo se precipitaban a un agujero negro de la historia.

En septiembre de ese año, todos los elementos para una explosión estaban ahí, cuando el vocabulario de la nueva narrativa quedó hecho añicos ante las narices de sus partidarios. La muerte surgió de sus márgenes y una vez más ocupó el centro de la página. Después de la dolorosa incursión de Ariel Sharon, toda la explanada de la mezquita de Al-Aqsa se alzó contra él, y profesó las antiguas historias y quedó bañada en la sangre de los fieles que habían acudido a reunirse en oración.

Desde las profundidades de mi muro, la escena me sorprendió. Las calles ocupadas se tornaron rápidamente rojas al quitarse de encima siete años de vacas flacas llenos de falsas promesas, de una geografía cada vez más distorsionada y de grandiosas soluciones que aún no se habían pronunciado. Vi una generación de herejes que negaban todo aquello que les habían hecho creer. Los vi añorar las viejas revoluciones. Los vi luchar y morir, ganar y saquear. Los vi en su agujero negro, suspendidos entre dos historias que ya no alcanzaban a distinguir, golpeados por una fiebre caótica; los vi luchar sin saber por qué geografía estaban luchando, porque la muerte, cuando se muere, no tiene límites. Los he visto ahora cuando el espacio y el tiempo habían perdido sus coordenadas, los he visto combatir sin pensar qué historia estaban escribiendo. Esos palestinos enfurecidos combatían su propia rabia y aquellos que la provocaban. Combatían su confusión y la pérdida de textos inteligibles, combatían la historia y la geografía, combatían el no-tiempo y el no-espacio, sin importarles dónde y cuándo morirían; combatían sólo creyendo en su propia lucha y en su propio e inmenso dolor, escarbaron en los recovecos de la memoria para invocar en vida los viejos himnos sobre la muerte; luego escribieron otros nuevos y siguieron muriendo. Esos palestinos devoraban su propia carne exactamente igual que sus antepasados preislámicos devoraban la carne de sus ídolos, hasta que no pudieron comer más.

La Generación de Oslo se convirtió en la Generación de la Segunda Intifada, y los palestinos lucharon como nunca lo habían hecho. Se desprendieron de todos los discursos y palabrerías y se aferraron a los lugares sagrados de sus orígenes, y allí morían y, desde allí, ascendían al cielo, mientras las élites huían para refugiarse en sus libros y sus cuevas. Abandonaron a toda una generación sin una brújula con la cual orientarse. Esta generación de la Segunda Intifada luchaba sola, sin un ángel que la protegiera ni una divina providencia que la rescatara de un cielo plagado de fantasmas de hierro que despedazaba todos sus miembros. Los muchachos luchaban como profetas y pecaban como si cada día fuera el último. Buscaban refugio en nuestras casi ciudades, para descansar, alimentarse y protegerse de la noche, pero les cerraban muchas puertas en las narices, y debían dormir en las aceras porque en nuestros atemorizados conatos de ciudad ya no quedaba sitio para los discursos que hablaban de resistencia popular. Así pues, la Generación de Oslo combatió y trabajó alejada de las masas que habitaban las ciudades, los pueblos y los campos. Lucharon furiosos, aquejados de dolor, y buscando venganza, sin importarles adónde los llevase la furia, el dolor y la venganza. Esta generación de la intifada simplemente continuó luchando.

Nosotros observamos su guerra colgados de nuestro muro, y en lo que vimos no había nada que se pareciera al menos un poco a lo que habíamos experimentado. Nada que conociéramos se acercaba siquiera a lo que veíamos. Vimos al Estado Ocupante atenazado por el miedo, paralizar sus rutinas, practicar todo tipo de asesinatos, todo tipo de terrorismo, individual y colectivo, llevar la batalla a las calles y a los hogares, hacer la guerra a los suministros de alimentos y medios de subsistencia, a las mujeres, los ancianos y los niños; disparar a Mohammed al-Dura después de atravesar el cuerpo de su padre que intentaba en vano proteger a su hijo con el suyo propio; hemos visto matar a otras personas, de forma aún más horrible, pero esto no detuvo a una generación que había decidido morir.

Mientras tanto, al otro lado del planeta, algunos fundamentalistas islámicos habían creado una nueva organización llamada Al-Qaeda. Surcaron los cielos a bordo de la misma modernidad que condenaban como infiel. Tras la destrucción de las Torres Gemelas, y parte del Pentágono, el mundo declaró su guerra. Se movilizaron ejércitos y el universo se llenó de discursos de venganza y represalia. Todos aquellos oprimidos por el hambre, la pobreza, la religión, el credo, la frustración o la marginalización se sumaron en tropel a la bandera islámica, una bandera tan marginal como el mensaje que proclamaba. Empezaron todos a luchar y morir en nombre de una religión de paz que rara vez autorizaba la guerra o daba permiso para matar.

Después del 11 de septiembre, la situación en las plazas y en las calles de Palestina se volvió más compleja. Las máquinas de matar, locales, ya no eran suficientes para reprimir a la Generación de la Segunda Intifada. Llegaron otras más letales y destructivas incluso, espoleadas por los discursos de venganza. Todos los bandos se volvieron más radicales, y la élite volvió a desaparecer del escenario. Todas las tentativas de pacificación y de alto el fuego fracasaron. Los palestinos siguieron luchando, desmarcándose de las tramas globalizadas contra su capacidad de morir. Hacían sufrir al enemigo tanto como les era posible. El Estado Ocupante se hartó de matar. Destruyó las plazas y las calles de las ciudades. Asedió a Yasser Arafat, el Gran Narrador, en su barrio. Intentó matar o perseguir, detener y encarcelar a cada combatiente, sofocó cualquier amago o foco de rebelión, y restableció la Ocupación anterior. La población se recluyó en sus casas con sus miedos. Todas las voces se apagaron, salvo una voz solitaria que seguía clamando contra un asedio del que nadie la salvaba. Los ocupantes estrecharon el cerco en torno al Gran Narrador y apretaron la soga que habían puesto alrededor de su cuello, y aun así él no dejaba de lanzar imprecaciones. Cansados de oírle gritar, y hartos de esperar que la muerte viniera a silenciarlo, lo mataron.

Y pensar que habíamos encontrado consuelo en la convicción de que seríamos los últimos en ser clavados a los muros de un largo encierro... ¡Ah, qué ingenuos!

Sufrimiento

> La gente puede soportar cualquier dolor, salvo el dolor que no entiende.
>
> FRIEDRICH NIETZSCHE

¡Ojalá hubiéramos sido los últimos en colgarnos de los muros! Abandonados a una suerte forjada por manos inseguras y vacilantes, nos sumimos en un profundo sueño. Y rezamos para que todo, incluido nosotros, acabara lo antes posible. ¡Qué ingenuos!

La Intifada de Al-Aqsa cambió todo eso. Me trasladaron de nuevo; abandoné el desierto y regresé a la cárcel de Ascalón. Allí encontramos multitud de nuevas almas destinadas a agarrarse a nuestros muros. De hecho, los centros de detención y los módulos de interrogatorios estaban atestados de miles de prisioneros porque los arrestos habían aumentado drásticamente. Y como no había muros suficientes para todos, la administración penitenciaria, para dejar espacio a aquel flujo de recién llegados, había puesto de nuevo en funcionamiento los viejos. Y así por razones que tenían que ver con la geografía y la demografía, a mí y a algunos compañeros nos trasladaron de nuevo a la prisión de Nafha, en medio del desierto. En 2002, yo y un grupo presos veteranos fuimos elegidos para acondicionar los módulos de celdas que estaban cerrados, acoger a los recién llegados y facilitar su integración. Después de equipar las celdas vacías con todo lo necesario, nos sentamos a esperar la llegada de los primeros presos. Eso significó para mí salir de mi profundo sopor en el muro, renunciar a mi aislamiento, mi soledad y a la monotonía de mi rutina diaria. Y tuve que hacerlo sin un Señor a quien reverenciar y sin un padre que ocupara su lugar. Lo único que tenía era una madre, cuyas visitas había prohibido el Estado Ocupante, pero poseía fuerza suficiente para seguir colgándome del muro. Rebosante de satisfacción y aceptación, estaba listo para reunirme con los nuevos y viejos compañeros en el primero de sus sufrimientos y en la última de sus heridas, aún frescas.

¿Qué dolor es más profundo: un dolor nuevo o el que se ha hecho viejo y resuena dentro de nosotros con un eco familiar? ¿Qué duele más: todo aquello a lo que hemos renunciado o a lo que aún nos aferramos? ¿Nuestra presencia en esta vida real o nuestra ausencia de alguna otra vida posible? ¿Qué duele más: separarte de tus amantes o saber quién ocupó tu lugar? ¿Hasta dónde se extienden los confines de nuestro dolor y qué hay más allá? ¿Puede una herida ocupar una sola parte de nosotros, y ser ignorada por todas las demás? ¿Qué ocurre cuando una herida se superpone a otra? ¿Cicatriza la primera o sencillamente queda más profundamente enterrada?

Cuando nos hacemos una herida en el cuerpo o el espíritu, de lo primero que somos conscientes es del dolor, una línea de falla que irrumpe en nuestra conciencia y reduce la capacidad de controlar nuestro cuerpo y de gestionar sus funciones, lo que nos hace temer que el cuerpo se rebele y desarrolle una voluntad propia, independientemente de la nuestra, que se mantiene erguida cuando quiere y se viene abajo cuando cambia de opinión. Duerme del lado que quiere y nos exilia a los márgenes del sueño, que se cure a su manera o muera si se cansa de nosotros o se aburre de su tediosa compañía.

Hay dolores que se pueden tolerar, pero lo que no se puede soportar es el sufrimiento que provocan. Lo que crea el sufrimiento es la espera a que termine el dolor. La espera hace que el dolor se eleve al nivel del tormento. No podemos soportar combatirlo, porque no tenemos remedios capaces de acortar la espera; mientras el dolor se limite a tomar nuestro cuerpo por sorpresa, el tormento se adueña de nuestra conciencia y la paraliza. Nos sentamos en el borde de nuestro dolor, oramos para que desaparezca, velamos por su lento movimiento y pasamos las horas buscando métodos y herramientas extrañas. Cada forma de vida se atasca dentro de nosotros y a veces, incluso, renuncia a salir. Sólo experimentamos el dolor que sentimos. Así frente a la espera, el tormento se insinúa en nuestra conciencia y perpetúa el sufrimiento haciendo que resulte intolerable. Sólo cuando dejamos de esperar es cuando abrazamos fuertemente a nuestro dolor, logramos expulsar el tormento que lo aflige. Porque el dolor nos detesta si lo negamos y esperamos a que termine, si queremos erradicarlo y borrar las cicatrices que deja, por eso dura más, tarda en desaparecer y maldice nuestra espera, nuestra capacidad para negarlo y erradicarlo. Cuando me aferré al muro fantasma en el centro de interrogatorios el tormento que experimenté fue más allá del umbral de lo soportable. Lo generaba la música clásica que penetraba en nuestros oídos e invadía nuestros cuerpos. No sabíamos cómo sortear aquel fraseo musical tan complejo para una naturaleza oriental como la nuestra, que se alimenta de cuartos de tono y modalidades melódicas del maqam* tradicional. Esperaba con ansia un corte de energía, aunque fuera sólo una hora, que me liberara de aquel alboroto, pero mis plegarias no fueron atendidas y, al final, decidí que mejor sería disfrutar de esa música; y aunque me sonara extraña, esa música había sido compuesta para ser una balada, pero, cuando disminuía el ritmo, me costaba encontrar los pasos. En uno de esos impulsos masculinos que todavía me sorprenden, imaginaba las mujeres más hermosas y les quitaba la mitad de las

* Sistema de modos melódicos utilizado en la música árabe tradicional. *(N. del T.)*

prendas que ocultaban sus secretos. Bailábamos en un salón de baile, en un planeta lejano, en un tiempo que aún no se había iniciado. Para cada baile, elegía una nueva acompañante, y ninguna de ellas ponía objeciones de quitarles alguna de sus prendas. Sea como fuera, abracé la música que debía haberme enervado hasta el punto de perder los nervios y dejé de esperar que llegase la noche para recuperar el aliento, y así cada comienzo del día se convirtió en una invitación al baile con la mujer hermosa de turno, que aceptó con gracia mi invitación y no le molestó que yo fuera tan grosero como para elegir la ropa que debía ponerse para quitársela después.

Durante diecisiete años experimenté esa clase de reconciliación con el dolor de mis heridas, de lo contrario, nunca habría sido capaz de sobrevivir a mi reclusión y aislamiento. Las cosas son lo que queremos que sean. «Toma la decisión que quieras, pues tu decisión sólo concierne a tu existencia terrenal» (El Corán, Taha, 20.72). Eso dijeron los magos cuando desafiaron al sanguinario faraón de Egipto, pero yo no repetí sus palabras ante el juez, al contrario, acepté mi cadena perpetua, llevé su pesada carga de regreso a mi celda en el módulo de aislamiento. Mi cadena perpetua carecía de la potestad de privarme de mi vida, pues ya me había despedido de ella en el muro negro del sótano de interrogatorios. Planté mi cadena perpetua en el muro. No la condené ni me revolví contra ella. Le construí un hogar junto a mis demás heridas. Era una suerte de juicio sobre mi vida anterior. A los días venideros no les importaba en absoluto, ni a ella le importaban esos días. La veía como una herida que yo vendaba sin esperar que fuera a cicatrizar. La maldecía, pero sólo la increpaba en tono amistoso. Luego nos reconciliábamos, y me perdonaba enseguida, como quien siempre está dispuesto a reconciliarse.

Cadena perpetua

¡Cadena perpetua!
¡Ah, qué crueles las letras y la simplificación del lenguaje
para un viaje tan largo,
para decir distancia, quietud, principio y eternidad!

¡Cadena perpetua!
La distancia entre mi «yo» que viaja y abandona
los pies de la luna.
La inmovilidad en mis manos mil veces por hora
y la ausencia que me asombra.
El comienzo que me trae del pasado y el regreso
cargado de preguntas.
La eternidad que no relata derrotas, donde todo es victoria
y cada acción un paso atrás.

Cadena perpetua.
Licencia para matar que no mata, espada de papel
y de mis años.
Metáfora de su brutalidad y de mi yugo,
una metáfora para explicarme, que
no ignoro.
Quién llegó aquí primero y tuvo que casarse con este lugar
y las horas, quién se queda el último,
el calor abrasador de la hora del aire,
detrás del sol y en nuestras tumbas,
cuando morimos.

Una cadena perpetua que decide quién perece
y quién toma el autobús después de medianoche
para venir aquí
para dormir una hora larga, despertar y maldecir
lo que escribimos sobre la paciencia
en los muros.

Cadena perpetua.
Una condena a seguir vivo, a no morir antes
de mi hora
si no es por accidente
o sin querer, una cadena perpetua
larga,
no desespero porque no tengo derecho a ella, no la ignoro ni
abandono su cuerpo,
no sustituyo nombres por otros nombres, y el muro
sigue siendo un muro
y las cadenas
y mi guardián
y la cadena perpetua.
Aquí, un largo aburrimiento,
el techo por cielo,
la pesada puerta azul,
la física,
el coronavirus,
los ronquidos de las almas,
las pesadillas acosadoras.

¡La cadena perpetua!
Un lugar detrás del lugar que no da la cara a nadie.

Aquí viene
quien está desesperado,
los que agonizan por el desperdicio de sueños y profecías,
los que siguen el sufismo,

los kharigitas, los asesinos y sus descendientes
muertos en pie,
los torturados,
los desposeídos y los de las tiendas, los vendedores de palabras,
los que mienten sin descanso,
y los farsantes.
Aquí
vienen los fabricantes de espejos, los tiranos y los que entierran
los ataúdes en los tejados de las casas,
los que se apoderan de los secretos,
los nadadores de la próxima media hora
y las nadadoras.
Aquí en la cadena perpetua
la historia comienza en la última línea, llegué aquí
antes de la salida del sol
que aún no ha salido, a los veinte años solía decir
frases sencillas
luego dejé de escribir letras y números,
nada crece en la vida,
excepto la cadena perpetua.
Nadie llora su muerte porque no morimos
y en nuestros días sólo decimos lo
que hemos dicho
todos nosotros
hemos sido
hemos sido
y hemos sido
no sabemos cuándo estaremos, llegué aquí
con prisa,
sólo algunas viejas fotografías en mi maleta
y una herida abierta
y la oración de una anciana que es el origen de la historia
y un campo de refugiados
eterno en su marginalidad.

Aquí, en la cadena perpetua
los muros se visten con su sombra cuando quieren
y cuando quieren su sombra
la despojan,
mi celda se duerme antes que yo
como si fuera yo
custodiando su sueño.
Mi guardián envejece y yo
no crezco,
los días dejan de contar,
me detengo,
la fe permanece en su sitio, no sube
y no desciende,
los dioses se multiplican
y las puertas
y las razones.
Aquí en la cadena perpetua la existencia ignora
la ausencia en el lugar del sol, de las lunas, de diciembre
y de enero.
Yo cargo con mi jornada,
el próximo invierno,
mi número de matrícula,
y mi foto en mi cartilla sanitaria.

¡Cadena perpetua!
Te da todo el tiempo, te quita todo tu tiempo,
te invita a estar mucho tiempo juntos,
con nombres y caras
que se repiten.
Te pesa cuando está presente, y no cuando está ausente.
Sus manos
embadurnadas
de su impotencia, de su extrañeza, de su sed.
Criatura
de la eternidad, superior a ti, a ti que eres temporal,

después de ti todavía.
Testigo de tu breve paso,
da nombres a tus dolores
nombres falsos.

¡Cadena perpetua!
Lo primero que aparece en mi cara en el espejo,
lo primero que come de mi plato, que manipula mis destinos,
mi primera herida
cuando me duele,
mis primeras palabras cuando lo sé,
el primero en burlarse de mi victoria cuando, distraído,
pienso,
el primero en leer mi emoción,
el primero en llorarme cuando intenta matarme y cuando
muero.
La cadena perpetua en perfecto estado de salud
que mañana ordenará de nuevo mi detención, se sentará
en la sala de interrogatorios
y me leerá los cargos.

Yo soy la cadena perpetua,
seré
ahora, al final del ahora y en cada ahora.
Tengo infinidad de ahoras, ¿quién rodará
mi tiempo?
¿Quién disparará a las manecillas de mi reloj?
¿Quién me sacará del círculo del tiempo?
¿Y cuándo el muro me curará del mareo?

Yo soy la cadena perpetua,
nada en mí se acerca al final
ni comienza.

En prisión, el sufrimiento puede encadenar todo dentro de ti, puede arraigar en los sedimentos de tu detención, puede separarte de ti mismo y de tu ego como si no te pertenecieran, puede apuñalarte donde ya estabas herido, puede crucificarte y hacerte sangrar sin que nadie esté allí para curar la sangre que derramas; puede paralizar todo tu estado interior. El sufrimiento te precede cuando te vas a dormir, se despierta una hora antes que tú, te lava la cara sin agua, prepara tu desayuno –té o café, como prefieras–, viste tu ropa, se abrasa al sol contigo durante la hora que pasas al aire libre, se inmiscuye en todas las conversaciones que mantienes con la gente que camina a tu lado, te precede a la sala de visitas y revela tus mentiras a tu madre, todas las noches recibe a la mujer que viene a visitarte en tus sueños, y junto a ti le arranca la ropa.

En la cárcel, el sufrimiento desfigura cada uno de tus actos.

El poeta turco Nâzim Hikmet dice: «Puedes pasar veinte años en la cárcel, o más, siempre y cuando la gema preciosa que duerme bajo tu pecho izquierdo no se ennegrezca en tu interior». ¡Ojalá fuera sólo un asunto del corazón! Todos habríamos soportado la cárcel, de haber sido así. En cambio, se trata de una cuestión de pura conciencia, de definir lo que nos rodea, de eliminar todos los significados que le habíamos adjudicado previamente, y renombrar cada cosa con las palabras y las perífrasis que nos agradan. Somos capaces de soportar cualquier dolor si lo abrazamos, si lo aceptamos y nos rendimos a su presencia, si dejamos de esperar a que termine y ahuyentamos del pensamiento lo mucho que duele, sentir nuestro dolor no es suficiente, también debemos comprenderlo, definir sus características y establecer su profundidad para poder trazar una distancia clara entre nosotros, no separarnos ni escondernos de él, sino abrazarlo a veces y otras rechazarlo. Cada herida tiene una historia, y para entenderla, tenemos que acercarnos más a ella, casi tocarla. A veces es preciso tomar cierta distancia para reavivar nuestra vena romántica, y entonces ya no veremos sólo el dolor sino que repararemos en los significados que lo preceden y lo siguen.

En la cárcel, vi almas que habían pasado dos décadas o más sin aferrarse a su muro, ni siquiera una sola hora, sin verlo siquiera, atentas sólo a la vida que percibían al otro lado. El muro no les había dejado marcas en el cuerpo, más allá de las arrugas que les surcaban la cara. Y había otros, que pasaron más de veinte años con nosotros, que cuando fueron liberados, nada más ponerse a hablar se sacudieron el polvo de la prisión. Lo juro, fue como si no hubieran pasado ni un solo día recluidos allí. Me apenaron esas almas ciegas, y me enfureció cómo se sacudían el polvo de este lugar. ¿Qué historia contarán? Sus heridas no tienen historia que contar.

Febrero de 2002. Volví al desierto, a las viejas secciones de la prisión de Nafha. Pocos días después de mi traslado, los cuatro módulos estaban llenos de recién llegados con sus heridas recientes. Los veteranos nos habíamos preparado... Después de que, en febrero de 2002, volviera a los viejos módulos de la prisión en el desierto de Nafha, los cuatro módulos tardaron apenas unos días en llenarse de nuevos sufrimientos y heridas recientes. Otras almas veteranas y yo preparamos las salas con todo lo necesario. Organizamos programas de orientación, y omitimos cualquier detalle complejo por cortesía a las nuevas almas, ya que queríamos que recuperaran el aliento después de que hubiesen sido capturadas y encarceladas.

No me era posible recibir y dar la bienvenida a las nuevas almas si seguía colgado como antes. Ellos necesitaban colgar de una manera que se les asemejara, y nuestro modo de estar colgados no se parecía en nada a esas nuevas almas. Las experiencias no se pueden heredar, y toda alma debe definir la naturaleza de su relación con su muro a través de su propia historia singular. Opté por acompañar a estas almas desde el mismo inicio de su viaje. Tenía que apoyarlas, ayudarlas, responder preguntas que a ellas les resultaba imposible contestar. Les conté todo lo que sabía sobre el muro, aunque no sobre mi muro específicamente.

Estas nuevas almas se encaramaban a sus muros desde una tierra suspendida entre dos historias enfrentadas. Creían parte de la primera, y también parte de la segunda, de manera que ambas narrativas se entremezclaban. La generación de la Primera Intifada y las que habían luchado anteriormente poseían una narrativa escrita por las élites del movimiento nacionalista palestino que contenía algunos dogmas universales y muchos elementos locales y regionales. En esta narrativa, la tierra era un espacio político-cultural que cumplía una función unificadora para todos los palestinos, en un momento en que el discurso islamista era un fenómeno marginal que en modo alguno representaba un desafío para el movimiento nacionalista. La generación de la Segunda Intifada, en cambio, nació cuando el movimiento nacionalista se había fragmentado y en las plazas las fuerzas de la corriente islamista, que lucharon encarecidamente hasta ganarse el apoyo popular por su discurso y su narrativa. Como consecuencia de ello, los confundidos palestinos cayeron en un agujero negro donde ambas narrativas rivalizaban por la historia y la geografía de una tierra que a duras penas sólo podía contener una de ellas.

Observé de cerca a los recién llegados: almas virginales que a veces rozaban la pared con suavidad y otras la tanteaban toscamente. Vi los primeros intentos de aferrarse, y las dolorosas caídas cuando las almas se descolgaban una y otra vez del muro. Sólo me implicaba en casos extremos en los que temía que alguna alma se cayera de manera horrible y ruinosa; y también entonces me limitaría a lo mínimo; a ayudarles a alcanzar un buen nivel de estabilidad dentro de los módulos y las celdas, algunos de los otros veteranos, en cambio, acabaron por excederse y acercarse demasiado a ellos. Los recién llegados se resistieron a esas presiones e insistieron en que querían hacerlo a su manera, salirse con la suya, sin que nadie se interpusiera en su camino. Muchos triunfaron, muchos más fracasaron, se volvieron a levantar y volvieron a intentar escribir en su muro con su propio alfabeto, acerca de lo que sabían y de sus propias experiencias, acerca de lo que les había desorientado y de lo que habían perdido. Esta nueva escritura no gustó a los veteranos, que interferían de todas las maneras posibles. Surgió un clima de mutua antipatía que duraría muchos años. Los nuevos escribían en todos los idiomas, y leer lo que intentaban decir nunca resultaba fácil. Escribían con el caos que habían vivido en su agujero negro, creyendo de este modo que podrían hacer sitio en los muros que ya estaban llenos de veteranos; y, en ese espacio, angosto como era, se hacinaron con la intención de ocuparlo. Llenaban los espacios del muro y reclamaban el poco sitio que quedaba. Rehusaban cualquier intento de marginalizarlos y buscaban el reconocimiento de todo lo que habían narrado sobre esos viejos muros.

Cuando los acompañaba en el proceso de inserción, asistí más de una vez a sus resbalones y, a menudo, podía oír el ruido de sus caídas. Hablé sobre el dolor y el sufrimiento, con la esperanza de que algo de lo que decía iluminase al menos un pequeño rincón oscuro de ese espacio suyo, o que les ayudara a entender la naturaleza del sufrimiento. Hablé mucho del apego de retener y renunciar. Para muchos, era como si hablara en una lengua extranjera. Otros escuchaban con atención, con profundo interés, lo que me llevaba a creer que mis palabras podían hacer algún bien. Hablé mucho de la narrativa antigua, de la relación que uno tiene con ella, lo claro que es el dolor que contiene. Y mucho más dije sobre la integridad y el sufrimiento, tan similar, que contenía. Entonces me di cuenta de que todo mi aliento no sería suficiente para convencerles, así que me dispuse a poner en orden mis papeles que su llegada había desordenado para poder retomar mi rutina; lo conseguí rápidamente y, desde la altura de mi estable y sólido muro, me di cuenta de que la antipatía entre lo viejo y lo nuevo estaba ya establecida y que, con los años, resultaría cada vez más evidente.

Lleva tu herida hasta cualquier punto de cualquier cielo. Elige tú cuál y golpéala contra cada parte de tu cuerpo. ¡Si ella sigue consciente, tú morirás! Así que deja que muera o déjala dormir. No perturbes su sueño esperando que sane, rechaza su pretensión de hacerte sufrir porque el dolor es como un sueño que, si crees en él, se vuelve real. Sé más profundo que tu herida. Sé más grande que ella. No vivas en sus márgenes, deja que ella viva en los tuyos.

Deja que tu vida anterior te otorgue un millar de vidas más y otros dolores posibles. No somos nuestro dolor. Somos todo lo que existía antes de él y la totalidad de lo que ha existido después. No te enamores de tu herida. No te dejes seducir nunca por el papel de víctima. Tú eres el dueño de ella, no dejes que decida por ti. En la cárcel, tú eres tu cárcel. Parte de tu cárcel eres tú. Si tu padre se cae, cógelo. Si quien te ama te abandona, no desesperes; si realmente te amaba no creas que se ha ido. Si tu madre va a visitarte, no dudes en rendirte ante ella: esos son tus sufrimientos. Así que procura aprender de la enormidad de tu dolor. No temas acercarte más, porque todas las penas se pueden soportar, menos aquellas que no entendemos.

Poco a poco, fueron pasando los meses, y sin que yo hiciera nada para que sucediera, Dios volvió a mi muro. Su aparición estuvo precedida por algunos flirteos recíprocos que habían avivado mi alma, pero cada paso que daba hacia Dios era seguido por un paso atrás. Seguí vacilando hasta que alguien muy querido apareció en mi vida: una sobrina a la que, de niño, había llevado sobre los hombros, hacía ya una eternidad. Ella me incitó a aceptar de nuevo a Dios. Ese fue el comienzo de un nuevo viaje que me hizo abandonar el desierto por las verdes praderas, y olvidarme de mi ilustrada *jahili*.

Partí hacia mi siguiente traslado, hacia la prisión de Hadarim, situada en las tierras ocupadas del pueblo de Umm Khaled, en el centro de Palestina; partí con mi Señor. Juntos, fortaleceríamos un vínculo que nos sorprendería a ambos.

La cárcel de Hadarim

Tuve una discusión con el director de la prisión de Nafha sobre un artículo ofensivo sobre los palestinos que había aparecido en un periódico israelí. Para recompensarme por mi insolencia, el alcaide me trasladó a la cárcel de Hadarim, una prisión especialmente concebida para los espíritus que se rebelaban contra la administración carcelaria de los ocupantes. En la cárcel de Hadarim, el módulo n.º 3 recibía nombres como «la Fortaleza» o «la Caja Fuerte» debido a sus extremas medidas de seguridad. Provisto de cámaras de vigilancia que lo grababan prácticamente todo, incluso la respiración de los reclusos en sus celdas; todas las salas estaban dotadas de dispositivos de escucha para captar hasta la última palabra que se pronunciaba entre aquellos muros.

La Fortaleza estaba estructurada en dos plantas, que estaban divididas en cuarenta celdas de nueve metros cuadrados cada una; todas ellas estaban provistas de tres camas: la prisión se hallaba en el centro de un amplio campo de limoneros que distaba a sólo unos pocos kilómetros del mar. Sin embargo, los reclusos no alcanzaban a atisbar siquiera su entorno verde y azul porque el módulo era muy bajo y el muro que lo rodeaba, demasiado alto. El hecho de que sólo hubiera tres reclusos por celda convenía a mi deseo innato de soledad y, por lo tanto, pensé que el traslado era una buena oportunidad para tener más tiempo para mí, exactamente lo que me había faltado en las otras prisiones y centros de detención abarrotados. Pese a las duras e inflexibles condiciones impuestas por una administración penitenciaria brutal, prefería mi vida allí por las largas horas que podía estar a solas con mi muro, un espacio que me permitía reorganizar sus elementos como mejor me pareciera.

Sólo treinta metros separaban la Fortaleza de otro módulo del complejo de la cárcel de Hadarim, llamado Hasharon, que estaba destinado a las presas palestinas. El módulo se encontraba lo bastante cerca para intercambiar algunas palabras, pero también para que oyéramos los gritos de las mujeres cada vez que las golpeaban guardias que las vigilaban. Esos gritos nos enfurecían y nos llevaban a enfrentarnos con las autoridades de la cárcel, que nos silenciaban o concedían algún acuerdo que establecía un límite a los maltratos. Cada vez que una presa se resistía a las políticas represivas, nuestro papel consistía en apoyar y respaldar sus demandas, y a menudo lograban alcanzar una cierta estabilidad en sus condiciones de vida.

La Ocupación no ejercía discriminación alguna por cuestiones de sexo, aplicaba la prevaricación y la opresión sobre hombres y mujeres por igual, aunque las palestinas, ya de por sí, estaban sometidas a varias formas de represión. Y bajo el lema «iguales en el sometimiento, iguales en la resistencia», las palestinas insistían en su derecho a tomar parte en la lucha revolucionaria, aunque hacerlo les generase un conflicto con una sociedad conservadora y patriarcal que las escondía como quien intenta ocultar su propia desnudez.

Aprovechando los nuevos espacios extrafamiliares intrínsecos al discurso de resistencia nacional, las palestinas iniciaron un camino de emancipación para desvincularse de las ataduras sociales que las oprimían, que marginaban su papel y reprimían sus enormes energías y habilidades. Un arduo y lento camino, el suyo, que al principio se limitó a dar un apoyo secundario a la lucha, pero que en pocos años se convirtió gradualmente en un sujeto activo y eficiente en las acciones de la resistencia, a veces en primera línea, otras en la retaguardia.

La Nakba de 1948, fue un punto de inflexión fundamental para las mujeres palestinas que, durante mucho tiempo, tuvieron que contentarse con relatos de segunda mano sobre acontecimientos de los que sólo los hombres conocían los detalles. Ya fueran campesinos, obreros, comerciantes, combatientes, maestros o incluso absolutos holgazanes, era por ellos por quienes las mujeres oían el mundo, y eran sus relatos los que ellas transmitían a su vez. Contaban las victorias de los hombres cuando ganaban y sus derrotas si hubieran hablado de ellas en vez de esconderlas bajo los cuatro harapos que llevaban; contaban de su magnífica cosecha cuando la estación había sido buena y de su escasez cuando la tierra se había tragado lo bueno que habían sembrado; hablaban de su honradez y de las muchas cosas en las que creían; hablaban de los temores que tenían los hombres, sin decir que ellas eran el principal. Hablaban de la Nakba de los hombres, del impacto que tuvo en su tierra, sobre sus medios de subsistencia y su desocupación. Hablaban de cómo los hombres habían hecho las paces con el Señor y se aferraban a él. Hablaban de cómo se habían resignado a sus pérdidas, por grandes que fueran. Contaban cómo los hombres creían firmemente en la promesa del retorno. Hablaban de sus tiendas y de cómo se aferraban a las llaves de las puertas que habían sido destruidas cuando ya no había nada que abrir y ninguna victoria por ganar.

En 1967, cuando a la primera Nakba se añadió una segunda, las palestinas se pusieron al lado de los hombres, y, en muchas ocasiones, incluso a la cabeza allí donde la lucha lo requería. Se rebelaron contra los estamentos sociales dominantes y las muchas restricciones que imponían; abandonaron hogares que ya no consideraban seguros; derribaron puertas que pretendían encerrarlas; pero nada pudieron hacer contra la brutalidad y las matanzas de la Ocupación; lucharon, cayeron como mártires y fueron encarceladas. Durante la Segunda Intifada, lucharon tan duramente que todo el mundo quedó asombrado de sus inmensas capacidades. Fueron las primeras a las que la brutalidad les estalló en la cara y en el vientre; escribieron su propio mito al contar los largos periodos que pasaron recluidas entre los cuatro muros de los centros de detención. En los patios de las cárceles protagonizaron magníficas demostraciones de su firmeza, han resistido las limitaciones de la prisión y se han enfrentado a los malos tratos de los reclusos.

Desde 1967, el Estado Ocupante ha encarcelado a veintisiete mil mujeres palestinas: mujeres adultas, jóvenes y menores, madres, abuelas y niños aún por nacer. En las celdas se han oído los lamentos de los recién nacidos que aliviaban los vientres de las madres encadenadas, consumidas por el peso de las cadenas; han sido testigos de reclusas que han dado a luz y los han amamantado durante todo un año, con la ayuda de otras que compartieron con ellas las noches en vela y la ansiedad en una especie de realización interior de la maternidad. Yo las he visto confeccionar ropa y muñecas de trapo, acunar a los bebés durante la hora al aire libre, proporcionarles sombra con sus caras exhaustas, contarle cuentos de hadas que recordaban de memoria cuando llegaba la hora de dormir, y permanecer despiertas cuando el poco espacio disponible las angustiaba. Luego, cuando termina el año en el que las reclusas pueden quedarse con el bebé que han dado a luz, llegan los soldados de guardia, la mujer aferra al bebé, se lo guarda en el pecho, los soldados se acercan, ella aprieta los dedos alrededor del cuerpo del bebé para impedir que se lo lleven, los soldados tienden los brazos, el bebé llora porque la madre lo pellizca entre sollozos, la madre llora fuerte, grita, las otras reclusas se unen a su llanto, es una caravana de lágrimas, pero nada detiene a los soldados, todos los dioses de la misericordia han abandonado esa celda; la madre les ruega que le concedan una hora, jura por lo que más quiere que después les entregará al bebé, sólo una hora más, pero nada convence a los soldados. La madre invoca a su dios, o a cualquier otra cosa en la que le han hecho creer, pero los soldados no tienen dios. Las manos y los dedos ceden; los gritos se apagan. El bebé deja de llorar, agotado por sus propias lágrimas. El resto de las reclusas abrazan a la mujer que ha entregado a su hijo cuando ya no tenía más fuerzas. Los soldados han ganado.

En la Fortaleza encontré lo que buscaba. Encontré espacios más amplios que se adaptaban a mis tendencias individualistas y a mi necesidad de pasar otra hora a solas. También me ayudó que los demás estuvieran bajo la influencia de aquel lugar, que les obligaba a hacer muchas cosas solos, justo lo contrario de las salas atestadas de otras cárceles, donde hasta respirar se convertía en un acto colectivo. Esas actividades reforzaron el individualismo de reclusos en el interior de la Fortaleza sin rebajar la esencia de la vida comunitaria. En algunos presos, no obstante, fomentó la tendencia a la introversión, hasta tal punto que cerraban las puertas de sus celdas a todas horas del día.

Mis jornadas adoptaron enseguida un nuevo ritmo, igual que las horas que pasaba con mi muro. Y el tiempo que pasaba al aire libre, en el gran patio de la cárcel, era más que suficiente para mí. Aquel invierno trajo mucha lluvia, que tanto había echado de menos en el desierto. Algunas ventanas ofrecían resquicios de espacios verdes que, por mínimos que fueran, me recordaban el ciclo de las estaciones, y ahora era primavera. El ambiente que se respiraba en las celdas favorecía la lectura y el sueño, si era eso lo que alguien quería. En definitiva, la Fortaleza me aportaba todo lo que necesitaba. Puso fin a diez años de estar colgado de muros atestados, y necesitaba realmente un poco de paz y tranquilidad.

En mayo de 2004, mis esperanzas se vieron truncadas por la política de la administración penitenciaria, que intensificó sus prácticas brutales y opresivas. Cuando nos percatamos de que era imposible hablar, convocamos una huelga de hambre. Y la hicimos por nuestra cuenta, sin el apoyo de las otras cárceles.

En un intento de acabar con la huelga, la administración penitenciaria trasladó a algunos presos, incluido yo. Continué la huelga en la cárcel de Beersheba hasta que los reclusos de la cárcel de Hadarim decidieron poner fin a la protesta después de que se les prometiera mejorar sus condiciones de vida. Permanecí en la cárcel de Beersheba hasta agosto, cuando los presos iniciaron su propia huelga de hambre, que terminó a los dieciocho días sin resultados notables. Un nuevo conflicto con las autoridades penitenciarias provocó mi regreso a la cárcel de Hadarim a comienzos de 2005. Reparé en que las condiciones de la Fortaleza habían mejorado un poco, lo que me facilitó la reintegración y mi propio espacio. Pero la situación no duró demasiado. A finales de año me trasladaron de nuevo, sin motivo aparente, a la cárcel de Nafha en el desierto. Y luego otra vez a la cárcel de Beersheba, antes de regresar, en 2006, a la cárcel de Hadarim, donde sigo ahora mientras escribo estas líneas.

Regresé a Hadarim llevando conmigo la trágica división que estaba desgarrando la carne del tejido social palestino, que estaba poniendo peligrosamente en crisis la geografía y la historia, y echando a rodar el tiempo y el espacio. Tanto los discursos nacionalistas como islamistas adolecían de una geografía distorsionada sobre la que escribían sus historias contrapuestas, que no llegarían a encontrarse nunca, mientras cada bando siguiera aferrándose a su propia narrativa.

Regresé a Hadarim con mis antiguos planes y proyectos, con la esperanza de poder llevarlos adelante sin sorpresas ni imprevistos que me hicieran perder el tiempo o me obligaran a interrumpirlos.

¿Era primavera?

Los palestinos estaban divididos, geográfica, histórica y temporalmente, y en la Cisjordania ocupada vivían del todo aislados de la Franja de Gaza sitiada. Esa división llegó rápidamente a las cárceles, donde los dos movimientos a los que se referían los detenidos tomaron caminos diferentes: los de al-Fatah se mantuvieron con las demás agrupaciones políticas; los de Hamás se autoexcluyeron, vivían aparte, con sus himnos y sus eslóganes, con sus historias que hablaban del cielo y de un dios fiel, con lo que sabíamos de ellos y lo que amaban o detestaban de nosotros, con su historia antigua, con sus oraciones y con sus rostros que tenían las mismas arrugas que las nuestras, con su hora de aire libre bajo un sol distinto del nuestro, lejos de nuestro fuego. Vivían por su cuenta, con sus filas paralelas de fieles y su sermón de los viernes, habían elegido dirigir sus interminables oraciones hacia una qibla diferente, lejos de nuestros ídolos.

La Fortaleza pasó a ser –y sigue siéndolo a día de hoy– la única sección de la cárcel en la que todos los grupos palestinos vivían en armonía pese a sus diferencias. La Fortaleza se distingue por su extraordinaria capacidad para matar el tiempo: dividimos las semanas en trozos tan pequeños, que el hoy casi se funde con el mañana. Cuando mi día comienza es como si fuera casi mediodía, basta ignorarlo, hacer ver que no pasa nada, y ya ha terminado. La sección se distingue de las demás porque es espaciosa, y quienes viven en ella, a pesar de sus diferencias, se comportan, de manera que las opiniones más dispares logran coexistir. Bajo este techo de hormigón armado pueden encontrar cobijo todo tipo de creencias, creer en un dios y sus ramificaciones, en palabras celestiales y en el vocabulario terrenal, en la fe y en la incredulidad, en la antigua narración con lo que se ha añadido y se ha suprimido. Los muros de la sección, además, impulsan a los indecisos a tomar partido, a desterrar cualquier forma de neutralidad. O se rechaza o se contiene, o se odia o se ama, o se permanece y te aferras o resbalas y caes.

Los muros de la Fortaleza, a diferencia de otros que te permiten tomar distancia y vivir como si no existieran, te obligan a ser claro, reaccionan a tus actos cómo y cuándo quieren, están contigo en cualquier situación a la que te enfrentes, son testigo de tus sentimientos y emociones, te juzgan cuando haces algo e incluso si no haces nada. En la Fortaleza, un muro blanco se ensucia enseguida si lo descuidas, y de inmediato llena tu jornada de una presión insoportable; sin embargo, se expande cuando el mundo y las cosas que suceden a tus seres queridos te pesan y te aplastan y se encoge cuando te apremia la necesidad de estar solo para reconciliarte contigo mismo.

Los años pasaban rápidamente. Mi música interior cada vez más en sintonía con la danza de las paredes blancas; en mi pelo unos mechones grises anunciaron la llegada de mis cuarenta años, los que aún no habían entrado en un otoño que los haría caer en poco tiempo. Mi madre pudo volver a visitarme, y sus visitas eran una especie de compensación por todas mis mentiras, preparadas con inmenso cuidado, que ella había echado de menos. Mi espalda se curvó ligeramente debido a ciertas circunstancias naturales –aferrarse, deslizarse, adherirse– y otras sobrenaturales que pesaban sobre ella –hambre, sed, pobreza, la tentación del radicalismo, las guerras, la muerte cada vez más extendida y fácil, refugiados, playas sembradas de cadáveres de mujeres y niños, discursos nacionalistas inhumanos, un planeta condenado a la destrucción, una humanidad sin más fe pero convencida de ser divina, un dios que aplaza su castigo a una fecha, gente que nos mata cada vez más y nosotros que estamos cansados de esperar.

Los años comprendidos entre 2006 y 2010 trajeron enormes dosis de frustración al mundo entero, especialmente con la crisis económica de 2008 que exacerbó la lacra de la pobreza. Muchos Estados se encontraron al borde del abismo, otros cayeron en él.

En el mundo árabe, la agitación popular anunciaba explosiones inminentes, las personas adultas y la juventud de clase media abrazaban nuevos discursos que estaban a años luz de los discursos paternalistas de los regímenes y sus burocracias corruptas, y empleaban una terminología que hablaba de derechos negados, de una ciudad inexistente, de intereses millonarios invisibles. En Palestina, tras el asesinato del presidente Yasser Arafat en 2004, la vieja élite política que durante mucho tiempo se había visto marginada debido al favor del que gozaba el antiguo líder, era partidaria de un nuevo camino que rechazaba por completo la resistencia activa y fomentaba las negociaciones y la «resistencia pacífica», algo que nunca se puso en práctica ni siquiera de la forma más suave. El Estado Ocupante se aprovechó de la pobreza de ese discurso y de las acciones palestinas. Intensificó la brutalidad y reforzó su dominio. Expropió más y más tierras, estableció nuevos asentamientos, y amplió sin descanso los ya existentes a expensas de los territorios palestinos. Como toda reacción, la Autoridad palestina inspeccionaba, semana tras semana, los nuevos asentamientos, y, como colofón, seguía predicando que había que continuar con las negociaciones, aunque, pese a las numerosas tentativas, eso no había hecho más que intensificar los asesinatos y apropiaciones indebidas, por no hablar del agravamiento de la fractura interna que se había producido entre los palestinos.

La Primavera Árabe, que estalló en Túnez antes de extenderse a otros países árabes, fue una sorpresa. Vi los eslóganes convertidos en causa, vi plazas abarrotadas de jóvenes revolucionarios que gritaban a pleno pulmón exigiendo la libertad y la caída de viejos regímenes que ya no tenían razón de ser, que habían impedido la evolución de nuestra historia y paralizado toda forma de progreso, prosperidad y modernidad. Yo era muy optimista, tenía la certeza de que los ciudadanos de los países árabes se darían cuenta de su nacionalismo y, una vez libres de la estupidez local, se volcarían en las causas nacionales de los demás, especialmente de la causa Palestina, que volverían a colocar en la cima de las prioridades árabes, tanto a nivel político como popular.

Me alegré de que una generación pusiera fin a largas décadas de indiferencia, sumisión y fatalismos del tipo «Dejémoslo en manos de Dios», que escribiera un nuevo prólogo, una nueva Fatua por la Constitución de los propios países, una constitución política y social que habría superado todo lo anterior. Me alegré de que las mujeres se abrieran paso entre las filas del movimiento revolucionario sin contar con el paraguas de protección de los hombres y de las costumbres y tradiciones. Me alegré de que la juventud rechazara los textos antiguos, desvaídos y polvorientos y llevaran adelante un discurso progresista articulado con un vocabulario acorde con la modernidad. Me alegré del optimismo que se respiraba en el mundo árabe después de que siglos de frustración hubieran enterrado nuestras reservas de creatividad y nos hubieran excluido de una modernidad que, galopando veloz, nos fue dejando atrás hasta hacernos desaparecer de nuestra vista, de nuestro oído y de nuestra conciencia.

La floración primaveral se propagó desde las plazas de las capitales árabes hasta las plazas de los patios de nuestras cárceles, que acogieron todo lo que estaba ocurriendo como un buen augurio para el futuro; y aún más cuando se preveía un intercambio inminente de prisioneros entre Hamás y el Estado Ocupante. Los sueños se multiplicaron, y el horizonte de la libertad parecía estar al alcance de la mano. Todo en torno a mí estaba en movimiento. También lo estábamos todos nosotros, tanto los veteranos como los nuevos. Todo el mundo estaba enfrascado en la cuenta atrás de sus últimas horas en el muro. Veían el intercambio como una oportunidad para volver a ser libres, a sabiendas de que se hablaba sólo de unas cien excarcelaciones, por lo que todos vivían en un estado de miedo y ansiedad ante la posibilidad de ver frustradas sus esperanzas.

En Egipto –que nosotros, los árabes, llamamos *Umm al-dunia,* la madre del mundo–, la plaza Tahrir floreció, y fue destituido un viejo faraón que, con la intención de inmortalizar su persona, sus descendientes y su círculo más estrecho de personas, construyó nuevas pirámides sobre el dolor, la pobreza, la esperanza y los sueños de los egipcios, sobre sus voces que habían sido sofocadas cada vez que habían intentado hacerse oír. Florecía el cielo colmado de nubes que traían buenas nuevas que hablaban de cambio y del comienzo de una nueva era para los países árabes que se hallaban hundidos en su arcaica vejez. Yo era cada vez más optimista, nuestras mentiras se estaban convirtiendo en una realidad, junto con todas nuestras profecías acerca del derrumbe de los regímenes árabes reaccionarios. El renacimiento se había hecho esperar, pero por fin había llegado, y nuestros antiguos eslóganes se desprendieron de los muros y ocuparon las plazas de las ciudades árabes. Y yo recuperé la confianza en nuestra narrativa, en la honestidad de las mentiras que nos habíamos contado. Nuestro mito no era un cuento de hadas, por eso ahora sus héroes llenaban las plazas, ningún miedo volvería a llenarlas. Aquí estaban, forjando su destino con sus propias manos y transformando su dependencia en voluntad y acción.

En octubre de 2011, se difunde la noticia de que el intercambio de prisioneros entre Hamás y el Estado Ocupante ha sido acordado. Todos corremos a nuestras celdas, todos ponemos nuestras radios en marcha para confirmar la veracidad de la información. Y cuando las emisoras locales anuncian que están a punto de emitir los nombres de aquellos que van a ser liberados, acercamos aún más la radio a nuestro oído, el único de nuestros cinco sentidos que ahora nos importa. Algunas canciones melancólicas e himnos patrióticos provocan una oleada de insulto a los familiares y amigos del locutor de la emisora; interminables anuncios de productos de belleza y de limpieza para el hogar desencadenan una ristra de maldiciones, luego una larga espera y la búsqueda frenética de papel y bolígrafo para anotar los nombres cuando llegue el momento.

Ya no hay rostros en la memoria, sólo nombres; cada uno piensa en sus seres queridos, los reordena según las prioridades de su corazón y sus sentimientos, y calcula la magnitud de su pérdida en el caso de que no se cite su nombre; los internos veteranos saben que se encuentran en una encrucijada y que será su afiliación política la que decrete su destino; los que han llegado hace pocos años temen ser excluidos de la lista si se conceden privilegios a los que ya llevan años recluidos.

Miles de almas viejas y nuevas, algunas clavadas entre muros durante veinte años, otras por poco tiempo, y un acuerdo de excarcelación de sólo unos cientos de ellas. En mi opinión, las prioridades de Hamás eran obvias, sus afiliados eran lo primero, la duración de la detención era irrelevante, una realidad dolorosa, pero pude aceptarla porque comprendía las motivaciones. Pensé en la liberación de los detenidos tras los Acuerdos de El Cairo de 1994, y me di cuenta de que el guion se repetía, era idéntico. Sin embargo, ahora, a diferencia de entonces, tenía mis viejos recursos y mi muro, que me habían salvado aquella vez y me salvarían también ahora.

Incluso ahora. Con una voz totalmente plana, que no dejaba traslucir la más mínima emoción, el locutor comenzó a leer en voz alta los nombres de los que serían liberados, a muchos los conocía, a otros no. A medida que iba mencionando los nombres, se oían gritos y aplausos en las distintas salas y yo, a pesar de saber con certeza que el mío no estaba en la lista, no podía controlar la tensión y la angustia que me invadían. Sentí miedo, me aferré con más fuerza a mi muro. «No puedo caerme, debajo de mí está el vacío», no dejaba de repetirme, porque creérmelo era imperativo. Los nombres se acabaron, no había más, las invitaciones al baile de la vida se habían entregado. Lo celebraron en voz alta aquellos nombres, luego callaron de repente y se sentaron con todos los demás en un espacio mediano, neutro, donde los elegidos silenciaron la alegría de volver a vivir la vida y los excluidos fingían no estar tristes. Y todos elegían cuidadosamente sus palabras, ya fuera para no herir a los que no habían sido nombrados o para no malograr la alegría de los que sí. Uno contuvo una sonrisa de decepción mientras buscaba un rincón donde poder liberarla, otro esbozaba una mueca de satisfacción mientras buscaba un sitio oscuro donde refugiarse para que nadie viera los fantasmas que atormentaban su rostro.

Cara a cara con mi pared, sin voz me dije: «Has renunciado al mundo, ahora no debes retenerlo, estos son tus dolores, sopórtalos, de lo contrario el sufrimiento te matará». Recordé mi primer muro, donde me había despedido del mundo. Y de nuevo sin voz, proseguí: «Salta sobre la grupa de tus caballos y de todas las criaturas mitológicas que has inventado. Tu padre se ha ido y tu madre se ha acostumbrado a la sensación de traición que le inspira tu ausencia. Nadie llorará por ti si te aferras a este muro. Están hartos de derramar lágrimas y de tus eternas mentiras. Así que no caigas. No hay vida alguna en caer, ni hay vida debajo de ti. Salta de todos los muros que llevas en tu interior y cae sobre tu propio muro. Nunca has puesto a prueba a tu dios, y ahora no empieces de nuevo, tu dios es inocente, está libre de culpa de todos tus cargos, de tu destino y de tus penas, nada puedes hacer, salvo rendirte, los hombres de la tribu han muerto, sólo quedas tú, por lo tanto, levántate, vamos, ponte en pie. Tu madre aún te canta al oído la historia de Zarif y de las mujeres que duermen en sus brazos hasta la primera luz de la mañana. Y cada vez que te visita te promete que no se morirá mientras sigas ahí colgado».

Seguí con mi discurso, en completa soledad, mientras los demás, viejos y nuevos, depositaban sus penas en las pequeñas maletas que les había suministrado la Cruz Roja, organismo encargado de supervisar los términos del acuerdo. Y también depositaron algunas prendas que conservaban olores a los que se habían acostumbrado en sus últimas horas a la sombra del muro, antes de alejarse de allí. En las horas finales tuvieron lugar muchas conversaciones, pero todos, en el fondo, querían que terminaran lo antes posible, y que los liberados dejaran la maraña de emociones y sentimientos que les oprimía el pecho, que pudieran por fin empezar a vivir, y que los que tenían un muro pudieran volver a aferrarse a él.

Yo lo entendía, ese dolor, ya lo había sufrido veinte años antes, había cargado con él como una farsa. Pero esta vez era mucho más pesado. Había compañeros que habían estado conmigo desde el primer día en el muro, conocía los nombres de sus penas y sus –así las llamaba– alegrías aplazadas. Eran mi vieja narrativa, los dioses embusteros que, al igual que yo, se creían sus propias mentiras. Sabía cuál era su desayuno preferido; sabía cómo les gustaba el café; sabía el aspecto que tenían sus amantes imaginarias; sabía cómo había sido la primavera de cada uno y cuáles eran los recuerdos lejanos que el otoño había dejado en sus rostros. En las largas semanas de aquel invierno, una especie de nostalgia feroz, casi una sensación de exilio, pero no era un lugar que yo echara de menos, echaba de menos las almas, los espíritus vitales, los alientos de vida, hasta tal punto que si pasaba por ciertas celdas, aún oía las voces de quienes habían vivido en ellas, y entonces aceleraba el paso para no detenerme. Apelé a todas mis creencias y convicciones a fin de mantener el equilibrio mental, a fin de ahuyentar la sensación de distanciamiento y buscar maneras de comunicarme con los recién llegados. Todo eso me supuso un esfuerzo mayor que veinte años atrás, pero finalmente lo conseguí, y volví a mi muro en plena forma física y mental.

Los países árabes no cambiaron, siguieron como estaban, sólo que con más sangre y más muertes. Una primavera tartamuda y tambaleante, revoluciones arrebatadas a quienes las habían provocado, uniformes militares limpios de sus derrotas y acuartelados en las sedes gubernamentales, concesiones belicosas y enemigos imaginarios, en su mayoría inventados de la nada, intercambios de cortesía con enemigos de la nación, confabulaciones y conspiraciones sobre una Palestina cada vez más sumida en sus divisiones, una élite política palestina cada vez más aferrada a su única opción: la obligación de tener que negociar con un enemigo que rechazaba cualquier presunción de paz y tonteaba cada vez más con su antigua narrativa bíblica sobre una Gran Israel. A medida que los sueños se desvanecían todo el mundo árabe entró en una escalada de violencia y caos que no iba a conducir a nada. Y los palestinos, incapaces de frustrar los planes del Estado Ocupante, siguieron con sus divisiones internas.

Me acostumbré a la ausencia de los viejos camaradas que se habían liberado de sus cadenas y trataba de encontrar puntos de común con los nuevos. Al mismo tiempo, la administración penitenciaria endureció su política opresiva y restringió aún más las pocas libertades que habían conquistado los reclusos, mientras una especie de parálisis se adueñaba de sus filas ya debilitadas por las divisiones internas.

Yo mantuve el temple hasta que, en 2013, Mahmud Abbas, el presidente de la Autoridad Palestina, decidió embarcarse en una nueva aventura de negociaciones, una aventura que me costaría muy cara y, por tercera vez, me obligaría a enfrentarme a mis obsesiones, mi firmeza, mi equilibrio, mis convicciones y mi fe.

El cuarto grupo

Esto es lo que ocurrió en 2013.

Barack Obama sorprendió al mundo cuando fue elegido presidente de Estados Unidos en 2008. A diferencia de su predecesor llevó a cabo un proyecto de reconciliación con Oriente Medio y eligió Egipto como primer destino. Siguiendo los anteriores presidentes norteamericanos, aunque con mejores intenciones, Obama hizo de la solución al conflicto palestino uno de los principales objetivos de su mandato. Sin embargo, este presidente negro estaba rodeado de un gobierno blanco profundamente comprometido con apoyar a Israel y mantener su superioridad económica y militar sobre sus vecinos árabes, lo que limitaba considerablemente las posibilidades de éxito de Obama.

Su primer mandato acabó sin resultados destacables en este asunto. Inmediatamente después de su reelección en noviembre de 2012, Obama empezó a ejercer presión para que las dos partes involucradas reanudaran las negociaciones. La presión dio resultado. Durante un periodo de nueve meses, israelíes y palestinos negociaron sobre la base de un documento redactado por un equipo estadounidense presidido por el secretario de Asuntos Exteriores John Kerry. Los acuerdos preliminares establecían que los palestinos se comprometían a no adherirse a ningún organismo internacional mientras durase la negociación y, paralelamente, los israelíes se comprometían a liberar a los detenidos palestinos arrestados antes de la firma de los Acuerdos de Oslo en 1993, dividiéndolos en cuatro grupos que serían liberados con dos meses de diferencia entre sí. Eran, en total, ciento veinte presos que llevaban entre veinte y treinta años clavados a los muros de diversas prisiones y, actualmente, se hallaban recluidos en el interior de varios centros. Trece, yo incluido, estaban en la cárcel de Hadarim. Las cicatrices que tenía en el cuerpo me recordaban la necesidad de controlar mis emociones, impedir que abandonara mi zona de confort y mantenerme a salvo. Aun así, la tentación era grande. Había invitaciones al gran baile de la vida más allá del muro, que revoloteaban por todas partes. Algunos recién llegados enterraban sus penas y acudían a felicitarnos por el fin de nuestra larga reclusión, y esa alegría suya amortiguaba nuestra angustia, el ansia que nos asaltaba debido a las muchas desilusiones que habíamos sufrido en el pasado.

«Aquí estás, Sísifo, esta es la última montaña que debes subir, así que sacúdete la piedra de los hombros y respira aliviado, tu maldición ha terminado, tu ascenso interminable se ha acabado. Ahora, para ti, la tierra se ha vuelto plana, así que túmbate y ponte cómodo. Has llegado al otro lado de la montaña, así que precede tu sombra y deshazte del peñasco. Deja a un lado tu desperdiciada primavera, Sísifo, tu ración de estaciones no se ha consumido, recoge tu otoño y tu invierno, recoge tus horas de aire y destellos de luz en la oscuridad, recoge toda posibilidad de vida que esté por llegar, deja a un lado tu angustia, confíala a los fantasmas que has dejado atrás, recoge tus décadas de compañerismo, tus pactos de lealtad que has hecho contigo mismo, llévate contigo las mil formas del dolor.»

Esto me decía a mí mismo, y mucho más, y sin embargo no creía, era como si miles de obstáculos se interpusieran entre yo y mi capacidad de creer, y de poco o nada me servían los discursos que no se cansaban de repetirme. El fin de mi estancia entre estos muros era algo que parecía imposible, irrazonable, ingenuo, imprudente, no era la primera vez que me encontraba con un escollo, que oía el parloteo de las olas y la llamada del mar, pero cada vez me ahogaba en mi tierra firme, sin agua para bañar mi desilusión o para lavar el polvo de la larga espera del rostro de mi madre. Y me había convertido en una piedra sobre la que el muro grababa el paso de los años.

Se acercaba agosto, el mes en que el primer grupo iba a ser liberado. Las sufridas almas multiplicaban sus actividades diarias, añadían siempre otras nuevas, pero, por muy ocupadas que estuvieran, los días parecían haberse detenido en un pesado tiempo paralelo. Maldito sea el término medio entre la vida y la muerte, entre la sed y la bebida, entre la libertad y la liberación, entre el amor que profesamos a nuestras mujeres y la fascinación que sentimos por las demás, entre el muro y el cielo. Maldita sea la ambigüedad del tiempo intermedio de una herida hasta que cicatriza, de una espera hasta que termina, de nuestra vida hasta que empieza, de nuestra paciencia hasta que la perdemos, de nuestro encarcelamiento hasta la liberación, de nuestra muerte hasta la resurrección, de nuestro Señor hasta que nos atiende.

Durante muchos días, dudé entre renunciar y aferrarme, sin que nada aliviara mi incertidumbre. Era un lugar que conocía, que ya había explorado en más de una ocasión, conocía todos sus rincones oscuros, nada podía sorprenderme o cogerme desprevenido, así que ¿por qué todo ese tipo de invitaciones a vivir me tentaban tanto? ¿Cómo había permitido toda esa distancia entre mi muro y yo? Mi roca se hizo más pesada, la montaña me parecía más alta y cercana, me asustaba la sola idea de tener que escalarla cada mañana, el impulso de apartar la carga y rendirme me ahogaba. ¿Qué quedará de ti, Sísifo, si rechazas tu roca? ¿Cómo podrás contener tu pesimismo, que nunca te ha fallado, y creer en cosas que aún no han sucedido? ¿En qué abismo caerás si abandonas tu muro?

Se anunciaron los nombres del primer grupo. Dos viejas almas cansadas de mi módulo recogieron sus años en pequeñas maletas. Una de ellas era un gazatí de piel oscura que se dirigía al mar y a una franja de tierra tenebrosa y asediada. La otra se dirigía a la ciudad santa del Mesías, Belén, a la que no había echado de menos ni un solo día, ni siquiera una sola vela en el árbol de Navidad para él. El módulo estaba de celebración, todo el mundo empezó a besarse y abrazarse, y pronunciaron unas palabras de despedida. Los recién llegados miraban cómo saludábamos a viejos camaradas, y mientras tanto hablaban del siguiente grupo, y nos decían que nuestra espera no sería tan larga. Por corta que fuera, la distancia que se había creado entre mi pared y yo en las últimas semanas, de pronto, se desvaneció, al igual que el simulacro de vida que me había tentado y sacudido mi equilibrio mental. Después de una última despedida, me apresuré a volver a mi muro. Mi roca estaba en su sitio, al pie de la montaña. Recógela, Sísifo, el esfuerzo de intentarlo es ya una especie de llegada. Cada vez es la última vez, cada montaña es la última que tendrás que escalar, no te detengas a mitad de camino.

Faltaban dos meses para la excarcelación del segundo grupo de presos. Renuncié a toda expectativa, y mis jornadas retomaron su rutina habitual. Sin atender invitaciones repentinas, me sumergí en decenas de libros, leí todo lo que había que leer. Escuché canciones dulcificadas sobre alegrías ajenas y penas que, en cambio, podía comprender en parte. Para no cargar mi muro, soñaba menos. Para no abandonarlo, intenté ignorar a los compañeros que se despedían de mí, mientras yo aún estaba con ellos, que me hablaban de cuándo nos separaríamos y cuánto nos echaríamos de menos, que estaban organizando la fiesta de mi boda y elegían a los invitados; alguno me instó a rezar más y a alabar al Señor, otro quería que fantasease con escapadas amorosas exentas de oraciones e himnos de alabanza.

Estos eran los sueños, pequeños e irrealizables, de los compañeros que veían en mi liberación la realización de sus esperanzas reprimidas. Tenían tantas esperanzas que, antes de irme a dormir, no tenía más remedio que escuchar los relatos de sus divertidos sueños de los que, personalmente, yo sólo podía ver incumplimiento. No podía creer en esos sueños porque pertenecían a la generación de los dioses de la mentira, una generación cuyos sueños no se hicieron realidad. Y aun así les hice caso y di rienda suelta a mi gran capacidad mental. Me casé con quien quisieron, redoblé mis visitas a la casa del Señor y les di las gracias a los que estaban convencidos de que mi buena suerte confirmaba la veracidad de su religión. Merodeaba de cama en cama, flirteaba con tantas mujeres como podía para aliviar el dolor de quienes tenían que vivir con una virginidad impuesta, dije mentira tras mentira para engañar a las semanas que quedaban antes de la liberación del segundo grupo.

Octubre de 2013. Anunciaron los nombres del segundo grupo, cinco eran de nuestro módulo. Por segunda vez, fuimos testigos de una escena de despedidas y de intentos de consolar a los antiguos por parte de los recién llegados. Yo empecé a subir la montaña de nuevo, mi roca estaba dispuesta a caer hacia atrás sólo para que yo emprendiera de nuevo otro ascenso.

Las visitas de la familia se hicieron pesadas y dolorosas. Mi madre se preguntaba una y otra vez por qué se demoraba su alegría después de haber preparado la casa y decorado hasta el último rincón. Y la cama nueva que había comprado, ¿qué iba a hacer con ella? ¿Por qué me demoraba en volver a ella, a sus brazos y a sus ojos que ahora luchaban por enfocar mis facciones? Ella no paraba de preguntar, y sus preguntas se convirtieron en acusaciones: «¿Qué es lo que te retiene aquí, hijo mío? Todas las puertas del cielo se han abierto, excepto la tuya. ¡Maldita sea tu roca! ¡Malditas sean las montañas que has escalado! ¿Cómo puedes soportar que tu madre espere tanto? ¿Cuánto tiempo más fingirás que no sabes que va a morir? Los compañeros que estuvieron contigo hasta ayer me dijeron que estás bien, pero no me creo sus mentiras. Cuando vinieron a visitarme, fui a abrir la puerta esperando que olieran a ti; cuando me besaron la cabeza y las manos deseé poder besarte, caminaban como tú, hablaban como tú, pero no eran tú. Me dijiste que rezara más, y lo hice. Me dijiste que confiara en la misericordia del Señor, y lo hice. Me dijiste que no muriera, y me aferré a la vida; me dijiste que te acompañaría en todo tu camino, pero ¿por qué tú no me acompañas en el mío? ¿Cuándo dejarás de mentir, fruto de mis entrañas marchitas y de mi pecho árido? ¿Cuándo dejarás de engañarte pensando que puedo ser paciente? Tú eres mi roca... Tú eres mi montaña... ¡Ah!, ¡cómo me haces sufrir! ¡No tienes piedad de una madre lacerada por tu ausencia!».

Mi madre enumeró todas las acusaciones y las quejas que había recogido a lo largo de veinte años de dolor y me las refregó por la cara. Añadió sus visitas y las humillaciones que sufrió en los puestos de control. Su espalda curvada y su poca vista se juntó con los restos de mi padre y las diferentes formas en las que podría haber muerto. Añadió sus fantasmas que le habían hecho compañía en su soledad, sumó todos los reproches posibles y vino a rendirse sin bandera blanca, sin avisar.

Siguió reprendiéndome, desesperándome por esperar, hasta que me quedé sin fuerzas y sin respuestas. En ese momento, salté de mi muro, rompí mis cadenas, abandoné toda defensa y me entregué a su desesperación. Me puse la ropa que había preparado para volver a ella, ocupé mi lugar al final de su espera, tarareé con ella las melodías de nuestro reencuentro, la ayudé a poner las sábanas en la cama nueva. Desempolvé mis viejas mentiras: «Sólo unos meses más, Mazyouna, no hay que rendirse aún, sólo un último trecho de camino y luego se acabó». Cosas así, y más mentiras todavía.

Mi madre se lo creyó y poco a poco dejó de regañarme, levantó banderas blancas y dejó de preguntarme. Por enésima vez, se creyó las mentiras que yo le contaba. Volvió a casa, a mis fantasmas que la esperaban al final del camino, colgó sus sueños en un gran cartel. Suplicó una última vez a su Señor pidiéndole un mañana mejor. Un mañana mejor.

Finales de diciembre de 2013. Para satisfacer a la opinión pública, Israel se comprometió a construir cuatrocientos nuevos asentamientos, cien por cada grupo de prisioneros liberados. Un precio enorme en el que, sin embargo, las almas longevas han tratado de no pensar demasiado para no abandonar la alegría que les invadía. Se anunciaron los nombres del nuevo grupo y cuatro de nosotros nos dijimos muchas frases de despedida y algunas palabras sobre nuestros muros. Quedaba un cuarto y último grupo. Treinta nombres, aferrados a la última y única posibilidad. Acaloradas discusiones entre las dos partes. Flagrante parcialidad estadounidense a favor de la posición israelí y, al mismo tiempo, presión política sobre los palestinos para prolongar unos meses más las negociaciones.

Días y semanas pesadas esperando los últimos treinta nombres; éramos cuatro, incluido yo, en la Fortaleza. El invierno hizo más fría la espera y casi congeló a nuestras familias. Mis últimas mentiras habían calentado a mi madre mientras, inmóvil, engullía el paso de las horas. Me aferraba aún más, lleno de miedo, a las horribles sorpresas que, en mi opinión, se acercaban a paso rápido y seguro. Cada mañana me levantaba, cogía mi roca y acudía a mi cita con la cima de la montaña.

Febrero acabó por exhalar el último suspiro, los rostros de los nombres que quedaban mostraban claros signos de ansiedad, aquella fecha podría haber sido nuestra última oportunidad de tener una vida fuera de estos muros. El Estado Ocupante parecía querer aplazar el cumplimiento de los términos pactados del acuerdo. Los líderes palestinos no encontraban una respuesta adecuada. La tensión nunca había sido tan intensa como la víspera del día en que estaba prevista la excarcelación del cuarto y último grupo.

Un final prematuro. Eso fue lo que me hizo pensar en la escena de nosotros treinta inmaculadamente clavados a nuestros muros. El día del juicio final, después del cual o hay vida o una crucifixión eterna a un muro de fuego. Una vida después de la muerte sin ningún signo premonitorio, ni grande ni pequeño, sin la posibilidad de decir una última oración, sin una última súplica, sin el tiempo de arrepentirse para borrar algún antiguo pecado. Yo y mi muro como dos cuerpos desnudos en un puesto de control, a veces me protegía detrás de él, a veces era él el que se escondía detrás de mí, a cada paso nos agarrábamos con más fuerza el uno al otro, confirmando nuestro antiguo pacto. Estábamos dispuestos a renunciar al mundo y aferrarnos al aquí y al ahora; nuestra última oración ya la habíamos recitado veinte años atrás, ya habíamos asumido nuestros pecados, nuestros cuerpos tenían las marcas que habían dejado las heridas que el interrogador del centro de interrogación juzgaba insignificantes. Una cadena perpetua bien puede ser la pesada roca que te priva de toda oportunidad de levantarte ante una nueva vida. Una cadena perpetua bien puede ser la montaña que se niega a inclinarse ante tu esfuerzo. Puede ser cualquier cosa, porque las cosas son lo que queremos que sean.

Llegó el día siguiente, pero no hubo liberación. Israel rechazó los términos del acuerdo y retuvo a los treinta nombres restantes. La puerta se nos cerró en las narices y, con ella, cualquier posibilidad de huida hacia un tiempo que pusiera fin a nuestra suspensión. Regresamos a los muros sin otra cosa que esperar, salvo la siguiente hora al sol.

Según la mitología griega, Adonis no se salvó de los colmillos del jabalí, que seguía encima de él mientras se desangraba. El cazador cayó y la presa triunfó. La bestia no desgarró el cuerpo de Adonis, sino que dejó que se desangrase lentamente. Adonis elevó una súplica final y se colgó del muro de su muerte. Cuando llegó Afrodita era ya demasiado tarde, lo único que quedaba de Adonis era su cuerpo frío y su sangre aún caliente. Llorosa, Afrodita tejió con las hebras de la sangre de su amado flores rojas. Plutón vio a Afrodita tejer las hebras rojas. Entonces sentenció: «Cada primavera y verano resucitarás, Adonis, para vivir en la tierra. Pero cada otoño e invierno, te llevaré de regreso al inframundo para morir, junto con todas las plantas de la tierra». Plutón me vio regresar a mi muro, y, a su manera, dispuso mi suerte. ¿Quién sabe? Quizá la siguiente

Afrodita no llegue demasiado tarde para detener el torrente de sangre.

Desde mi muro, mi Señor, el Dios de todos los mundos, dispuso una nueva cita en algún lugar del planeta Tierra. Lejos de mi hemorragia y de mi muro, llegó una nueva diosa, nacida del vago recuerdo de un antiguo jabalí. Al crecer, ella siguió los hilos de la sangre y recogió su antiguo alfabeto extranjero; viajó a su geografía, a una tierra que se parece a los secretos de sus padres. Y ahora que vive a pocos latidos de mi muro, ha recogido el primer hilo de sangre y ha empezado a tejer su primavera y su verano, mi otoño y mi invierno. Se llama Nanna, es la última diosa del amor, y lo que sigue es la historia de lo que viví con ella.

Segunda parte

YO, MI CORAZÓN Y UN ESPACIO ENCLAUSTRADO

Nanna

Todo ocurrió en un plazo de tiempo muy breve, antes de la excarcelación del tercer y penúltimo grupo de prisioneros, por una especie de predisposición divina que no puedo explicar. Yo estaba colgado de mi muro, resistiéndome a la tentación de saltar y rendirme, pero mientras tanto, intenté inventarme mentiras que me permitieran no sucumbir a las insistentes preguntas de mi madre, preguntas que me agobiaban justo cuando necesitaba desesperadamente abstraerme para no dejarme llevar. Las treinta veteranas almas que habían sido defraudadas buscaban un viejo rincón que no les resultase familiar donde retirarse para curar su nueva y profunda herida; personalmente, no había buscado demasiado, no había intentado que la mía sanara rápidamente; de hecho, había recortado mis expectativas. Y mientras el tercer grupo tardaba en llegar, me había sumergido en mi lectura fingiendo no sufrir la tortura del tiempo y los latigazos de la espera. Nanna, mientras tanto, daba sus primeros pasos y sujetaba dulcemente entre sus dedos la primera hebra de sangre; hija del otoño, como yo, nació en 1987, vio la luz al otro lado del planeta, en uno de los países mediterráneos al otro lado del mar. Ese país vivía entre antiguas leyendas de dioses con nombres extraños que no le resultaban fáciles de pronunciar en el alfabeto arábigo de su padre. Deidades de miles de años de antigüedad representadas en pinturas y estatuas desnudas que llenaban las ciudades de todo el país como testamento de su juventud y sabiduría eternas.

A medida que pasaban los años, Nanna, como cualquier niña que no escapa al complejo de Electra, estaba cada vez más unida a su padre. Ella no percibía extravagancias particulares en su ciudad, escuchaba historias que contaban de algunos dioses más jóvenes sin entrar en detalles demasiado complicados y difíciles de entender, e ignoraba, en cambio, a aquellas divinidades con sus intrincadas genealogías y altos vuelos de fantasía que estaban fuera del alcance de la imaginación de una niña.

Lo que le gustaba era la diversidad de lenguas que se hablaba en su pequeño hogar. Y no sólo eso, el cambio de geografía al que asistía cada vez que sus padres sucumbían a la añoranza y viajaban de Italia a Palestina para renovar antiguos pactos con el tiempo y el lugar. Nanna vio la otra orilla del mar. Observó otro tono de azul. Saboreó la cocina oriental, de sabores y aromas tan especiados. Conoció a un abuelo de setenta y tantos años que respondió a sus intereses con varias tazas de té azucarado. Escuchó a las abuelas hablar de sus desgracias sin prestarles demasiada atención.

Nanna se llevó consigo todos los olores, colores e imágenes que pudo retener, y regresó a las estatuas desnudas y a las antiguas plazas que, en sus mejores días, habían recibido los rostros radiantes de los que volvían victoriosos a casa, las mismas plazas que habían acogido a san Pablo y a los creyentes que le acompañaban, pero también a hombres libres venidos de Oriente, hombres que dormitaban en las bodegas de barcos para despertar luego como esclavos de aquellos que viven en la orilla victoriosa. En aquellos momentos, Nanna aún no conocía la historia de las plazas de Roma, ni se mostraba interesada por cómo Oriente reaccionaba ante un Occidente cada vez más orgulloso de sus victorias.

Otros años hicieron mella en Nanna. La nostalgia de sus padres se volvió más apremiante, cansados de oír historias sobre dioses extraños. Sentían el deseo de otros dioses, quizá más extraños aún, pero ciertamente más familiares. Después de diez años de exilio y de ganarse la vida, anunciaron que se rendían. Nanna hizo el equipaje y regresó a su antigua orilla del Mediterráneo. Nanna volvió para tomar una última taza del té de su abuelo antes de que falleciera. Regresó a plazas de ciudades sin estatuas ni inscripciones, pero atestadas de personas y rostros que se parecían a las fotografías antiguas de su padre. Regresó a la brisa que se colaba por la noche desde la costa de Jaffa y se acomodaba en la ventana de su habitación. Volvió a su lengua materna, aunque durante años tartamudeara al hablarla. Luego añadió la lengua hebrea del pueblo que había descendido de súbito y se había asentado en esas tierras. Era un alfabeto complicado para una niña que no había cumplido más que once años, aquella amalgama de cuatro lenguas y múltiples geografías y culturas que ella, Nanna, hizo su mínimo denominador común.

Al final de la escuela secundaria, Nanna seguía sosteniendo un extremo de la hebra de sangre. Su corazón se expandió, albergaba en sus intersticios sus tempestuosos deseos de su incipiente feminidad. En las plazas de ciudad no había caballeros sobre corceles blancos que supieran hablar del amor en sus cuatro lenguas, y Nanna en aquellas plazas estrechas y sin estatuas de divinidades del amor y de la belleza, no confiaba en que alguna vez pudiera encontrar uno. Luego se marchó de casa y se trasladó a la gran ciudad a vivir en una residencia de estudiantes cerca de la universidad, donde se concentró en los estudios con enorme provecho, pero sin dejar de buscar al apuesto caballero que tardaba en llegar para dar respuesta a sus plegarias. Nanna no sabía qué pensar de las torpes tentativas de los caballeros adolescentes novatos y poco diestros en el arte de la caballería y el cortejo, de jovenzuelos de cuerpos rudos sin cicatrices que recordaran las heridas de las victorias o el dolor de las derrotas. Nanna quería algo más que las cosas obvias que la vida y la gente le pudieran ofrecer. No estaba segura de poder encontrar lo que buscaba. Siguió estudiando y se especializó en el restablecimiento de los derechos de las personas que los habían perdido, un título otorgado por una universidad erigida sobre tierras que fueron propiedad de un anciano señor hasta que alguien se las robó para construir su estado judío. Nanna aprendió bien sus enseñanzas. Memorizó los rasgos de ese anciano que murió en el exilio, lejos de su tierra.

Nanna abandonó la gran ciudad y volvió a las plazas atestadas de su ciudad natal, donde emprendió la primera de sus batallas legales contra un sistema legal que utilizaba los tribunales para legitimar sus crímenes. Luchó a fondo, y se alegró de sus pequeñas victorias. Su oposición a la judicatura del Estado Ocupante se recrudeció a medida que iba cobrando conciencia de su injusticia. Conforme el Estado Ocupante iba endureciendo sus políticas contra la minoría palestina, las preguntas de Nanna en torno a su identidad se volvieron más insistentes. Y cuando estaba a punto de encontrar una respuesta, mis gritos cada vez más fuertes consiguieron que se fijara en la hebra de sangre. Siguió su sinuosa trayectoria y atravesó los barrios y callejones de las ciudades y pueblos, algunos despoblados a la fuerza, otros dejados como estaban, y finalmente, mientras nosotros nos encontrábamos entre el tercer y el cuarto grupo, aterrizó al pie de nuestros muros, donde terminaba el hilo de sangre y donde comenzaron sus intentos para detener la hemorragia.

Los primeros años de Nanna tras regresar a su ciudad natal, situada en los territorios ocupados en 1948, estuvieron acompañados de informes e historias sobre una vieja herida de la que se hablaba siempre que las familias se reunían y conversaban. Le hablaban de ella a menudo. Leía al respecto y le afectó tanto aquella herida que, al final, quiso verla, quitarle los vendajes y descubrir qué había debajo de ellos.

Como si las recorriera por primera vez, las calles se cerraron en torno a Nanna, y a medida que se acercaba a la cárcel de Hadarim sus emociones se intensificaron. Aparcó el coche cerca del muro. Notó que el hilillo de sangre era cada vez más cálido. Tras unas breves preguntas de los soldados sobre el motivo de su visita, Nanna se encontró al otro lado de los muros. Atravesó un espacio lleno de puertas y barrotes, y del aliento de los soldados. El guardia que la acompañaba señaló una salita con el número 6. Nanna entró y se sentó en una silla de plástico blanco, frente a una mampara de cristal. Unos minutos después, llegó una herida y se sentó en una segunda silla blanca al otro lado del vidrio.

Una vez terminada la entrevista, esa herida regresó al módulo de celdas y habló de una joven que había venido a visitarla. Yo presté oídos a su entusiasmo ante la visita inesperada. Luego seguimos aguardando la fecha de puesta en libertad del último grupo de presos. Una semana después, Nanna volvió de visita. La herida le había hablado de otras dos heridas que sangraban junto a ella. Transcurrida otra semana, Nanna regresó de nuevo, con un extremo de la hebra de sangre en la mano. Se reunió con la primera herida, luego con la segunda. Permaneció en su silla y aguardó a la tercera y última herida, yo.

Me vestí rápidamente y me aseguré en el espejo que mi cara estuviese bien afeitada. Acompañado de un soldado, recorrí una breve distancia hasta que nos detuvimos delante de la sala n.º 6. El soldado abrió la puerta y luego la cerró a mi espalda.

«¡Ten piedad de estos muros, joven!», fueron mis primeras e imperceptibles palabras. Podía oírse con claridad el susurro de los muros porque nunca, como ahora, habían visto una figura tan soberbiamente femenina. Me senté en una silla blanca, frente a Nanna que, muy elegante, estaba sentada en la suya. La mampara de cristal no era un obstáculo para la conmoción de lo que estaba viendo. Era un rostro que no hacía confidencias, no revelaba ninguno de sus secretos. Un rostro que te invitaba a zambullirte, a sumergirte en las profundidades, cuya vanidad sólo quedaría satisfecha si era capaz de quitarte la respiración, que te invitaba a cavar hondo para encontrar entre sus pliegues millones de detalles. Un rostro que si querías saber cómo era realmente debías apelar a todos tus dioses en busca de ayuda, y aun así no desesperas, no dejas de buscar, aun cuando ese rostro siga siendo un enigma que perturba tu hombría y casi aniquila tu confianza en ti mismo.

Hay rostros que entregan la clave de sus enigmas incluso antes de terminar la primera frase. La siguiente vez que los ves, lo único que queda es una copia borrosa, sin que nada estimule tu instinto de búsqueda o suscite la tensión que precede al descubrimiento. Al contemplar caras así, eres capaz de fijarte en cada detalle, como el color del vestido que no combina con el rojo del pintalabios, el peinado, el movimiento de los pendientes cuando le rozan el cuello. Te fijas en detalles del lugar en donde se encuentra, como el color de las paredes, la altura del techo, el número de rayos de luz que caen sobre la mesa en la que te sientas. Y luego está el rostro de Nanna.

El tiempo desapareció, el lugar desapareció, sólo quedaba ella, el rostro de Nanna, lo que ocurría en el presente. Los recuerdos del pasado se evaporaron, junto con todas las voces e imágenes que contenían. Era uno de esos rostros que presagian un inmenso esfuerzo si te dejas envolver por él, un rostro que no puedes ignorar ni siquiera cuando cierras los ojos, un rostro que reúne las contradicciones de Oriente y Occidente en una especie de rompecabezas. Permanecí sentado en mi silla blanca frente al rostro de Nanna.

–Hola.

–Hola.

–Me llamo Nasser.

–Eso me han dicho.

–Vaya.

–Pensaba que iba a encontrarme a un viejo.

–Y te lo encuentras.

Hablamos un poco de la cárcel y de cómo estaba esperando la liberación del último grupo. En ese pequeño rincón del mundo que era la salita había una atmósfera cálida, noté que el hielo se fundía. Aventuré mi primera confesión.

–¿Puedo contarte una cosa?

–Claro.

–Cuando venía, me he dicho que, si me encontraba a una mujer hermosa, me quedaría tanto como pudiera, pero si no, no me alargaría y me iría educadamente después de cuatro frases.

–¿Y qué te has encontrado?

–He pronunciado más de cien frases y sigo aquí –dije con una sonrisa juguetona.

Su rostro reflejó una sonrisa, pero no delató la impresión que le había causado mi repentina franqueza. Me gustó cómo la encajaba. Su reacción sugería madurez en una mujer que aún no había cumplido los veintiocho años. Eso espoleó mi curiosidad masculina, un desafío para superar los límites que impondría el protocolo de un primer encuentro.

–¿Cómo ves el mundo, Nanna? –le pregunté.

Sorprendida por mi pregunta, percibí la tensión en su cuerpo mientras buscaba una respuesta adecuada.

–¿A qué te refieres exactamente?

Intentaba ganar tiempo para dar con una respuesta que la salvara. Una jugada inteligente.

–Lo que he dicho: ¿qué opinión te merece el mundo? ¿Lo ves desde una perspectiva pesimista, o desde algún otro ángulo que minimiza sus preocupaciones y sufrimientos?

–Lo veo tal como es.

Seguimos hablando de los padecimientos del mundo, de los pobres y los olvidados. Hablamos de guerra, terrorismo y de la Ocupación de nuestra tierra. Me informó sobre su carrera de derecho, y sobre su círculo social. Y cuando la visita terminó, ambos nos quedamos con ganas de seguir hablando. Un soldado abrió la puerta, y Nanna se fue. Otro soldado abrió la puerta de mi lado y me llevó de regreso a la celda. Me puse ropa más cómoda. Pensé en la media hora que había pasado con Nanna. Luego volví a aferrarme a mi muro y a esperar.

Transcurrió casi un mes. Nanna volvió por segunda vez, y luego por tercera. En ambas ocasiones, teníamos más ganas de contarnos cosas: acerca de sus padres y de los once años de exilio; de su infancia a la sombra de los antiguos dioses romanos; de su visita a Palestina; de su abuelo y lo cerca que se sentía de él; de su regreso a los dioses de su país natal. Hablamos sobre el campo, sobre el exilio, sobre sueños, sobre nuestra espera y de la última oportunidad de alcanzar la libertad.

Con el tiempo, Nanna aumentó la frecuencia de sus visitas hasta que empezó a venir todas las semanas, y cuando eso ya no fue suficiente acordamos continuar por carta nuestras conversaciones, que se ramificaban y en las que profundizábamos cada vez más. Mientras tanto, el Estado Ocupante incumplió sus compromisos y se negó a excarcelar al cuarto y último grupo de presos. Así que me quedé allí, colgado del muro. Mi herida seguía derramando sangre, y sus hilillos rojos se entrelazaban con los dedos de Nanna. Ella seguía hilando las hebras, y yo seguía sangrando, a la espera de su siguiente visita o su primera carta. Una vez más acepté mi cadena perpetua. Una vez más me reconcilié con estar colgado de mi muro para eludir cualquier posibilidad de caer. Como si empezara de nuevo, reuní fuerzas y levanté la piedra. No había montaña capaz de frenar mi determinación de alcanzar mi destino. Volví a mi herida sangrante y me negué a esperar a que cicatrizase. Acepté el dolor tal como era.

La siguiente vez, aceleré el paso, lo que desconcertó al guardia que me escoltaba. Este cerró la puerta a mi espalda. Nanna no había llegado aún. Me senté en la silla blanca a esperar. No mucho después me puse en pie, y en ese instante entró Nanna por la otra puerta.

–¿Te he hecho esperar mucho?

–No, acabo de llegar.

–¿Estás bien?

–Ahora sí.

–¿Vas a quedarte de pie?

–No, no, me sentaré.

Nos sentamos y un breve silencio se apoderó de nuestro pequeño rincón del mundo.

–¿Qué te trae por aquí, Nanna?

–No entiendo.

–¿Qué te trae de regreso a todo este dolor? Los dioses no entran en lugares enclaustrados. Lo intentan, pero no pueden porque les da claustrofobia.

–Yo no soy ninguna diosa, Nasser.

–¿Cómo lo sabes?

–Estoy aquí, y ¿no has dicho que los dioses no entran en lugares enclaustrados?

–Es verdad, eso he dicho, pero igual eres una diosa de la que no había oído hablar.

–¿Qué sabes tú de diosas?

–Mucho.

–¿Y crees en todas ellas?

–Creo en las que no me miran por encima del hombro cuando hablamos.

Pasó una hora y media, durante la que conversamos de muchas cosas relacionadas con asuntos terrenales y divinos. El final de la visita se acercaba.

–Nanna, descríbeme una zona verde por la que hayas pasado cuando venías.

–¿De verdad tengo que hacerlo?

–¿Por qué lo preguntas?

–Porque no he prestado atención. Pero te prometo que te la describiré la próxima vez.

Dije lo que siempre decía al final de nuestras visitas:

–Conduce con cuidado, Nanna.

–Lo haré –respondió Nanna, como siempre.

Nanna no apareció en dos semanas enteras. ¿Qué me estaba pasando? ¿Qué estaba haciendo exactamente? ¿Qué demonios era eso que me rodeaba a todas horas? ¿Cómo se habían vuelto de pronto los días tan pesados? ¿Adónde se iban todas mis hermosas amantes de ensueño por las noches? ¿Qué era esta nueva espera, que no entendía y que no se parecía en absoluto a mi espera anterior? Entonces llegó la primera carta de Nanna.

13 de mayo de 2014

Nasser, amigo mío:

Un día me preguntaste: «¿Qué te trae por aquí? ¿Por qué sigues volviendo? ¿Eres masoquista? Los dioses no entran nunca en este lugar». Te escribo estas líneas para contestar esas preguntas a ti y a mí misma.

Un día de marzo, cuando se estaba acabando el invierno, vine a este lugar y conocí a alguien que me dijo que lo que más le gustaba eran los paisajes. En el mundo de hoy, esas no son las cosas que a la gente le suele gustar o dice que son sus cosas favoritas. Yo no pensaba en ellas en absoluto.

Hoy, sin embargo, me he dirigido a un pueblo cercano llamado Jatt. Está situado en una colina justo al lado del Muro del Apartheid, frente a dos pueblos, Zeita y Baqa al-Sharqiyya, en los territorios de 1967. En dirección norte, la carretera asciende por la ladera del monte Guerizín. Hay numerosos pueblos sembrados por las pendientes más altas de este monte. Tenían el mismo aspecto que otros días después de que el cielo los hubiera bendecido con el agua de la lluvia y se hubiera llevado todo el polvo que puede empañar la pureza de un paisaje tan hermoso que parece un cuadro. De pronto tuve claro, amigo mío, que era una persona que adoraba los paisajes naturales y todavía no me había dado cuenta. Me encantaban por instinto, pero sin sentir ese amor dentro de mí, y sin disfrutarlo... Ahí está la diferencia. Tú sientes ese amor, lo conoces, sabes lo que vale, y yo los adoraba sin conocer el valor de las cosas que me rodean. En este mundo el valor de las cosas ha cambiado, porque vivimos en la era de Facebook, los smartphones y la tecnología punta, todo está al alcance con sólo pulsar un botón. Para disfrutar de las cosas, tienen que ser tridimensionales, tenerlas entre los dedos, y por tanto poderlas tocar.

Vivo en una época asediada por la epidemia del materialismo. Liberarse de esta enfermedad es tan difícil como importante. Todo el mundo rivaliza por ser el mejor –el más distinguido en sus posesiones materiales y en su apariencia– hasta que esta rivalidad acaba haciéndonos a todos iguales. Las cosas han perdido su valor, incluso si llevan etiquetas con precios desorbitados. Mucha gente no sabe que las cosas hermosas, las que te hacen feliz, están al alcance de todos. Yo tampoco lo sabía, pero lo descubrí con tu ayuda. A partir de ahora, disfrutaré de los paisajes que hay a mi alrededor. A partir de ahora, sabré que los adoro, y con la conciencia de ese amor tendré suficiente para saborear la felicidad, aunque sólo dure un rato. El amor por el amor en sí es la definición misma de la belleza. Y esto es sólo un pequeño punto en el mar de palabras que dijiste durante una visita en marzo que duró más de media hora. ¿Entiendes ahora lo que me hace volver una y otra vez? Quizá para ti eso no tiene importancia, pues te das cuenta del valor de las cosas. Pero mi capacidad de discernimiento se ha debilitado, y necesito reafirmarla. Sólo cuando careces de algo te das cuenta de cuánto vale. Tú no tienes esa sensación de carencia, así que es natural que te preguntes qué me impulsa a volver. ¡No te preocupes! No soy masoquista. Soy una persona natural en una realidad antinatural, y necesito conocer a gente sobrenatural como tú para preservar el equilibrio de mi naturaleza.

Me alegro mucho de haberte conocido,

NANNA

En cuanto terminé de leer la carta, redacté de inmediato una respuesta rápida en la que le advertí a Nanna sobre los peligros de involucrarse en viejos dolores, que no prometían más que fatigas. La imaginé escuchando mis respuestas a sus preguntas, absorta en los detalles sin la menor sensación de miedo o inquietud. Sin replicar ni interrumpirme cuando yo describía nuestra vida entre rejas, clavados a estas cuatro paredes. Esta joven había pasado cuatro años estudiando en una gran ciudad, viviendo en un pequeño apartamento e informándose sobre las almas encarceladas.

Leí la carta por segunda vez. Me desentendí durante varios días. Luego la leí por tercera vez, y sentí deseos de oír más palabras suyas aún.

Echar de menos a alguien

Me demoré delante del espejo unos minutos más de lo habitual, aseguré por segunda vez de que iba bien afeitado, bien vestido y de que no llevaba ni un pelo fuera de lugar. Luego me senté en la silla a esperar que llegara el guardia. No habría sabido explicar la tensión que sentía. Tampoco se me ocurría ninguna frase para iniciar la conversación con Nanna. Normalmente, eso no me pasaba. Cada vez que volvía al espejo para mirarme, descubría una expresión de perplejidad en mi rostro. Llegó el guardia. Caminamos rápido; se abrió una puerta. Entonces me vi sentado en mi silla blanca, con Nanna mirándome a través del cristal. Estaba más elegante que nunca, y era evidente que había pasado más tiempo que yo delante del espejo. Pero no dediqué mucho rato a fijarme en la ropa que llevaba. ¿Cómo iba a hacerlo, en el pequeño rincón del mundo en el que estábamos, que incluso las paredes se daban la vuelta para mirarla?

–Guau.

–¿Te gusta lo que llevo?

–Desde luego.

–Gracias.

–Has vuelto.

–¿No vuelvo siempre?

–¡Qué testaruda!

–¿Y tú? ¿Has dejado tú de ser tan testarudo?

–Temo que acabes ahogándote en nuestras penas.

–¿Cuándo vas a dejar de hablarme como si fuera una mujer débil?

–No lo hago. Y no quería decir eso.

–Eso es precisamente lo que haces y lo que querías decir. Y ojalá dejaras de hablar de que eres mucho mayor que yo.

–Pero es que soy muy viejo.

–Qué va. No hay nada en tu edad que me asuste.

Cuando abandonamos el recoveco, Nanna fue por delante y se sentó en mi cama. Me vio volver dando traspiés a mi celda. Ninguna de mis rutinas diarias me ayudaba a olvidar su presencia. Ella habitaba todas y cada una de mis horas. Mi muro estaba lleno de noticias de ella y de los rasgos de una cara que había llegado a conocer de memoria. Hora tras hora, mi confusión demostró que era un traidor, que conspiraba contra mi muro. Los días transcurrieron con lentitud hasta que llegó la segunda carta de Nanna.

Nasser, amigo mío:

Son las 10.14 de la noche del viernes 30 de mayo de 2014. Dentro de poco, voy a acostarme porque mañana me espera un día de trabajo largo y difícil. Paseo la vista por mi cuartito. Como ya te he dicho, no hay nada más que una cama, una estantería pequeña y otra más grande. Mi título está colgado en la pared, junto con una bandera de esta patria que te desgasta, pero que sigues amando.

Como aún no he recibido carta tuya, me he visto obligada a leer la carta que enviaste a mi amiga Magda. Ya me daba igual a quién fuera dirigida. Las palabras eran tuyas, y es lo único que hacía falta para que me causaran un efecto más profundo que las de cualquier otra persona. No es un simple halago.

Pero tengo que decirte una cosa. La chica que dices que se ha mudado a un apartamento individual para vivir entre las almas encarceladas y los muertos es la persona que más miedo le tiene a la muerte. Si tanto tardó en mudarse a su propio apartamento es porque le daba miedo estar sola. Ya había aprendido inglés para cuando dejó la casa de sus padres y empezó a dormir en su propio cuarto. Hasta ese punto le daban miedo los monstruos y los ladrones, ¡incluso Papá Noel! Esa chica alquiló su nuevo apartamento precisamente para ver la belleza a través de ti, Nasser. Antes de este paso reciente, no se deleitaba en las formas, los colores y la belleza de la naturaleza. Creo que fuiste tú quien se mudó cuando pasaste a vivir en sus ojos, que empezaron a ver la belleza bajo una nueva luz. No creo, sin embargo, que alguien que sienta ese impulso de mirar profundamente la vida y la belleza puedan formar parte del conglomerado de almas atrofiadas o muertas. No eres nada más que tú mismo. ¿Y no dijiste que un hombre no muere mientras siga presente en la mente de una mujer? De ser así, ¡oh, maestro de las contradicciones!, ¿cómo puedes estar entre los muertos? ¿Acaso no has establecido tu hogar en los ojos de esa chica? Así que no me asustes hablando tanto de las almas y los muertos.

Ahora me voy a dormir, completamente feliz y satisfecha. Pero antes, tengo que hacerte una pequeña confesión. Creo que mi limitada experiencia con el mundo masculino es la razón por la que te contesté de forma superficial cuando me preguntaste acerca de la timidez de los hombres. Sí, Nasser, nunca había imaginado que los hombres podían intimidarse delante de nadie, y, para ser sincera, me gustaba imaginármelos fuertes y llenos de confianza en sí mismos. Alguna otra vez te contaré qué me hizo cambiar de parecer…

Quisiera seguir escribiendo, pero en la facultad nos enseñaron que el acusado tiene derecho a guardar silencio. Creo que ya me he incriminado más que suficiente para una carta. Así pues, ojalá despiertes y encuentres lo mejor, amor, color y belleza, la vida y los vivos, fuerza y libertad.

Que Dios vele por ti y te libre de todo mal.

La que según tú vive con las almas de la cárcel y de los muertos,

Nanna

Mi espera fue cambiando semana tras semana. O bien había una visita que aumentaba mi confusión e implicación, o bien había una que me dejaba que anotara rápidamente una respuesta para advertirla de los peligros de acercarse demasiado, aunque, en el fondo, siempre dejaba la puerta abierta a la posibilidad de un acercamiento. Escribía sobre mi confusión y la maraña de mis emociones, escribía sobre mi deseo de verla y de leerla, escribía mi miedo por algo enorme que empezaba de lo que no sabía nada. Pero escribía con mucha cautela, entre líneas dejaba escapar dudas y sospechas no sólo sobre ella, sino también sobre mí mismo, sobre mis sentimientos contradictorios que no permitía que se colaran entre mis palabras; Nanna, en cambio, fue menos cauta y en su tercera carta escribió:

No me ando con rodeos, Nasser, y te lo diré claramente: no voy a llamarte «amigo», sino que te voy a llamar «querido», porque la amistad suele requerir tiempo para crecer, pero el afecto implícito en la palabra «querido» puede nacer en un instante, y sólo me llevó un instante perderme bajo el influjo de tus palabras cuando las mías me abandonaron y me dejaron como un combatiente desarmado. Pero las leyes de la física no se equivocan, y como suele decirse, para cada acción hay una reacción igual y opuesta. Así pues, desconcertada por el repentino final de nuestro encuentro, me marché con sobrada vehemencia que me vi obligada a diluir en esta tinta si no quería herir a los que me rodeaban.

Querido Nasser, el hecho de que yo sea la persona a la que te referías con tus últimas palabras me llena de orgullo, esas palabras me han hecho darme cuenta de la riqueza y el talento que hay en ti, en lo que dices y en lo que sientes. Eres tan inocente como un niño, tan travieso como un chiquillo, eres un hombre valiente, un luchador responsable y un romano todo a la vez y al mismo tiempo... A pesar de toda la oscuridad que te rodea, tienes una increíble habilidad para evocar belleza con tus palabras y transmitir el amor que sientes por las cosas. Y probablemente por eso, cuando nos conocimos, no me pareció real que hubieras cumplido cuarenta y cuatro años, y me obstiné en pensar que eras al menos una generación más joven. La gente envejece cuando deja de amar, y tu capacidad de amar sigue siendo excepcional. Como me encanta lucrarme (en el sentido puramente capitalista del término) de mí y de los demás. Creo que tienes que escribir, escribir más, para que tus palabras lleguen a todo el mundo, y no sólo a mí. Cada vez que te leo, y después de cada visita, me siento más madura, más consciente de lo que me rodea, y te estoy muy agradecida por ello.

No poseo una habilidad lingüística como la tuya, y mis palabras no son adecuadas para describir la etapa por la que estoy pasando. Eres tú quien tiene hondura y sensibilidad, sabiduría y fuerza, deseo y libertad, fantasía, romanticismo y virilidad. ¡Qué raro encontrar todos esos elementos reunidos en una sola persona! Eso fue lo que me atrajo de ti.

Querido, sólo te falta una cosa (aunque sé que sólo pertenece a Dios): la capacidad de convencerte de que no soy masoquista, que lo mío es sólo una reacción a un gesto fuerte y poderoso, pero eso te lo contaré más adelante porque ya me he alargado demasiado.

Te advierto que soy muy testaruda. Y si tu promesa de enseñarme Belén sigue en pie, esperaré. Y si va a seguir siendo sólo un sueño, entonces, como mínimo, tienes que prometerme que será un sueño compartido...

Tu (aunque impuesta) compañera en sueños,

Nanna

Yo, en cambio, continué con mis tretas pese a mi implicación, que empezó a expandirse hasta rodear mis muros. Se trataba de una clase de espera diferente, y me gustaba. Era como si mi cadena perpetua no hubiera partido desde cero la víspera misma cuando el cuarto grupo fue liberado. Escribí más y hablando con Nanna recurrí a todo tipo de lenguaje indirecto, a veces para advertirla, a veces para coquetear con su próxima visita. Ya no me preguntaba qué estaba haciendo, la cara de Nanna se había convertido en la única respuesta posible.

Al final de cada visita la veía marcharse como si la sacaran por la fuerza. Ella peleaba por todos y cada uno de los instantes a fin de oír unas palabras más, y yo desde luego no era parco a la hora de hablar. Después de cada encuentro, derribaba otro puente que me unía a mi vida tal como era antes de ella. No era una decisión consciente, sino más bien un sometimiento a una fuerza mayor que hacía tambalear todo lo que había conocido hasta entonces. Los presos se percataron de las muchas cartas que enviaba Nanna. Los guardias, también. Pero nadie dijo nada. Nanna, en cambio, tenía mucho que decir en su siguiente carta.

7 de junio de 2014

Mi querido Nasser:

Este texto mío que te adjunto es de febrero de 2010. Por entonces, estaba cada vez más convencida de que nunca encontraría a la persona con la que quisiera compartir mi vida, mis días y mis sueños. Mi convicción era un baluarte frente a las opiniones de mis amigos de que no me contentaba con nada y tenía que rebajar un poco mis expectativas. A decir verdad, fue entonces cuando me juré a mí misma que nunca permitiría que tales acusaciones influyeran en mí, en mis decisiones o en mis creencias. Me había olvidado que había escrito este texto hasta que me vino a la memoria mientras charlaba con tu sobrina Shatha sobre Jaffa y su mar. Y entonces hurgué en cajas y me puse a repasar mis diarios. No sé por qué, pero me entraron muchas ganas de mandártelo sin decirte nada de antemano. De hecho, eso no es verdad. Sé exactamente por qué quería hacerlo, pero voy a reservarme el motivo para no involucrarme más.

¡Aquí estoy, oh, mar de Jaffa!

Me he escabullido de la vida cotidiana y he venido hasta ti en el más absoluto secreto, como si se tratase de una aventura ilícita, como si estuviera cometiendo un pecado. ¿Y cómo no iba a ser pecado nuestro encuentro? He sentido tu llamada esta mañana. Estaba durmiendo cuando los rayos del sol me han hecho cosquillas en la cara, cuando han entrado por mi ventana que es mi puerta de acceso al paraíso. Después de días de largas y torrenciales lluvias en los que no he ido a verte por temor a encontrarte de mal humor, he respondido de inmediato a la invitación del sol. Me he saltado las clases, he pasado de mis amigos y he dejado el teléfono y cualquier otra cosa que pudiera violar la santidad de nuestro tiempo juntos. Me encanta verte cuando más hermoso estás. Alientas mi esperanza de que encontraré un alma para remontar el vuelo con ella hacia las nubes. Y aquí estoy, dispuesta a rendirme para que tú me poseas como nunca nadie lo ha hecho. Estoy segura de que pronto alguien se cruzará en mi camino, alguien como tú, que me llevará a los lejanos horizontes que ahora se abren ante mis ojos. No te rías de mí, por favor, pero a veces me siento perdida y ya no sé quién soy. ¿Estoy soñando? ¿O estoy perdida o soy realista o sencillamente una estúpida? No lo sé.

Lo único que sé es que quiero un hombre que sea como tú. Que su existencia me haga pedazos, que sus olas me arrastren desde la lejanía. Quiero que sea profundo como tú, con riquezas profundas y oscuras. Las descubriré poco a poco, de manera que el entusiasmo nunca decaiga. Que descubra sus cartas una a una, y se deleite con mi inquietud y mis emociones…

Ahora oigo al muecín llamando a la oración vespertina desde la mezquita a la orilla del mar. Pese a todos los recuerdos del sionismo que me impone este lugar, el rumor de las olas se entrevera con la llamada a la oración y provoca un esplendor par-

ticular. Aunque no te sumes a los rezos, esta atmósfera mágica infunde paz y tranquilidad sobrada.

Quiero que sea un hombre como tú, una orilla oriental, por mucho que sus brisas soplen de Occidente. Un color que recuerde a esta tierra, que las líneas de su cara recuerden estas rocas, que domine el lenguaje de esta tierra y comprenda su locura. Quiero que se alce tan orgulloso como los minaretes de esta antigua y sólida mezquita, pese a estar rodeada de extraños. Quiero que sea como las campanas de esa iglesia, que le hacen compañía en el exilio.

¡Oh, mar de Jaffa!, sigues siendo el símbolo de la esperanza. que me mantiene firme en la convicción de que lo encontraré, allí dondequiera que esté. Será mi milagro, los colores de mi vida, el pintor que los pinte. Le susurraré al oído un secreto eterno cuando le diga: «Sólo tú descubrirás mis puntos débiles, te entregaré mis riendas, me desnudaré ante ti, recurriré a todas mis fuerzas para sumergirme en tus profundidades, para rendirme y ahogarme, y así será hasta mi último aliento».

Querido Nasser, sólo a ti te he mostrado mis debilidades. Te deseo un buen día, un día tranquilo, igual que aquel que pasé a orillas del mar de Jaffa, un día tan lleno de esperanza como aquel día de marzo, cuando las negociaciones estaban en marcha y conocí a una hermosa alma que entró en mi vida como una brisa marina. Los signos de la implicación me parecen evidentes. No quiero ocultártelos, mejor que no te cojan por sorpresa.

NANNA

¡Qué reto más imposible! ¿Cómo podría yo competir con el mar de Jaffa, un abuelo capaz de proporcionar una infinidad de respuestas a una chica de poco más de veinte años que, de pie, delante de las olas, le revela sus secretos más profundos?

Y ¿qué hay de mi muro? ¿Habría sido capaz de soportar estas nuevas complicaciones que se sumaban a las antiguas? Ese muro que, para defenderme, no me dejaba ver la vida, me la escondía, porque deseaba una compañía que le facilitara pasar solo sus largas y oscuras noches. ¿Y por qué ahora se había apoderado de mí todo ese lamento cuando Nanna me había convertido en una fuente de posibles respuestas? Cuando ella había renunciado al mar y al potencial que las olas le ofrecían. Pero ¿Nanna era consciente de la enorme carga de responsabilidad que estaba poniendo sobre los hombros de un hombre ya exhausto por el peso de su roca?

Era el 18 de junio de 2014. Nanna estaba sentada en su silla. Yo guardaba silencio, abrumado por la intensidad de su rostro. Un rostro que te da un millar de razones para vivir y te impide morir, por mucho que la muerte sea lo único que ansías. Entonces hablé, y lo hice con ganas. Nanna estaba tan elegante como siempre, pero yo no podía fijarme en ningún detalle aparte del contorno de su cara. Hablé como alguien que le ocultara un secreto a ella y también a sí mismo.

–¿Qué te trae por aquí hoy?

–¿No te alegras de que haya venido?

–No es eso, pero habíamos quedado mañana.

–Lo sé.

Volvimos a charlar de todo. Hablamos de Jaffa y de su mar. Yo le oculté mi desconcierto, también le oculté las preguntas que me agobiaban. Nanna me habló del último caso judicial que le habían asignado, y de su alegría por un recurso de apelación que le había restituido ciertos derechos a un anciano. Yo también me alegré, más que ella incluso. La visita estaba a punto de terminar. Nanna se puso en pie y me miró como si me viera por primera vez.

–¿Quieres saber por qué he venido hoy en vez de mañana? –me dijo de pronto.

–Sí, claro.

Guardó silencio un momento, mirándome con intensidad.

–Porque te echaba de menos.

Un guardia abrió la puerta por su lado. Ella salió. Me puse en pie, pero me quedé ahí plantado, intentando reordenar las palabras para que pudieran ser traducidas a un idioma que yo fuera capaz de comprender. El soldado interrumpió mi proceso lingüístico y me llevó de vuelta a mi celda. Nanna se había ido a su playa con sus viejas preguntas, dejando que me sumiera en la mayor de mis profundidades. Nanna sabía exactamente lo que estaba diciendo. Había elegido el momento y el lugar para lanzar su primera flecha. Luego se fue antes de confirmar si me había dado de lleno o sólo de refilón, dejándome con vida hasta la siguiente visita. Nanna empezó a hilar las hebras de sangre que brotaban de mí. Las tejió a su manera, y ¿quién puede reprocharle sus actos a una diosa? «Te echo de menos.» Una frase liminar con cuyos confines tropiezas justo en el momento en que más perdido estás. Hay miles de maneras de echar de menos a alguien. ¿Qué interpretación podría salvarme de una semana de espera agónica? ¿Cómo iba a entender el significado de esas palabras? ¿Cómo podía creer que había vencido al mar cuando en mi aridez sólo existía mi muro y viejas narraciones con un vocabulario obsoleto? ¿Por qué me comportaba así, como si yo no tuviera nada que ver, cuando las preguntas de Nanna me habían estado provocando a lo largo de los últimos meses? Las preguntas se volvieron insistentes. Y entonces llegó otra carta de Nanna.

Viernes 20 de junio de 2014

Mi pequeña habitación, bajo el techo blanco en el que hemos dibujado momentos imaginarios de la noche que pasamos juntos, escuchando melodías de una pieza para laúd interpretada por Le Trio Joubran, acompañadas por la voz de Mahmud

Darwish. Ese tema me llega a lo más profundo del alma y me lleva a un paraíso contigo. Conocía algunas características de ese cielo antes de tu llegada, sin saber que tú lo completarías con cada pieza que faltaba. Esta armonía entre una pieza que siempre había adorado y la manera en que ahora interactúas en mi imaginación me fascina tanto que me pregunto si siempre habías estado ahí pintado en el techo, y si algo me impedía verte.

Pero puesto que no estás sentado delante de mí ahora que escribo estas estúpidas confesiones, voy a ser valiente y a decirte que tu presencia no se limita al techo de mi cuarto. Estás conmigo en todas partes. Cuando voy de visita a las ruinas del pueblo de Tantura para ver las huellas de una herida que aún no ha cicatrizado, percibo la misma herida que leo en tus ojos. Y cuando voy al monte Carmelo, en el que antaño ardiera el fuego sagrado, y veo lo hermoso que fue y lo hermoso que es todavía, pese a la negrura del mundo que lo cubre, entonces te veo. Las rosas de los Jardines Colgantes de Haifa confirman que eres tú quien pintas los colores más intensos de mi vida. El mar me hace sentir la fuerza con la que tus olas me azotan. Te alzas ante mí con el monte Guerizín, y cuando la brisa me roza la mejilla, siento tu suave caricia. Voy al pueblo deshabitado de Qaqun para renovar contigo el recuerdo de su destrucción en 1948, canto contigo el himno nacional palestino, de pie, sobre su tierra, y cuando las lágrimas brotan de mis ojos, agradezco mil veces al Señor por la bendición de las gafas de sol, que te ocultan de las miradas ajenas.

Nasser, no te rías. Oigo tus comentarios cuando abro el armario para elegir qué vestido ponerme para venir a verte, y sé hasta qué punto me has complicado la vida, cuando me dijiste: «El blanco te sienta bien». Recuerdo que me atreví a decirte que te echaba de menos. No sabía si me lo reprocharías, y de hacerlo, qué pensarías, pero no era ningún secreto, pese a mis denodados esfuerzos por ocultarlo. No se me da bien esconder la verdad, ni quiero hacerlo. Y por lo visto, Nasser, la verdad del asunto es que me has arrojado a un lugar donde no hago pie, y ya no soy capaz de volver a la orilla.

NANNA

Aquí estaba Nanna, hablándome. Se dirigía a todo mi ser. Se servía de las paredes y del techo para dibujar mi historia. Esa fue su primera experiencia de colgarse de mi viejo muro. ¡Bienvenida, Nanna, al mundo de los que habitan el cielo! ¿Se te sigue dando bien remontar el vuelo, o has pasado tanto tiempo en tierra que crees en la ley de la gravedad?

Porque te quiero

El 24 de junio de 2014, Nanna percibió mi impaciencia y adelantó un día su visita. Cuando el guardia cerró la puerta a mi espalda, Nanna ya estaba sentada en la silla, observándome e intentando averiguar qué escondía mi rostro mientras yo permanecía callado. Saqué un papel que había mantenido oculto del guardia. Lo puse contra el vidrio de manera que Nanna viera la pregunta que le había escrito: «En tu última visita, dijiste que me echabas de menos. ¿Sabes lo que significan esas palabras en el idioma de la gente del cielo?».

Nanna me miró fijamente y asintió. Permanecimos sentados sin decir una palabra. No sé cuál de los dos rompió el silencio.

–No te preocupes por mis sentimientos hacia ti. Di lo que sientes sin más.

–¡Ojalá las cosas fueran tan sencillas, Nanna!

–Di lo que sea. Soy una mujer hecha y derecha. Puedo encajarlo.

–Nanna, mírame. Mírame bien.

–Es lo único que he hecho durante meses, Nasser. Te estoy mirando.

–No tengo nada que ofrecerte más que mi vida, mis ataduras y mi condena a perpetuidad.

–Estoy al corriente de esta trinidad tuya. Y vengo pese a ella. Vengo por ella.

–Me da miedo que te involucres en esta enorme montaña de sufrimiento.

–No te preocupes por mí. No mientras estoy contigo.

–Me preocupo porque no quiero hacerte daño.

–Nasser, deja de apartarme. Dime una cosa, anda.

–¿Qué quieres que te diga?

–Dime lo que quieras, lo que sea.

Le hablé a Nanna de las cosas que crecían en mi interior contra mi voluntad. Le hablé de nuestro primer encuentro, del segundo, el noveno, de cómo ella vivía en mi muro, de cómo me había capturado su rostro y de cómo esperaba sus visitas, del peso de las horas, de cómo se acercaba a mí y de mi deseo de que se acercara aún más, y del miedo que me producía esa cercanía. Le hablé de cómo me preocupaba por ella porque no quería hacerle daño, de mi encarcelamiento y de su juventud en comparación con mi edad cada vez más avanzada.

–¿A qué preocuparte tanto por mí?

Durante un instante, contuve la respiración. No busqué una respuesta que nos salvara a los dos. No sopesé las posibles opciones. Entre su pregunta y yo no hubo tiempo.

–Porque te quiero.

Cuatro décadas y media, la mitad de las cuales pasadas ante el muro fronterizo que me impuso la crisis de los campos de refugiados, que no me permitió ver lo que mi vida podría haber sido si hubiera nacido en el otro lado; una existencia predecible, vivida en un campamento plagado de todas las maldiciones de los dioses furiosos; una infancia hambrienta que consiguió saciarse; un padre a quien la pobreza había degradado hasta doblegarlo, una madre que en esa pobreza había cavado un pozo hasta la extenuación; una adolescencia asustada, vacilante y maleable; una primera juventud confusa, turbada por algunas mujeres del campo que habían escrito sobre su cuerpo sus deseos de desobediencia y rebelión.

Luego la primera edad adulta, durante la que aprendí toda clase de falsedades, pero también a convertir mis mentiras en una leyenda para ser contada y cantada. En mi época universitaria adquirí una mayor conciencia de mí mismo, pero, al mismo tiempo, reforzaron mi sensación de alejamiento de un lugar que, asfixiado por sus propias dudas, me negaba tanto a mí como a mi narrativa.

La segunda mitad de mis décadas de reclusión las pasé tras un muro erigido sobre mi deseo y mis heridas. El muro se aferraba a mí como hace un amante apasionado cuando te estrecha entre sus brazos, coqueteaba conmigo como si fuéramos una pareja de primerizos. Se comía mi carne y mis huesos. Se expandía y contraía como le venía en gana. Nunca opuso resistencia cuando me metí en su espacio. Un muro que me regañaba si cambiaba de postura, cuando me aferraba a él; que me perdonaba cuando me volvía demasiado banal; que soportaba el dolor de mis heridas cuando se adherían al colchón y perturbaban su siesta vespertina. Velaba hasta que la última herida se dormía y luego venía y lloraba por la sangre que derramaba. Sobre mi muro se mezclaban las lenguas, los linajes y los dioses, también los amantes, las fragancias de su perfume y los restos de ropa que quedaban en mi lecho; un muro que declaraba lícitos muchos de mis extraños actos e interpretaba a mi favor muchos de los versículos del Corán acerca de las cosas prohibidas. El muro no me permitía ver la vida y no permitía que la vida me viera a mí. Acogía mi debilidad cuando yo era frágil y se levantaba al alba para preparar mi hora de sol. Ese muro, que era mi muro, había predicho con mucha antelación la llegada de Nanna y había tomado medidas para que yo estuviera dispuesto a encontrarme con otro mundo, el mundo que me había estado ocultando dos o más décadas y que me había impedido ver, por lo que yo, en mi feliz ingenuidad, había llegado a pensar que los años pasados tras el muro del campo de refugiados me habían preparado, gracias a la sabiduría de la divina providencia para lo que me esperaba: el segundo muro al que me aferraría de por vida. Y eso seguí pensando hasta que Nanna, en tres dimensiones, se sentó en la silla blanca detrás de la mampara de cristal. Despréndete de tu roca, Sísifo, porque tu gran montaña se ha empequeñecido en tu interior. Deja atrás tu herida, Adonis, que aún no has empezado a sangrar.

«Porque te quiero.» Los diversos significados de las frases ocultas entre líneas saltaron a la vez para dar forma a un destino cumplido, para cambiar cada detalle de la escena que se desarrollaba en nuestro pequeño rincón, el mío y el de Nanna. ¡Y ojalá hubiera cambiado sólo aquel rincón! Porque desde entonces no ha habido nada en toda mi existencia, ni en la tierra ni en el cielo, que no luciera rasgos nuevos, nunca antes vistos.

En esos momentos en que estábamos juntos, otro país tomó forma, un país que vivía en otro tiempo, en otra naturaleza.

«Porque te quiero.» Vi a una mujer con vestido rojo intenso sentada a mi izquierda que tocaba el violonchelo, el cuello del instrumento recorría su pecho y acariciaba su cuello con una suavidad que apenas se correspondía con el sonido que emitía.

La mujer no se avergonzaba de mostrar sus piernas marmóreas; de hecho, las mostraba más de lo debido, lo que aumentó mi agitación. Tocaba sin pedir permiso, indiferente a mi gusto musical y a mi antigua naturaleza oriental. Tocaba mis cuerdas, y su música occidental apelaba a mi confusión y mi tensión. No me atreví a revelar a Nanna lo que estaba viendo y oyendo, pues no habría entendido la locura de las hebras que yo hilaba. Aun así, no había nada en la música ni en la intérprete capaz de empañar el asombro que Nanna despertaba en mí. Desde ambos lados de la mampara de cristal, ella y yo pasamos de inmediato a formar parte de la misma escena. No fue mi propia música la banda sonora de lo que estaba pasando. Nanna trajo consigo su música. De hecho, ella era la música que sonaba detrás de todo lo que sucedía y se decía.

«Porque te quiero.» No sé por qué, pero me vino a la cabeza una escena de la película *Notting Hill.* La protagonista de la película está de pie frente al hombre que ama y le pregunta cómo está. Él tiene la herida tan reciente que impregna de su color las páginas de los libros alineados en las estanterías de la librería, los libros en medio de los cuales vive, los libros que vende, de los que sólo se separa por la noche, cuando vuelve a casa y espera que llegue un nuevo día. Ella, sin querer, le ha roto el corazón y él quería lamerse la herida en el pequeño recoveco de una librería.

Ahora ella está de pie ante él, rodeada de sus libros, ella todavía desespera de que sus hilos de sangre respondan a la trama que está tejiendo. Lo intenta una última vez, y le dice: «Soy sólo una chica, delante de un chico, pidiéndole que la quiera». El hilar de Nanna y su música hicieron cobrar vida a la escena en ese momento, en ese recoveco, detrás de ese muro.

«Porque te quiero.» Todos los muros en torno a mí se volvieron transparentes, revelaron sus secretos. Nada me estaba oculto; nada me ocultaba a mí. Vi a los soldados detrás de los muros, el coche de Nanna junto al muro, los campos verdes que a menudo Nanna olvidaba que existían, el Muro del Apartheid un poco al norte de la Cisjordania ocupada, los controles militares por todas partes, el aire de mi país con su antiguo aroma, chicos y chicas sin futuro, medias verdades difundidas cual promesas falsas que todo el mundo cree. Vi todos los caminos que me llevaban a la casa de Nanna. Vi las ruinas de los pueblos palestinos, enterradas bajo los pueblos y las ciudades de la Ocupación. Vi las ciudades construidas en la playa a orillas del mar...

Dios abrió todas las puertas de sus jardines. Fue como si alguien se dirigiese a mí y me dijera: «¡Esto es lo que abandonaste cuando empezaste a colgarte del muro! Pero ahora, aquí tienes a Nanna delante de ti. Abandona tus viejas heridas y planta un nuevo campo de heridas sobre sus labios. Aquí está Nanna delante de ti, pidiéndote que la quieras. ¡Qué vergüenza! ¿Cómo puedes demorarte en tus pasos y tus besos? ¿Qué impotencia es la que te deja clavado? Extiende la mano, o algo más. Esto es lo último y lo más hermoso que te ofrecerá el mundo. Aúna todo lo que has olvidado y lo que aún recuerdas».

«Porque te quiero.» Miré hacia atrás: me vi colgado del muro y vi también mis caídas, la sensación de constricción y de asfixia, todo volvió. Nada me estaba oculto, y nada me ocultaba a mí. Dios me abrió todas las puertas de su infierno. «Ahora nada puede salvarme del fuego de Nanna. Caí de mi muro, y el muro cayó sobre mí. Renuncié a mantenerme en pie, y el muro renunció a mí. La mampara de cristal me hizo abrir los ojos que yo había cerrado, y fui incapaz de resistirme. El mundo vino a traerme lo mejor, lo más hermoso, lo más dulce que posee, y me lo dejó en una silla delante de mí. Esta es Nanna. En ella están todas las tentaciones del cielo, de la tierra y de lo que hay en medio, están todas las cosas prohibidas por Dios y sus profetas y que en ella son perfectamente lícitas. Nanna es el camino al cielo para quienes tienen fe, es la respuesta a todas las preguntas.

«Porque te quiero.» Ambos estábamos sentados, cada uno en nuestra silla, seguros de que nuestras almas habían salido indemnes de aquella confesión. Pronunciamos muchas palabras de amor, y el amor, en nuestro interior, pronunció muchas más.

Abandoné mi muro, lo dejé solo, y el rostro de Nanna se convirtió en la única constante, el único punto fijo en medio de la inmovilidad que podía ver a través de la transparencia de los muros, mi única certeza, mi único refugio seguro. Le hablé de la violonchelista y de la escena de *Notting Hill*, le conté muchas otras cosas, y ella interactuó maravillosamente con mi locura.

–Te quiero.

–Yo te quiero más.

–¡Ojalá hubiera más, Nanna! Seguiría amontonándolo hasta que me ahogara.

–Yo me hundiría más en ti.

–Te echaré de menos.

–Yo también.

–No quiero irme.

–Quiero que te quedes aquí siempre.

–Dile al tiempo que se detenga.

–Eso haré.

–Conduce con cuidado, Nanna.

El guardia me escoltó de regreso a mi celda de muros transparentes, muros que habían abandonado su tarea de encerrarme y protegerme. Nanna estaba allí, como si supiera cuánto necesitaba su compañía. Llegó antes que yo y se sentó en mi cama. Me preparó café y encendió mi primer cigarrillo conmigo... Esa era Nanna, una diosa de los lugares enclaustrados, y mi diosa.

No pude resistir la llamada de la pluma y el papel. Todo en mi interior quería escribirle a Nanna y decirle: «Este soy yo, Nanna. No tengo nada, aparte de mí mismo, mis ataduras y mi condena a perpetuidad». Quería repetírselo una y otra vez para que lo oyera. Quería cerciorarme de que fuera eso lo que yo veía sentado ante ella en la silla blanca. Le escribí.

Creo... que soy un muerto viviente, un hombre libre aunque preso. Soy un joven de cuarenta y tantos. Soy un mártir en mi paraíso, sin vino ni ninfas celestiales.

Creo... en Dios, el Señor de los grilletes y las cadenas, el Señor del hambre, las guerras y los terremotos, el Señor de los vivos y los muertos, el Señor de los pobres y el Señor de la clase media.

Creo... todos los mensajes de Dios, tanto celestiales como terrenales. Leo el Corán, la Torá y el Evangelio. Junto con Moisés, llevé los Diez Mandamientos, y luego veinte más.

Creo... que mi cadena perpetua no ha empezado aún, que mi cielo es un relámpago y un trueno, que mi madre ha dejado de contar los días y que mi padre murió derrotado, sin nadie que rezara por él o lo llorara con un cortejo funerario.

Creo... que Palestina es mi pasión, mi Argel y mi Damasco, que Yarmouk ha sido liberado, que el regreso es un derecho y que Jerusalén está tomada a los ojos de los borrachos y de los que rezan.

Creo... que las mujeres son las guardianas de los hombres, que Eva no tiene la culpa de nuestra expulsión del paraíso, que nuestros destinos los forjan nuestras propias manos, que las manzanas se pueden comer y que yo seré el primero en morderla.

Creo... que las fronteras son una herejía, que la discriminación racial y sexual es un delirio, que la Inquisición era falsa y que la libertad de expresión y acción no es sólo un derecho sino una moral y una religión.

Creo... que los muros de la celda son reales, que mis cadenas son de hierro, que mi muñeca es firme y que mi visitante de rostro oriental no olvida, ni transige, y que nació de las entrañas del propio octubre.

Creo... que mi pobreza es riqueza, que mi celibato es tormento y que mi orfandad es saqueo; que el Buraq* mitológico me llevó hasta mi padre una noche; y que, si mueres, madre, habrás traicionado mi corazón.

Creo... que en mi pecho duerme un niño, que romper corazones es un asesinato, que el amor es lo primero, que permanece siempre y que quien una vez me amó lo ha olvidado.

Pero ¡ay de ti si lo olvidas!

No tenía nada que ofrecer, sólo lo que mostraba: palabras, un largo tiempo aferrado a un muro, y muchas historias de otros muros, viejos y nuevos. En Nanna no sólo encontré alguien a quien amar sino también una compañera de viaje y de camino, una compañera para las causas e intereses compartidos, que enriquecíamos con nuestros encuentros semanales y las cartas que nos escribíamos. Mis palabras tenían que haber sido suficientes para Nanna. Igual que mi participación espiritual en sus horas y sus días. Yo vivía donde ella estuviera, velaba su sueño, me sentaba a su lado cada vez que pensaba en ella o cuando ella pensaba en mi ausencia. La besaba al principio de la mañana cuando tomábamos juntos el café. La besaba en mitad del día, y al caer la noche, y luego volvía al principio de

* Criatura equina con rostro humano de la mitología islámica. *(N. del T.)*

la noche para terminar lo que habíamos empezado. La geografía desapareció. Las fronteras desaparecieron. Ya no tenía que esforzarme para evocar la presencia de Nanna, porque había descendido hasta mi celda y decidido no irse nunca. Nunca me habría perdonado si no hubiera formado parte de su vida con tanta intensidad.

28 de junio de 2014

Mi querido Nasser:

Mañana es el primer día del Ramadán, y siento muchas ganas de felicitarte la festividad. Aunque tú y yo sé que nunca hemos hablado de ello, me han dicho que ayunas y rezas. Saberlo me hace feliz. Ahora ya sabes cuánto me gusta la armonía que se crea entre el mar de Jaffa y la llamada a la oración, y también sabes quién representa ese mar para mí. También me gustaría desear a tu madre, tía Mazyouna, quizá porque sé cuánto la quieres y cómo la quieres y cuánto la valoras. Cuando hablo con ella tengo la clara sensación de que le estoy tendiendo la mano, y entonces abrazo con todo mi corazón su voz y la generosidad con la que reza por nosotros.

2 de julio de 2014

Aquí estás, en mi techo blanco, mientras me dispongo a evocarte para que podamos pasar un rato juntos, aunque sólo sean unos instantes dignos de la magia que flota a nuestro alrededor. No tengo sueño todavía, pues sigo repasando todo lo que aconteció durante nuestro encuentro, intentando comprender tu habilidad para abarcarme y conmoverme en lo más profundo. Realmente no entiendo cómo puedes pensar en hacerme daño o en hacerme sufrir… Alguien como tú, Nasser, es incapaz de eso. No está en tu naturaleza. Hoy le he leído tu poema

«Creo» a mi madre, que hasta ahora no sabía nada de lo nuestro. Ha tenido una reacción sumamente positiva. Bueno, empiezo a estar cansada, y creo que voy a acostarme. Si vienes a arroparme, igual te susurro al oído cuán profundo es lo que siento por ti y te diré que nunca dejaré de amarte.

3 de julio de 2014

Esta noche estaba con unos parientes, los oía charlar pero realmente no los escuchaba porque sólo podía pensar en ti. Quiero volver al momento en que te estaba mirando a los ojos y me dijiste que querías que nos quedáramos así cinco minutos. Lamento no haberlo hecho, no haberme rendido a tus ojos. Habría querido capitular, y todo esto me servirá de lección para no avergonzarme la próxima vez. Acabo de echar un vistazo a Facebook, las noticias son todas malas, especialmente la del secuestro y asesinato de Mohammed Abu Khdeir. He buscado *Notting Hill* en internet y lo encontré enseguida.

Ahora voy a dejarte. ¡No tardaremos en volver a estar juntos!

NANNA

Hablando de amor

He sustituido todos los nombres propios por «Nanna», el «yo» se ha convertido en «nosotros»; en mi vocabulario los verbos en singular han asumido un valor colectivo; nos levantábamos tarde y nos lavábamos la cara, preparábamos nuestro primer café y nos saltábamos el desayuno cuando las multitudes perturbaban la paz y la tranquilidad de la mañana. Elegíamos qué ropa ponernos, volvíamos ante el espejo y luego, satisfechos con nosotros mismos, nos preparábamos para el resto del día. Leíamos el periódico, que nos deprimía con sus malas noticias sobre asesinatos, hambre y expropiaciones; nos fumábamos el segundo cigarrillo para calmar nuestro estado de ánimo, salíamos al patio a tomar el aire, escuchábamos las últimas interpretaciones de los sueños ajenos, nos enfrascábamos en reflexiones políticas y sociales que, por nuestro enfoque progresista, no gustaban a nuestros camaradas más conservadores, y, entonces, dejábamos que discutieran entre ellos y tomábamos un poco el sol. Nos bronceábamos, al menos las partes expuestas de nuestros cuerpos, y las de Nanna siempre estaban más expuestas que las mías. Cuando la hora al sol tocaba a su fin volvíamos a nuestra celda. Nos sentábamos un rato e intercambiábamos noticias con otros presos. Leíamos sobre política, historia o literatura, veíamos una película aburrida de la Segunda Guerra Mundial, luego volvíamos a salir al aire libre antes de que se pusiera el sol, y regresábamos de nuevo a la celda.

Después, Nanna y yo aguardábamos a que llegara la cena. Comíamos rápido, sin saborear los platos. Luego matábamos el tiempo hasta que los demás compañeros de la celda se abstrajeran en sus asuntos y pudiéramos estar otra vez juntos a solas.

En mi muro ya no había ni un ápice de su antigua compasión. Parecía que se vengara de mi traición, ahora que ya no me colgaba de él. Más allá del muro atinaba a ver toda vida posible o probable en todos sus tonos y matices. La vida se ramificaba en todas direcciones más allá de mi muro transparente. La gente que se parecía a nosotros estaba siempre ocupada en algo, calles, carreteras y vehículos en perpetuo movimiento, espacios verdes que se encogían ante monstruosidades de hormigón.

Ya nada se me ocultaba, así era la venganza de mi muro. Veinte años aferrándome a él no habían servido para nada. Tuve miedo, pero no me disculpé. Mi muro me dio la espalda. Me acusaba, me amenazaba.

–¿Y si te caes?

–Estoy cansado.

–¿Crees en lo que hay detrás de mí?

–Creo en Nanna.

–Te he sostenido durante mil años y un día.

–¿Todavía no te basta mi carne?

–Recoge tu piedra, Nasser. Más allá de mí sólo está la montaña.

–Pero ante mí, sólo veo a Nanna.

–No es como tus antiguas mentiras. ¿Cómo puedes creerlas?

–¿No has visto el rostro de Nanna?

Mi muro guardó silencio. Esa fue nuestra última conversación. En varias ocasiones intenté engatusarlo, pero mi muro seguía vengándose en silencio.

Tras los muros transparentes, Dios despertó a todas sus criaturas, incluso las muertas y extinguidas. Devolvió la naturaleza a sus orígenes. Devolvió la vida a terremotos, volcanes, a la crecida de los ríos, aumentó la brutalidad de la muerte y su inquietante e incierto tiempo, llenó el cielo de bestias de hierro y seres misteriosos. Volví a tener miedo, maldecía las carreteras y el tráfico cada vez que Nanna iba a por el coche, insultaba a los hermanos Wright y sus bestias de metal cuando creía que Nanna estaba fuera. No soportaba la idea de que le ocurriera algo, por pequeño que fuese. Mi muro no dejaba de castigarme, insistía en mostrarme lo que había al otro lado y yo seguía sufriendo por Nanna. Ella era la fuente de mi miedo, pero también era mi zona segura y el origen de mi fuerza. Era mi duda; era mi certidumbre. Era mi mar; era mi orilla. Huía de ella hacia ella, y mi batalla final se libraría en ella. Decidí ganarla, porque no hay amante que pueda salir derrotado después de pasar una sola noche junto a ella y despertar en sus ojos.

Nanna y yo continuamos con los encuentros semanales en nuestro pequeño rincón del mundo, acompañados por la violonchelista. No le hablé de mis temores, necesitaba más tiempo para explorar los confines de mi nuevo y último campo de batalla, pero estaba seguro de mi victoria. No siempre he salido victorioso de mis batallas, pero nunca he rehuido una confrontación que me haya elegido o yo hubiese elegido. En mi batalla por Nanna, saldría victorioso, vivo o muerto; nada de esto, sin embargo, me impedía preocuparme por ella. No me importaba si me mataban, mientras no la mataran a ella, que no mataran los sueños que había colgado en el muro de cristal.

–¿Qué lleva puesto la violonchelista? –preguntaba Nanna.

–No me he fijado.

–Mírala bien.

–¿Seguro?

–Sí.

–Lleva su vestido rojo.

–¿Y qué está tocando?

–Una pieza nueva, pero que va bien con nosotros.

–Entonces, también es lista.

–¿Estás celosa?

–Sí, de todo lo que ves y tocas.

–Yo sólo te veo a ti.

–¡No esperaba menos!

–Eres preciosa, incluso cuando me amenazas.

–Son los ojos con que me miras.

–No cierres todas las puertas, Nanna. ¿Cómo saldrás si no de todo esto?

–¿Ya estamos con eso otra vez?

–Y otra y otra.

–¿Por qué no lo dejas correr?

Nanna tejió muchos más hilos, habló del futuro. Construyó una casa para nosotros. Eligió los colores de las flores en su pequeño jardín. Cocinaba platos deliciosos. Apagaba las luces del comedor y me dejaba escoger la música. Elegía una película romántica para ver y apoyaba la cabeza en mi hombro. Lloraba en la escena de la despedida. (Había llorado también en la escena del encuentro.) Se levantaba para comprobar que nuestra hija Salma dormía envuelta en sus sueños. Besaba su frente. Luego volvía a cortejar mi cansancio con los besos y abrazos con los que empezaba cada una de sus noches. Tejía muchas tramas, Nanna; le molestaba que yo estuviera atrapado en nuestro rinconcito y que intentara remontar el vuelo en aquel amplio espacio tan estrecho. Quería que me viera, que me viera a mí mismo, mis ataduras y mi cadena perpetua, que no perdiera de vista, ni por un momento, lo que éramos, ella y yo. «Yo soy esto, mi identidad es esto, así es como me identifico y me presento.» Sus sueños no eran nuevos para mí, mi muro transparente ya me había mostrado cada detalle de todos los sueños posibles, pero yo los ignoraba. Sólo tenía a Nanna, mi única e incuestionable realidad. Era ella quien me protegía de todas las realidades similares que tan bien sabía esbozar y venderme mi muro. Quería que Nanna me viera a mí y no a mis posibilidades futuras, en los grandes saltos que daba veía una especie de huida del aquí y ahora que me asustaba, me asustaba por mí, pero aún más por ella.

3 de julio de 2014

Nasser, mi amor:

No me lo podía creer cuando ayer llegué a casa, me puse el pijama y me metí en la cama. Encendí el ordenador y ahí estaba *Notting Hill*. De no haber sido Ramadán, te habría invitado a que compartieras conmigo un cuenco de palomitas.

Por cierto, olvidé incluir la fotografía de tu querido amigo Hamza en mi última carta. Lamento no haber podido visitar su tumba para decirle lo que vi en tus ojos cuando viste la fotografía de vosotros dos juntos. Y cuando me pediste que le dijera a tu sobrina Shatha que visitara su tumba para decirle cuánto le echas de menos, me conmovió el amor que le profesas.

Ahora estoy en el trabajo. ¡De modo que deja de mirarme así, que me estás distrayendo!

Son las 2.13 de la tarde, y estoy de nuevo en casa. Voy a poner la película. ¿Te hago sitio a mi lado? ¡Ven, por favor, si no es mucho pedir!

Son las 4.31 de la tarde. Se ha acabado la película. Ahora no soy capaz de hablar, pero sólo voy a decirte que eres lo más hermoso que me ha pasado en la vida. De hecho, eres más hermoso que nada que haya imaginado. Estoy muy emocionada y no puedo escribir. Pero necesito decirte cuánto te quiero. No sé si ya sabías cómo me afectaría esta película, pero me ha llevado muy, muy lejos. Recuerdo todos los detalles de nuestro primer encuentro. A veces, me entran ganas de abrazar lo que hay en tu interior con todas mis fuerzas. Cuando estoy contigo, tengo la sensación de que puedo detener el tiempo, que puedo tranquilizarte lo suficiente como para que dejes de pedirme que mantenga las distancias y me reserve una salida de emergencia. ¿Por qué no entiendes lo feliz que soy de haberte encontrado por fin? Da igual lo largo que sea el viaje, estás a mi lado. Te estoy esperando. ¿Cuándo entenderás, Nasser, que eres la persona que he estado esperando desde el día que nací? Y que lloro cada vez que recuerdo cómo me pediste que huyera. Necesito poder decir tu nombre sin que tengas miedo, o sin que tengas miedo por mí. Mi felicidad contigo nunca la encontraré con nadie más. He dejado de buscar, Nasser. Ya he llegado.

Tu amada,

NANNA

¡Qué maravilloso es el amor! Y qué maravillosa es su capacidad de hacer largos los caminos cortos, de unir mundos terrenales y universos celestes, para reconstruir, para tender puentes, para revivir un desierto de cristal desprovisto de agua y polvo. ¡Qué maravilloso es el amor!, una guía para los creyentes, el camino más corto para llegar a Dios. Con amor, todo es más dulce y más bonito, los colores danzan al ritmo de las melodías, te vuelves más tolerante, más dispuesto a reconciliarte, perdonas a los que te engañan o te culpan, buceas sin miedo a ahogarte, te elevas y, si te caes, caes hacia arriba; toda criatura del Señor, desde la más alta hasta la más baja te habla; las verdes extensiones se expanden y el desierto retrocede dos pasos, los grilletes y las cadenas ya no vuelven; el amor neutraliza tus miedos y tus temores, restaura tus mentiras, tus muros, tu caída después de tanto aferrarte.

Cuando amas, las paredes y los techos de tu interior se derrumban. Tu sombra cae en pie. Tus manos se apoderan de tus cadenas.

Cuando amas, Dios desciende al más bajo de sus cielos. Posa su mano en la tuya y eleva una última plegaria por ti.

Cuando amas, eres tu tiempo, eres tu lugar. Nada te limita, nada se te opone. Ante ti no hay nada, ni nada hay después.

Cuando amas, te vas a dormir contento y te despiertas jubiloso. Eres un rey de tu noche gloriosa. Cada noche es una incursión, corona con tu victoria tu mañana. Tienes una amante en cada orilla.

Cuando amas, eres conciliador y tolerante. Eres el que perdona, el que ama, el que bebe, el que se zambulle. Eres el caballero, y toda espada es tu espada.

Cuando amas, te conviertes en hereje. Eres el exterior, el interior. Eres el abasí, el omeya, el fatimí. Aun así, albergas una tribu de cada unión.

Cuando amas, eres la perfección de la ciudad, el campo y la tienda. Eres el refugio, el exilio, el que cruza la línea a nado o serpenteando. Regresas de tu Nakba.

Cuando amas, tu voz regresa a ti. Dejas de contarte las heridas, e incluso si has sanado, Nanna hila nuevas heridas para ti.

Nanna, vestida de blanco, viene a poner de nuevo a prueba los límites de mi resistencia. «El blanco te sienta bien», le dije una vez. Y ahora estaba allí para castigar mi sonrojo.

–Acércate, Nanna.

–¿Me levanto?

–Sí.

–¿Así?

–No, más cerca.

–Nasser, me da miedo. No creo que pueda soportar acercarme más.

–Dijiste que no tenías miedo cuando estabas conmigo.

–Lo recuerdo.

–Acércate más, y no creas en la mampara de cristal.

–No creo en nada más que en ti.

Nada me separaba de la cara de Nanna, salvo nuestros alientos, que el vidrio constreñía hasta que empezó a sudar de vergüenza.

–¡Dios Santo, eleva plegarias a nuestro señor, Muhammad!

–¡Ya vale!

–¿Qué pasa, Nanna?

–Tengo más miedo que antes.

Volvimos a sumirnos en el silencio. El rostro de Nanna, yo y un muro transparente que no podía creer que lo hubiésemos ignorado. Aquí estaba el rostro de Nanna, en toda su elegancia desnuda. Cayeron ángeles del cielo. Colgaron su ropa de la nube más cercana y bajaron a nadar desnudos en el rostro de Nanna.

Mi muro observaba esta nueva manera mía de permanecer colgado. Leía las cartas que escribía y se entrometía cuando yo leía las cartas de Nanna. Después de nuestros encuentros, me tendía emboscadas con imágenes o cuadros que tenían la finalidad de intensificar mis ansiedades y temores por ella. No habría sido capaz de soportar mi muro de no ser por la resolución cada vez más firme de Nanna y su insistencia en querer compartir cada minuto conmigo. Regresaba más fuerte de cada encuentro con ella. Mis ansiedades y temores se atenuaron, aunque aumentaba, sin embargo, mi capacidad para ignorar la transparencia de los muros y los detalles de la vida que se desarrollaba al otro lado de ellos. Nanna era lo único que quería. El mundo ya me había ofrecido lo más hermoso que tenía, así que nada más podía tentarme. Mi muro entendía muy bien la situación, pero era testarudo, y no pasaba un solo día en que no reanudara sus intentos.

12 de julio de 2014

Querido mío:

Con esta carta, te envío la letra de la canción que te gusta de *Notting Hill*. Nasser, creo que Dios me ama mucho, porque el hombre que amo no se parece a ningún otro. Domina el lenguaje del amor, pero lo hace en su dialecto personal, sin recurrir a otros. De hecho, estoy convencida de que nadie, aparte de él, tiene un dominio tan similar. Me envuelve con su mirada. Me convence con cada palabra que pronuncia. Mi Señor no ha creado ningún otro amado para mí en este mundo. Alguien que me ame exactamente como yo quería ser amada. Va más allá de cualquier escena de amor que pudiera haberme imaginado. Se alza por encima de todas mis expectativas y sueños. Este hombre, aunque no esté presente físicamente, se ha convertido en la fuerza impulsora de mi vida.

¡Dios mío! ¿Qué he hecho para merecer semejante don? Le doy las gracias a Dios cada instante del día por haberme otorgado a alguien como tú. Nasser, parece que la letra de esta canción de la película hubiera sido escrita para mí. Cada vez que la oigo, me asalta la sensación de que te diriges a mí y me llegas al alma, y que me has convertido, querido rey de las contradicciones, en la criatura más débil y más fuerte que hay sobre la faz de la tierra.

NANNA

Mi madre había empezado a angustiarme de nuevo con sus preguntas. En cada visita esperaba oír alguna noticia que la aliviara. Y el hecho de que los compañeros que habían sido liberados hubieran ido a visitarla acrecentaron las preguntas de mi madre. Le reprochaba siempre a su Señor que demorase mi regreso. Me harté de sus reiteradas preguntas. «Estoy aquí, Mazyouna, y no tengo ninguna respuesta que aligere el peso de tus largas noches. Mi viaje no ha acabado aún, madre, y ya no puedo seguir soportando tus preguntas.»

Mazyouna lloró, y mis hermanas se sumaron a sus lágrimas. Fui contundente. «¡Todavía no estoy muerto, madre! Mi cárcel no es un cementerio para que vengas a llorar por los que viven aquí. ¡Deja de enterrarme aquí! Deja de llorar en cada visita. Este soy yo. ¡Sigo aquí! No he dejado de quererte. Este es mi pecho, ¿puedes ver cómo sube y baja? ¡Cuenta mis respiraciones si quieres!»

A mi madre le intimidó mi reacción, igual que a mis hermanas. Decidieron de manera tácita abandonar sus preguntas, o al menos esconderlas donde yo no las viera. La visita volvió a discurrir por sus antiguos cauces agradables.

Les hablé de mis sentimientos cada vez más intensos por Nanna. La impresión de la noticia las hizo palidecer.

–Ya lo sabía en el fondo de mi corazón –aseguró mi madre. Había hablado con Nanna más de una vez, y tenía mucho bueno que decir de ella.

–La quiero, madre.

–Entonces yo también la quiero –dijo Mazyouna.

¿Alguna vez has informado a un preso de la muerte de su madre?

A las siete de la tarde del miércoles, el tercer día de Ramadán del año 2019, a través de la Cruz Roja recibí la noticia de que la madre del prisionero llamado Kamal había fallecido. Los otros reclusos querían acompañarme a la celda de Kamal para darle la terrible noticia. Esperamos la llamada a la oración vespertina para que él pudiera interrumpir el ayuno y aliviar el hambre y la sed. Luego entramos en su celda. Una hora después, regresamos.

¿Alguna vez has tenido que informar a un preso de la muerte de su madre? Yo sí, y esta no era la primera. Después de esperar a que Kamal terminara su *iftar*,* entramos en la celda, desconcertados y abochornados, como debían de estar los ángeles de la muerte cuando se abalanzaron sobre la cama de su madre. La madre de Kamal se había resistido a sus visitantes. Les cerró la puerta en las narices, y aun así insistieron. Ella pidió más tiempo, sólo hasta su siguiente visita a la cárcel. «¡Dejadme un Eid** más!», imploró mirando a los ojos de los ángeles. «Kamal me ha pedido algo de ropa, y aún no he tenido tiempo de comprársela. Volved el mes que viene. Kamal detesta que me retrase cuando pide algo, y no soportaría hacerle esperar. ¡Volved el mes que viene! En mi última visita, olvidé

* Comida nocturna con la que se interrumpe el ayuno diario durante Ramadán. *(N. del T.)*

** Fiesta del fin del ayuno. *(N. del T.)*

memorizar todos los cambios que le habían grabado en el rostro catorce años de hierro. Volved dentro de un mes. Dejadme expresar mi amor por última vez. Dadme tiempo para rezar para que no llore demasiado mi muerte.» Los ángeles de la muerte le cubrieron el rostro y le quitaron rápidamente la vida, temerosos de flaquear en su misión.

Entramos en la celda de Kamal. Nos cubrimos las caras para que no pudiera leer en ellas el cortejo funerario de su madre. Nos sentamos sin decir palabra. Kamal acabó de fregar los platos. Tomó asiento junto a mí y se interesó por mi salud. Las caras cubiertas empezaron a murmurar sobre la inevitabilidad de la muerte y sobre la paciencia y la fuerza de ánimo que Kamal siempre había demostrado. Él, sorprendido, los escuchaba.

–¿Quién ha muerto? –me preguntó Kamal.

–Tu madre –repuse sin vacilar. Pese a la vergüenza, no me cubrí la cara, no esperé que pasase otro mes o que llegase una última visita–. Tu ropa llegó demasiado tarde, Kamal. No habrá Eid que ponga fin a tu largo ayuno de hierro.

Kamal se tapó la cara, pero no por vergüenza ni bochorno. Se aferró a los barrotes de hierro y enterró la cara entre las manos. Lloró hasta que se atragantó con sus sollozos y su rostro humedeció el hierro. Le hablamos de un Señor misericordioso que se había llevado a su madre hacía una hora. No creo que Kamal oyera lo que le decíamos.

–¡Mamá! –Kamal seguía llamando a su madre, agarrado a los barrotes de hierro.

¿Alguna vez has informado a un preso de la muerte de su madre? Sí, y no será la última. ¡Ve con cuidado, oh, ángel de la muerte! Te juro que nunca te habías llevado nada tan querido para nosotros... ¡Ve con cuidado, oh, ángel de la muerte! Anda con tiento con los que se van y con los que se quedan.

Pero todavía tengo mi historia que contar. ¿Dónde estábamos? Hablaba de Mazyouna, que se alegró de descubrir que su hijo estaba enamorado. ¿Se habría alegrado igualmente si una de sus nietas hubiera expresado su deseo de comprometerse con un preso, alguien que ya llevaba entre rejas un cuarto de siglo e iba camino de pasar otro cuarto, más duro y más largo aún?

El cuerpo

Renuncié a aferrarme al muro. Es lo que tiene la pasión: nos transporta de una forma de apego a otra completamente distinta. Reescribe nuestro pasado, cambia la disposición de las letras, y sustituye unas palabras por otras. Responde a muchos de los interrogantes que habíamos decidido posponer, revive sucesos enterrados y margina a otros que creíamos esenciales. El amor redondea los ángulos de los cuadrados que tenemos en nuestro interior. Nos empuja hacia el centro de un círculo sufí y ya no nos permite reconocer nuestras propias emociones ni distinguir entre verdad y fantasía. Giramos, sin saber si somos nosotros los que nos movemos o si es todo lo demás que gira a nuestro alrededor.

El amor cambia el modo en que nos dirigimos a nuestro Señor, nos acerca a él. Nos lo acerca a nosotros, sin que haya de por medio libros, cuadernos y dudosos versículos de las escrituras. Oímos nuestras voces interiores. Hablamos con otros seres y escuchamos sus palabras. Las ramas se comban cuando pasamos por debajo, y si no hay ramas en el muro, las dibujamos, junto con hojas y frutos. Seguimos girando alrededor de nuestro círculo sufí hasta que nos damos cuenta de que somos parte de todo lo que nos rodea. Armonizamos con nuestra música y nuestra danza. Corregimos nuestros errores, a pesar de que ya no nos avergüenza cometerlos. Buscamos una disculpa en nombre de otros, si son incapaces de hacerlo, y los perdonamos cuando se disculpan. Nos duele cuando alguien espera durante días, y lloramos por quienes desesperan y dejan de esperar. Invitamos a cada corazón roto a la mesa de nuestro amor, y curamos sus heridas hasta que sana o muere.

En la cárcel, no nos sirven de nada los cuerpos. Los cuerpos no son más que una carga pesada, un límite impuesto por las leyes de la naturaleza que reduce nuestra capacidad de girar, de volar, de nadar en un océano de nubes. El cuerpo sólo contiene hambre, sed y cansancio. Sólo come a fin de buscar un apetito perdido y antiguos aromas que le recuerden un tiempo y un lugar en la memoria. Bebe, pero nada sacia su sed. Se cansa de no hacer nada. El cuerpo cree en la estupidez confusa de los sentidos, con sus absurdas explicaciones sobre la presencia y la ausencia. El cuerpo danza al son de cualquier música, aunque no hace más que dar traspiés y perder el ritmo. Enferma y se recupera a su manera, o muere sin padecer ninguna enfermedad y sin saber por qué. En prisión, las almas siguen adelante de ese modo, sin necesidad de sus cuerpos. Ambas partes viven en un estado de separación consensuado. Nuestros cuerpos se hunden en el submundo mientras las almas vuelan cada vez más alto y niegan la existencia de vínculos físicos que pueden obstaculizar su espontaneidad. Ninguna de las dos partes retiene a la otra; no interfieren ni se enfrentan entre sí, salvo cuando es necesario para garantizar un estado de paz entre los dos mundos.

En la cárcel, el cuerpo pierde su razón de ser y su propósito. Nos preocupamos de él sólo para que no suponga un lastre para el alma. ¿Qué necesidad tenemos las almas de brazos que no pueden abrazarse cuando dan la bienvenida o se despiden? ¿De manos que no se tienden cuando las necesitamos? ¿De dedos que no desabrochan los botones de un vestido que oculta secretos? ¿Qué necesidad tenemos de labios que no reciben a otros labios ardientes? ¿O de piernas y pies que han dejado de llevarnos hacia un futuro secuestrado? Es un cuerpo que se ha sumido en el analfabetismo y la ignorancia, sin lenguaje, ni discurso ni significado. Tiembla bajo el hechizo de una inesperada pasión nocturna, de la que sólo le queda un recuerdo confuso por la mañana. O se convulsiona sumido en una fantasía insomne, sofocado y oculto de miradas ajenas. En la cárcel, los cuerpos se convierten en comida para los muros, que nunca se sacian y vuelven para alimentarse de nosotros. Los cuerpos se transforman. Se convierten en un tema aburrido y patético. Crecen, envejecen, peinan canas y pierden todo deseo de vivir. Nos recuerdan nuestras ataduras, pues nada salvo nuestros cuerpos aceptan estar encadenados.

–Nasser, creo que soy tú.

–Yo desde luego soy parte de ti.

–¿Cuándo vendrás a rescatarme?

–¿De quién?

–¡De ti! De tu ausencia y de tu presencia.

–No cierres tu única puerta de salida, Nanna.

–¡Por todo lo más sagrado, no empieces con eso otra vez!

–Pero yo soy la ausencia, y soy la presencia.

–¿Por qué te asustan mis sueños?

–¿Por qué te asusta mi realidad?

–No niego ni mi miedo ni mi ansiedad.

–¡Corre, Nanna! Huye mientras puedas.

–Te juro que nunca escaparé, si no es hacia ti.

–Tu obstinación acabará conmigo.

–¿Preferirías morir de alguna otra manera?

–Por favor, no creas en este muro de cristal.

–Te lo repito de nuevo: no creo en nada, salvo en ti.

Cuando nos enamoramos, nuestros cuerpos regresan a nosotros. El amor resucita los cuerpos. Eso me enseñó Nanna. Lo creí, y también lo creyó mi cuerpo, que empezó a rebelarse contra mi manera de ignorarlo, de pasarlo por alto, aunque mis vuelos no siempre llegasen mucho más allá de sus funciones primarias. No estaba preparado para compartir mi cuerpo con Nanna y toda su plenitud. Lo impedí. Esa clase de experiencia supondría caer en un abismo que carecía del vocabulario necesario para la espiritualidad de nuestros encuentros.

Aún albergaba prejuicios hacia el mundo celestial. Ese fue el discurso que impulsó a Nanna a tomar la primera hebra de sangre. Yo seguí presionando a Nanna para que creyera en los mundos que estaba hilando. Ninguno de nosotros sería capaz de escapar si quedábamos atrapados en un lenguaje estrictamente corporal, regido por una masa de muros de hormigón, algunos de cristal, incapaces de estar a la altura de la conversación de nuestras almas. La lengua de los que habitan en el suelo sólo tienen palabras que luchan o matan por cualquier motivo. Palabras que usurpan, expulsan y engañan después de explicar su traición. Si me hubiese encontrado a una mujer terrenal, nunca hubiera podido decirle que la amaba. Nanna, en cambio, venía de un mundo distinto, no de este mundo terrestre. Lo demostró volviendo una y otra vez al muro, para prestar oídos a las almas, a sus sufrimientos y extrañas palabras, que procedían de las alturas, donde permanecían colgadas. Lo demostró también con su interés por los asuntos universales que iban más allá de nuestras preocupaciones locales.

22 de julio de 2014, 9.11 de la noche

Nasser, destino mío...

Estoy en la oficina. ¡Mi trabajo no se acaba nunca! Te he convocado rápidamente, y los momentos previos a que llegaras han sido la parte más preciosa de todo el día. Temo mencionar cosas que aún no estoy preparada para expresar. Así que sólo voy a decirte que he olvidado cómo y cuándo me enamoré de ti, porque me parece que esta historia nuestra siempre ha existido.

Ha llegado una carta tuya. En cuanto he empezado a leerla, sentí un espasmo en el estómago. No puedo describir mi reacción... Eran palabras escritas por tus dedos. La caja donde escondo tus cartas se ha convertido en mi *quibla*, y la visito a diario. Te lo prometí, Nasser, nunca renunciaré a mi amor por ti, aunque pases en la cárcel toda la vida. Esta noche tu carta dormirá bajo mi almohada.

Mañana estaré en tu casa, la casa que conserva tu voz, tu olor y las huellas de tu alma. Veré el cuarto que acogió tu cabeza todas las noches. Cruzaré la puerta principal que pronto se abrirá de par en par para acogerte después de esta larga ausencia. Ahora voy a dormir, segura de que vienes de camino hacia mí. Estás más cerca cada día, y pronto me abrazarás y me susurrarás al oído: «¡No tengas miedo! Me quedaré contigo hasta que amanezca». Mañana conduciré con cuidado, ¡y tomaré la carretera que discurre por delante de la cárcel para que así me percibas al pasar!

25 de julio de 2014

Aquí estoy otra vez, escribiendo de nuevo después de varios días. Mi alma se ha tranquilizado, y, por fin, puedo contarte los detalles de mi visita al campo de refugiados de Aida. Lo primero que hice fue comprarle un regalo a Mazyouna. Recuerdo una frase que me dijo una vez, que en el campamento ya no quedaba más paciencia porque ella la había gastado toda. Puesto que en árabe la palabra paciencia –*sabr*– también significa aloe, decidí comprarle una planta de aloe de un vivero cercano.

Tu hermano, Abd al-Fattah, vino a mi encuentro a la salida del campo, y cuando le vi, me quedé helada. Fui a tu casa y conocí a todos los miembros de tu familia. Ya había hablado con todos ellos, pero conocerlos en persona fue distinto. Mazyouna volvió de rezar en la mezquita, y me apresuré a besarla. Ella respondió apelando a Dios y diciendo un montón de cosas bonitas, como «Ay, querida, vida mía, has iluminado el campo con tu presencia». Le leí la carta que le escribiste por Eid. Hizo llorar a tus hermanas, pero Mazyouna simplemente cogió la carta y la besó.

Dentro de la casa, volví a tener esa sensación de frío. ¡Qué ganas tenía de que estuvieras allí conmigo! Entramos en tu dormitorio, y brotaron todas las lágrimas que me había estado conteniendo. Aquí es donde antes te acostabas y donde te levantabas todas las mañanas. Me pregunto quién se tendería a tu lado en ese suelo. ¿Hubo muchas, y las querías como me quieres a mí? Te contaré más cuando nos veamos pronto.

Te quiere,

NANNA

Nanna no dejaba de abordar mi cuerpo. Lo hacía de todas las maneras posibles, y esas maneras eran siempre extraordinarias. Lo hacía cuando hablábamos y con las palabras que empleaba. Lo hacía con la ropa que vestía. Lo hizo cuando se dejó el pelo largo porque se lo pedí, y también cuando rehusó mis reiteradas peticiones de que se lo recogiera para dejarme verle la cara. Cuando se sentaba, cuando se levantaba y cuando protestaba porque yo sólo estaba interesado en su cara. Pero no me resultó fácil ignorar su rostro y seguía haciendo nuevos descubrimientos durante nuestros encuentros en aquel pequeño rincón del mundo.

–Recógete el pelo, Nanna.

–No quiero.

–¡Asquerosa!

–¡Codicioso!

–¿Cómo te atreves a esconder así parte de tu cara?

–No me digas que no habías visto nunca una tan bonita.

–Es posible que no seas la más hermosa de las mujeres, pero yo no tengo la menor duda de que lo eres.

–Tus tretas no van a servirte de nada.

–Deja de ser tan roñosa y recógete el pelo.

–Bien, pero necesito una horquilla.

–Improvisa.

Nanna sacó un bolígrafo del cuaderno. Se recogió el pelo y se lo sujetó con el boli, dejando a la vista toda la cara.

–¡Dios mío!

–¡Nasser!

–Daría la vida por ti, Nanna, cuerpo y alma.

–Yo por ti daría aún más.

–Ojalá los ángeles que nadan en tu rostro se marcharan, Nanna. No puedo mirar nada más.

–Ojalá te quedaras.

–No te creas mi ausencia, Nanna.

–Te quiero conmigo.

–Créeme, no te dejaré, ni siquiera una hora.

–Nasser, te quiero conmigo. ¡Te necesito!

Nanna todavía no se daba cuenta de hasta qué punto me había resucitado. Un cuerpo gobernado por las leyes de la física que, ahora, ni siquiera tenían una pizca de piedad por los años, las estaciones, los muros, el hierro y el cristal. Un cuerpo que ella había desnudado de cualquier marginalidad, que había convertido en un receptáculo de necesidades, deseos y esperas.

Ahora mi cuerpo tenía que responder a las preguntas y las necesidades de Nanna. Tenía que poner el pecho allí donde Nanna quisiera posar la cabeza. Tenía que extender mi mano cuando los espacios se estrechaban y debía acompañar sus pasos al inicio del camino, tenía que verla de pie, frente al espejo, debía escucharla hablar, debía besarla antes de que se adormeciera y cuando se despertara, debía abordar la ardiente feminidad de su cuerpo rebelde y acalorado. Y el mío salió adelante con toda su corporeidad, su concreción e impotencia. Observaba a Nanna detrás del cristal, la escuchaba hablar, pero permanecía callado, inmóvil, como si estuviera muerto. Sentía su corporeidad, sin piedad para mí ni para los reclamos de Nanna, despreciaba mi propia debilidad e impotencia. Se había convertido en un monstruo que negaba la existencia de la joven que estaba sentada frente a él, al otro lado del vidrio, suplicándole que se acercara.

Llevé mi cuerpo agotado de regreso a la celda. El guardia que me acompañaba se fijó en mis pasos inseguros, vacilantes. Observó cómo mi cuerpo trastabillaba e iba dando tumbos por el corto pasillo que parecía más largo que mi propia vida. Los muros transparentes fueron implacables conmigo, pues me permitieron ver cómo Nanna abandonaba nuestro pequeño rincón. La vi subir al coche y maldecir a cualquiera que interrumpiera sus incesantes lágrimas.

Fui recuperando poco a poco las funciones de mi cuerpo. El amor hace que nuestros cuerpos ardan, y huimos de nuestras almas para salvarnos de una conflagración que se propaga con furia y fuera de control. Nanna llegó enseguida y se apresuró a llenar la sala. Vino a rescatarme al ver la necesidad que tenía de ella. Nanna se convertía en mi barco cuando zarpaba y en mi viento cuando quería remontar el vuelo. Era la orilla donde afianzarme, y la tierra firme donde terminaba el mareo que me dejaba sin aliento, un muro que me protegía de todas mis ansiedades, un techo en el que podía garabatear mis tormentos. Era mi camino seguro cuando trastabillaba el paso y mi círculo sufí cuando la tierra dejaba de dar vueltas... Nanna se convertía en la respuesta cuando me perdía en mis preguntas y en mi morada cuando mi espacio me hacía sentir extraño.

10 de agosto de 2014

Amor mío:

¡Te echo de menos, te echo de menos, te echo de menos! Hace poco, he encontrado una carta en el buzón. ¿Cómo te las apañas para pillarme en mis momentos de mayor debilidad? Ayer, evité que la noche te evocara para que no me vieras así. Lloré a lágrima viva, pero aquí estoy de nuevo para aclarar lo que no conseguí explicar antes.

Pongo a Dios por testigo de que eres el único hombre que habitará en mi cuerpo, en mi corazón y en mi alma. Juro que el hijo que tengamos se llamará Hamza, como tu amigo fallecido. No habrá ningún niño que se le parezca, y por su nombre, la gente me conocerá como Umm Hamza, su madre. Juro que no tengo vida salvo contigo, y que mantendré mi promesa, por mucho que tu viaje dure mil años. Eres mi vida y mi amor. Estaremos juntos, tú y yo, bajo este techo blanco mío. Juro no temer nada cuando esté contigo, salvo cualquier disgusto que pueda darte. Te quiero tanto que duele. Adoro todas las contradicciones de este amor. Tu existencia se ha convertido en mis sagradas escrituras; tu amor es mi santa ley. Nunca había sentido una fe semejante, y lo único que le pido a dios es que algún país nos reúna, algún lugar donde pueda encontrar refugio y dormir sobre tu pecho. Seré tu tierra para que tú puedas convertirte en el granjero que fuiste.

Te quiero Nasser, quiero al hombre que eres, el ser humano que eres, el partidario de la causa que eres. A veces imagino nuestro primer encuentro, pero sin ninguna mampara de cristal que nos separe. No puedo imaginar cómo reaccionaré. ¿Me contentaría sólo con saludarte y estrecharte la mano o me arrojaría a tus brazos? ¿Alguna vez piensas cosas así?

Hace dos días fui a Tulkarm y compré dos anillos de plata para nosotros. ¡Dios te ayude, Nasser, porque vas a pasar de un cautiverio a otro! Te aguarda tu futura cadena perpetua, y no tengo intención de concederte una reducción de sentencia, ni siquiera por buen comportamiento.

Te quiere,

Umm Hamza

¡Qué maravilla los enamorados! Si son creyentes nunca flaquean, y Dios, los profetas y los ángeles dan testimonio de su fe. Si duermen, tienen sus propias mañanas que los despiertan.

Si tienen hambre, no comen. Maldicen sus propios cuerpos y agradecen a Dios por cada mano extendida, cada brazo que abraza, todos los labios que besan, todos los pies que andan y todos los pechos sobre los que el amante apoya la cabeza. Si rezan, acortan o alargan las oraciones, cambian las palabras de las súplicas. Si mueren, no mueren, pese a lo que todo el mundo crea.

Ya no veía nada a través del muro salvo la imagen de Nanna y quienes la rodeaban. Mi cuerpo triunfó sobre mi cuerpo a medida que iba pasando cíclicamente por distintas condiciones. Todo lo que se había desmoronado volvió a erigirse como para compensar el tiempo perdido. Mi cuerpo creía en los mundos que Nanna hilaba y en todas las señales de su amor. Mi cuerpo dedicaba horas a analizar con detalle la mano que Nanna admiraba, el rostro que elogiaba con un simple poema, la boca que santificaba con un beso, el pecho sobre el que se dormía a mitad de la noche. Nanna no escatimaba atenciones con mi cuerpo, lo que hacía que yo me esforzara aún más y pasara más tiempo delante del espejo.

Mi cuerpo regresó a mí. Con mi cuerpo vinieron las cadenas de hierro. Ahora daba cabezazos contra el muro cada vez que intentaba remontar el vuelo sin un buen mapa del mundo físico que me rodeara. Ahora me enfrentaba de nuevo al decaimiento, a la vejez y al agotamiento. Con mi cuerpo vinieron de nuevo los deseos y los instintos básicos, que se habían asilvestrado después de tanto dormir y exigían ser satisfechos de inmediato. Todo en mi cuerpo empezó a clamar el nombre de Nanna. ¡Aquí y ahora! Todos mis actos eran para Nanna y todo lo demás era una pérdida de tiempo y esfuerzo. Acudía a Nanna cuando los muros se me caían encima y las cadenas se me clavaban en las muñecas. Le escribía incesantemente. Más allá del muro, ya no había nada ni nadie aparte de ella. Me detenía allí donde lo hiciera ella. Allí donde iba Nanna, yo levantaba una tienda para mí, y colgaba en ella mi ropa y mis sueños, mis deseos y mi pasión por que estuviera cerca.

Y ahora aquí estaba Nanna, que juró, prometió y se comprometió, que arrojó todas sus ofertas a mi fuego y que lloraba, lloraba cada vez más. Nanna lloró hasta que sumergió mis costados, hasta que yo y mi cuerpo fuimos arrastrados al fondo. Nanna abandonó los antiguos dioses de Roma, y buscó dioses cananeos que se le parecieran, con sus historias, sus particularidades y la geografía de su tierra. Buscó al dios El en las llanuras y las colinas. Fue al encuentro de Baal en el monte Carmelo por el que sembraba fertilidad y abundancia allí donde iba. Invocó a la madre de Baal, Yam, creadora del universo, sólo para encontrarse con Ashira, la mujer de Baal, creada de una de sus costillas. Nanna siguió buscando e investigando, pues aún no había encontrado los dioses que perdió. Anat, la diosa de la fertilidad, estaba ocupada en repararse para su próximo y urgente compromiso, y Nanna tuvo que esperar. Esperó mucho tiempo. Había esperado toda una vida. Ascendió por los aires. Navegó de una costa a otra. Deambuló por ciudades, interpretó las señales. Nanna quería mejorar el mundo que estaba hilando sin dejar nada al azar.

No fue fácil, pero al final pude ponerme el anillo de compromiso que me había comprado Nanna. Lo llevaba siempre conmigo, y esperaba su llegada. Cuando llegaba, ocultaba el anillo del guardia que venía a buscarme. Apresuraba mis pasos, y este hacía el esfuerzo de mantenerse a mi altura. Cuando llegábamos se abría la puerta. Nanna se sentaba donde siempre, con una sonrisa que le iluminaba la cara. Yo sacaba el anillo de su escondite y me lo ponía en el dedo.

–Acepto voluntariamente mis ataduras, Nanna.

–¿No tienes miedo de arrepentirte?

–De lo que me arrepiento es de mi vida entera antes de ti.

–Creo que mi amor será una carga.

–¡Ojalá lo fuera!

–Junto a ti soy más dulce y más bonita, Nasser.

–Siempre fuiste así. ¿No das crédito a lo que dice el espejo?

–Ahora sí, ahora que mi espejo eres tú.

–¿Leíste lo que grabó el amor en los anillos?
–Lo leí.
–Eres el final de mi historia, Nanna.
–Y tú eres el principio de la mía.

Así pues, ahí van los amantes, a un mundo de fantasía. Llevan sus cuerpos, sus almas y su magia. Ahí es donde van los peregrinos a reunirse con su Señor, y nadie en la ciudad cree su relato de lo que ocurre. No te importa que los muros sean transparentes, pues no tienes nada que esconder, ni nada que se esconda de ti. Aquí se reúnen los cuerpos y las almas, sin incompatibilidades ni contradicciones. Aquí, estás presente con todo tu ser, no hay otro aparte de ti. Te reúnes con los compañeros terrenales y celestiales que has elegido. ¡Qué mundo has hilado, Nanna!

14 de agosto de 2014

Mi querido Nasser:

Te lo puedo decir con toda seguridad, no estoy furiosa por que tu liberación se ha pospuesto, sé que no aceptarías ningún acuerdo que minimice los sacrificios de nuestro pueblo, por mucho que eso nos permitiera estar juntos. En nuestro último encuentro, dijiste que intenté besarte la noche de Eid. ¡Qué descaro! ¡No sé si es verdad! También dijiste que se me daba muy bien besarte, teniendo en cuenta que era mi primer beso. ¿Te importa si te pregunto por tus experiencias anteriores? Eres libre de contestar o no. Sólo quiero que me abraces fuerte con todo tu amor. ¡Quiero que me hagas olvidar los límites de mi cuerpo!

22 de agosto de 2014

Hoy me ha llegado la noticia de la muerte de nuestro poeta Samih Al-Qasim. Al mismo tiempo, el bombardeo de Gaza sigue cobrándose víctimas. Así pues, ¿por cuál de las dos cosas lloro? Estas son las últimas palabras que escribió Al-Qasim en su lecho de muerte:

> No te amo, muerte, pero tampoco te temo.
> Has tomado mi cuerpo como lecho, y mi espíritu como manta.
> Pero veo que tus orillas son muy angostas para mí.
> No te amo, muerte, pero tampoco te temo.

Quédate conmigo, Nasser. No me dejes nunca. Y no me pidas que me vaya. Podría ser mi meta imposible o mi inevitable destino. Sea como sea, estaré contigo. Eres mi comienzo, eres mi final, y no hay nada más. Es posible que recibas en cualquier momento la noticia de que he muerto de una sobredosis de amor. Perdóname que estuviera tan desanimada y enfadada en nuestro último encuentro.

NANNA

Nanna creía lo que estaba hilando, y empezó a contar una historia que se parecía a mí. Narraba nuestros encuentros en un mundo venidero. Relataba lo que la suerte nos deparaba a su cuerpo y el mío. El hilar de Nanna ponía a prueba sus posibilidades y las mías. Nanna hacía lo mismo que cualquier otra chica de octubre: cambiaba, variaba, adoptaba actitudes extremas. Nunca se habría rendido a un destino distinto al que ella hubiera elegido.

Nanna me escribía a menudo, y sus cartas llenaban mis horas. Anotaba sus certezas y ahuyentaba cualquier sombra de duda que se insinuara en las cartas que yo le enviaba. Mi empecinamiento en remontar el vuelo la molestaba, igual que mi terquedad cada vez que ella intentaba hacerme poner los pies en el suelo, en una realidad en la que nunca había creído. Ella, Nanna, era mi única realidad.

Octubre

Nanna me devolvió un cuerpo virgen, sin experiencia en el amor ni en la guerra. Enamorarse es como un nacimiento. Nos remonta a la primera frase del primer texto que escribimos. Lo hacemos todo por primera vez: por primera vez lloramos, gritamos, caminamos, tropezamos y caemos. Nada de lo que sabíamos nos sirve y nuestros cuerpos ya no guardan memoria de ellos. Empieza un nuevo proceso de aprendizaje, que va acompañado de complicados intentos de sintonizarnos con el pasado. ¿Acaso no somos todos el resultado de nuestros conocimientos y nuestras experiencias? ¿Qué le estaba pasando a mi memoria? ¿Y qué ocurría con mi cuerpo?, ¿Por qué estaba tan tenso en presencia de Nanna, como si buscara una respuesta adecuada? Su cercanía me hacía temblar. Deseaba besarla, y era como si no hubiera besado nunca a nadie. Me irritaba que mis dedos se enmarañaran mientras intentaba desentrañar uno de sus muchos enigmas. Me sorprendían las iniciativas que tomaba y sus incursiones me dejaban desolado. Tartamudeaba cuando me susurraba palabras de amor o cuando me confesaba las locuras que deseaba hacerle a mi cuerpo. Llegó a ser experta en remontar el vuelo, sin que le importara lo más mínimo la gravedad o el efecto de las leyes físicas sobre nuestro pequeño rincón. Siempre iba uno o dos pasos por delante de mí cuando le pedía que bailáramos, y la música la escogía ella.

¡Maldito sea mi cuerpo! No soy de los que a la hora de dar un beso titubean y pierden el sentido de la orientación. Eso lo sabía bien y lo contaba a menudo, no soy de esos que se sorprenden o se avergüenzan en presencia de una mujer, y se quedan sin palabras. Entonces, ¿qué era lo que paralizaba la memoria de mi cuerpo, del que Nanna sabía tanto? Nanna sabía de mi vida anterior, de mis experiencias anteriores a ella, de los arañazos y cicatrices, sabía cuáles eran mis heridas y cómo me las hice. Sabía de las mujeres que, si bien no se quedaron mucho tiempo en mi cuerpo, dejaron una profunda huella en él. La memoria de los cuerpos es breve, y escasos sus sufrimientos, por profundos que sean.

–¿Quisiste a alguna de ellas? Y no me refiero a esa chica de la universidad que pasaba de ti.

–No.

–Pero tú...

–Sí.

–¿Cómo podías hacerlo si no las amabas?

–No es tan difícil.

–Ya.

–Es otro alfabeto, pero se aprende bien.

–¿Y tú has llegado a dominarlo?

–Tengo diplomas y títulos impresionantes tatuados por el cuerpo.

–Me parece que no quiero saber nada más.

–Puedes preguntarme lo que quieras.

–¿Quieres que pregunte?

–¿Cambiarían algo mis respuestas?

–No.

–Soy más virgen que tú, Nanna, si es eso lo que te importa.

Una sonrisa de satisfacción se adueñó del rostro de Nanna, o así la interpreté yo.

–¿Qué pasa? –pregunté.

–Nada, Nasser. Es que me gusta pensar que soy tu primera experiencia.

–Mi ego estaría encantado de que fueras la última.

¡Qué maravilla que una mujer se te clave hasta lo más hondo! Una mujer que te embriaga con una sola copa, y te deja completamente fuera de juego. Una mujer que acude a ti por voluntad propia, sin pedir permiso ni llamar antes de entrar, que no le importa si estás preparado, que no te deja tiempo para vestirte, para adoptar una pose o decidir cómo reaccionar, y si lo haces, te desnuda y te hace trizas, y vuelve a empezar. una mujer que si te esfuerzas en descifrar sus intenciones, cambia todas las comas y los puntos y llena la hoja de signos de interrogación. Una mujer de octubre, imprevisible y voluble, que en una sola hora te muestra las cuatro estaciones del año, que fija una hora, pero luego no aparece, o aparece sin previo aviso. Es como si llegara diciendo:

He venido

He venido a traerte secretos: Prepárate.
Rompe delante de mí todos los espejos que quieras,
y esparce el polvo de tu ser en el corazón de una nube.
Maldice todos los destinos que quieras,
y expón tu virilidad a la puerta de todas las mujeres.
Ignora sus súplicas de rendición, y no tengas piedad.

He venido a ti como el mar: desnúdate.
Despójate de tu pesada herencia jahili, o lo que quede de ella.
Cree las palabras del cielo o no.
Abraza todas las queridas fábulas que Atenas te ha contado,
o sé un espartano rebelde, el filo de cuya espada hiende todos los límites…
Si quieres, sé lo que quieras. Me da igual lo que hayan dicho otras de ti.

He venido a ti como una promesa: tú y yo
somos los hijos de octubre y noviembre, nietos de los lirios de mar, con hojas que rechazan la sombra otoñal:

somos dos almas en el pecho de dos promesas.
Una blanca como un kamikaze que lucha por morir en tu pecho, otra negra como una noche que espera
servirte el primer café de la mañana,
endulzado, si lo deseas, con besos.

He venido a ti como un fantasma: sé una nube.
Perdona a todas tus mujeres por las heridas que dejaron en tu cuerpo traicionado.
Heridas que no gozan de la bendición del olvido.
Acércate más a tu muro, porque el lugar no tiene lugar en este lugar.
Di adiós a todas las estaciones y años que vinieron antes de mí.

Octubre es el principio de la historia,
octubre es el otoño de la espera,
octubre es para siempre.

Vine a ti como un grito: sé obstinado.
El más hermoso de los sonidos es gritar: No.
No hay más dios que el que habita en tu rostro cuando me ves.
No hay más plegaria que el llanto de los dedos.
A las puertas de mis secretos, sé obstinado.
No hay cadena más que aquella en la que crees.
No hay glorificación más que la muerte de tus noes
y su sonido aniquilado en mi boca.

He venido a ti con el perdón de todos tus pecados, así que destierra la oración y el ayuno.
No confíes en tus buenas intenciones,
soy una mujer de pasiones orientales, de ánimos otoñales,
y las intenciones de mi octubre sobre tu noviembre
saben, si así lo quieres, mucho de pecado.

He venido a ti como el sol: ¿ves

las líneas de luz en mi cuerpo?, ¿y la oscuridad del mar
en tu ausencia y en mi pesar?
¡Ven tan rápido como puedas!
El sol no habita dos veces en un cuerpo, y soy una mujer de treinta años,
así que deja la charla y el flirteo para otra ocasión.

¡Maldito mi cuerpo ahora que Nanna estaba allí! ¿Adónde habían ido mi osadía y mis heridas? ¿Dónde estaban mis mujeres y mis fantasías? Las causas de mis heridas habían desaparecido, como si hubieran sanado o muerto, y no hubiera ni tan sólo una cicatriz que me las recordara. ¿Dónde están mis húmedas y sudorosas noches, y mis momentos robados en un rincón oscuro y poco iluminado? Observé lo que decía el cuerpo de Nanna en sus diversas lenguas: en aquellas con las que estaba familiarizado y en otras que no conocía. Ella estaba descubriendo su cuerpo a través de mis reacciones y gestos. Un cuerpo que avanzaba si yo retrocedía, y me obligaba a parar en seco si iba demasiado deprisa.

No tenía ni idea de qué hacer para el cumpleaños de Nanna. ¿Cómo iba a hacerle un regalo? ¿Qué clase de regalo es apropiado para una mujer que te ha devuelto la vida, el cuerpo y las letras de tu nuevo vocabulario? ¿Que transforma tu atolondrado girar en una danza sufí que te propulsa hacia las alturas? ¿Que afloja las riendas de tus muros y te protege de su transparencia, hasta que se convierte en el muro estable que te permite recuperar el equilibrio?

Octubre de 2014

Mi querido amor, la mayor dulzura que me ha ocurrido.

Mi cumpleaños ya ha pasado, y te aseguro que ha sido uno de los más hermosos de mi vida. Gracias por los regalos, y en especial por el vestido bordado. Me entregaron el ramo de rosas, y luego fui a correos y encontré tu carta, con la tarjeta de felicitación en la que escribiste: «Que yo sea tu amor en todos tus cumpleaños, y que siempre esté lo suficientemente cerca para poder tocarte». ¿Cómo me llegas al corazón con tanta precisión? De la emoción, lloré tanto... La felicidad que siento es tan profunda que puede bastarme hasta el fin de mis días.

Me veo tanteando tu pecho, escudriñando los detalles de tu rostro, y demorándome un poco, pero siempre llego al final y descanso sobre ti, en paz. ¡Ah, cómo quisiera que todo lo que soy se uniera a ti, tanto el alma como el cuerpo! Aquí estoy corriendo a velocidad de vértigo pero, sabes, me gusta mucho la idea de colisionar contigo, porque todo en ti me lleva al éxtasis y me muero de ganas de que llegue el momento en que se encuentren nuestros cuerpos por primera vez. Y ahora, ¡ya basta de provocaciones! Cuéntame el primer encuentro que tendremos, hasta el último detalle.

Te quiere,

NANNA

El cumpleaños de Nanna anunciaba la llegada de octubre como lo hacen los lirios de mar en la playa, que controlan las olas sin prestar atención a los nombres de los barcos y sus rutas. Los lirios de mar, precursores de un otoño amarillo que aún no se ha decidido a dejarse ir y permanece en vilo hasta el último momento. Nanna ha anunciado octubre y concertado una cita con mi noviembre. El mar, la orilla y el lirio le hacían compañía mientras esperaba. Hiló su llegada, que fue lenta, prudente, y colgó en su armario todos los vestidos más coloreados que el amarillo.

–Me matas cada vez que vistes de blanco.

–Puedo cambiarme, si quieres.

–¡Me enfadaré mucho si lo haces!

–Eres imposible.
–Este blanco sencillamente se niega a morir.
–¿De verdad lo matarías?
–¡No! Quiero dispersarlo en todas direcciones.
–¿Y luego?
–Volverá a mí en forma de poema.
–No me refiero al después.
–El después al que te refieres tal vez no puedo manejarlo.
–¡Cicatero!
–¡No, cobarde en todo caso! Describir lo que se avecina me aterra.
–Tan evasivo como de costumbre, siempre escondiéndote detrás de tus excusas.
–¿No te da miedo matarme? ¿Matarte tú?
–¿En el amor uno se mata, Nasser?
–Sí, Nanna, de muchas maneras.

Tuve que profundizar en el recuerdo de mi cuerpo, y me hundí en él con los dedos y las manos. No podía afrontar la acometida de Nanna con un cuerpo que carecía de una sola experiencia siquiera que le ayudara a entender a este ser ardiente colmado de tanta juventud y vigor. Nanna poseía todos los frutos prohibidos y, a medida que maduraban, ella rogaba al cielo que no los dejara caer por encima de la valla, sino que fueran recogidos en el momento oportuno.

Examiné mis heridas o, al menos, las cicatrices y magulladuras que aún seguían ahí. Quién sabe, tal vez guardaban aún el recuerdo de antiguos besos, de sombras que se habían impuesto en mi cuerpo joven o de otras a las que había llegado preparado y por mi propia voluntad. Yo buscaba cualquier cosa que pudiera salvar mi agua corporal de las provocaciones de Nanna, provocaciones tiernas pero, a veces, también duras.

Buscaba algo que pudiera sacarme de encima una virginidad de más de veinte años durante los cuales tuvo un muro de hormigón al que humanicé hasta el punto de creer que respondía a mis caricias. Buscaba una sensación que pudiera despertarla de un largo y profundo sopor. No era fácil. Empecé dando pequeños pasos. Le mostré a Nanna algunos de los secretos de nuestros encuentros nocturnos, le escribí sobre nuestro mañana en común, sobre los sueños que rogaba a dios que se cumplieran. Me extendí en los detalles carnales de nuestras citas secretas. Me enredé más. Jadeaba intentando no quedarme atrás.

Seguía teniendo miedo de que si hablaba sin rodeos, Nanna no creyera la verdad de lo que ocurría durante nuestras citas. Temía que las viera como fantasías desenfrenadas, o promesas a la espera de cumplirse. ¿Creería Nanna las nuevas señales de mi cuerpo? ¿Creería mi aliento entrecortado? ¿El pintalabios rojo en la camisa? ¿Su vestido roto? No, no eran fantasías salvajes, era la realidad, mi dolor cuando cada cita secreta llegaba a su fin. Aquí estaban los ojos de Nanna. Aquí estaba su boca. Aquí era donde colgaba su ropa. La mano me ardía y mis dedos habían tallado líneas de mármol en su cuerpo. Aquí está su perfume que aún impregna mi ropa y la piel desnuda.

Mi cuerpo salía de su caparazón. Había recuperado su dureza, y afrontaba sin refinamiento alguno las primeras visitas nocturnas de Nanna. Le costó mucho también refinar su masculinidad. Mientras tanto, los sentimientos y la intimidad encontraban cada vez más espacio en mis cartas a Nanna. Nos reuníamos en distintas horas y lugares. Conspiramos más aún contra mis compañeros de celda cuando Nanna decidía retrasar su llegada porque prefería arreglar algunos detalles o venía a mi cama sin avisar.

Las repetidas visitas nocturnas de Nanna no hicieron más que provocar la ira de mi muro.

Noviembre de 2014

En el cumpleaños de mi preciosísimo amado...

A mi amor, a quien más aprecio en mi corazón. Que en cada cumpleaños, sea yo tu amada. Que en cada cumpleaños, pueda yo ser tu apoyo –mi *nasser*–, y tú el mío. Nada, salvo la divina providencia, dispuso nuestro encuentro. ¡Qué maravilla! Hoy soy yo quien te llevará a una larga cita, así que ponte algo de abrigo. Cuando celebré mi cumpleaños el mes pasado, una lluvia inusual me traicionó, pero mañana, por tu mañana, por la tuya, seré compensado, estoy seguro. Yo estaré allí, tú estarás allí, y completando nuestra trinidad estará el mar de Japhe, a quien agradeceré su lealtad y el regalo que me ha hecho al enviarte a cumplir mi monólogo de un tiempo.

Hoy el mar no está tranquilo. Está más embravecido que nunca, como si alguien esperase nuestra llegada, o la predijera. Ni tú ni el mar sois conscientes de lo que ocurrirá, y creo que ya puedo leer la sorpresa en vuestros semblantes. Pero voy a guardarme los detalles, tal como harías tú, pues esta es mi noche, mía, y esta es mi cita, y he elegido yo el lugar. Nada te salvará de ahogarte cuando me cierna sobre ti. ¡Sí, te hablo a ti! ¡No te extrañes! Sólo tú puedes haberme arrancado palabras y actos así. ¡Qué me has hecho, tú, don del mar, tú, mi amo en el mundo de quienes habitan en el cielo! Posaré tu cabeza sobre mi pecho para que oigas decir a mi corazón todo lo que no podía decir antes.

Espero, vida mía, que te guste mi regalo y también nuestra cita.

Te quiere,

NANNA

Mi muro seguía resentido conmigo. No me ofrecía apoyo y no levantaba nunca un dedo salvo para acusarme y amenazarme. Mi muro detestaba a Nanna, y detestaba su octubre. Detestaba sus visitas cuando llegaba tarde y cuando venía temprano. Detestaba los olores que lo impregnaban; creo que Nanna lo hacía exprofeso. Detestaba las prendas que olvidaba en mi cama. Detestaba nuestras charlas matinales y también las nocturnas. El muro detestaba el continuo hilar de Nanna.

Detestaba mi absoluta preocupación por ella y cómo la echaba en falta cuando se iba temprano. Yo nunca le revelé a Nanna el odio que le profesaba mi muro. Creo que le dije justo lo contrario; ya no lo recuerdo. Mi muro detestaba el mes de Nanna que acababa de pasar, y empezó a detestar mi mes, que acababa de empezar.

Mi muro empezó de pronto a hablar conmigo.

–¿Desde cuándo son tan importantes para ti estos meses?

–¿Octubre, quieres decir, o noviembre?

–Deja de hacerte el listillo. Te conozco demasiado bien.

–Me parece que esa pregunta no tiene sentido.

–¡Al contrario! Te conozco, y conozco tus heridas. ¿Soy yo quien te las causó?

–¿Acaso no soy nada más que mis heridas?

–¿Eres algo más?

–¿Qué hay de Nanna?

–Si tu Nanna no es otra de tus heridas, ¿cómo es que huelo tu dolor?

–Creía que habías dejado de hablarme y de olerme.

–¿Quién ha dicho que te hablo?

–Entonces, ¿de quién es esta voz?

–Tuya.

Ni misericordia ni perdón. Mi muro ya no ofrecía lo uno ni lo otro. Era cruel y no escatimaba en modos de castigarme desde que había renunciado a él. ¡Ojalá nuestros muros tuvieran recuerdos como nuestros cuerpos!

Nos escribíamos mucho, Nanna y yo. Nos reuníamos, una y otra vez, a ambos lados de la mampara de cristal en nuestro pequeño rincón del mundo. Sonaba de fondo música de chelo, pero la música no me impedía oír los sollozos de Nanna, que la acompañaron todas y cada una de nuestras siguientes visitas. Nanna creía y confiaba en que la diosa Anat había bendecido nuestro compromiso. Veía cómo nuestra tierra y nuestro cielo florecían cuando el dios Baal descendía de lo alto del monte Carmelo y creaba un oasis al lado de nuestro pequeño rincón.

Creía y confiaba, y lloraba por su fe y su creencia. Nanna lloraba tanto que sus lágrimas se convirtieron en la compañía de todo lo que decíamos y hacíamos. Lágrimas antes de nosotros, y lágrimas después de nosotros. Lloraba cuando pronunciábamos palabras de amor y lloraba cuando guardábamos silencio. Nanna simplemente seguía llorando.

Las lágrimas de la ciudad

Sólo Dios tiene derecho a estar solo.

Proverbio turco

28 de diciembre de 2014

Nasser...

Las cosas que dijiste en tu última carta hicieron que mi mundo se pusiera a dar vueltas. Por fin has abandonado tu tono recatado. Qué feliz me hiciste con todo lo que describiste acerca de nuestros encuentros nocturnos, acerca de un mañana que nos unirá, y acerca de un cielo benéfico que nos contempla desde las alturas. ¡Dios esté contigo, Nasser! Me has hecho amar mi cuerpo aún más. No eres el único que puede vivir con estas ataduras y esta cadena perpetua, así que deja de usarlas para mantenerme a distancia. Han pasado a formar parte de mi existencia.

Todos los años, hago una lista de las cosas que espero que ocurran. Este año, he tachado la mayoría de las cosas de la lista porque has logrado que se hagan realidad. Lo único que queda es que tu pecho se convierta en mi almohada, y que tu rostro ilumine mis mañanas. ¿Por qué te contuviste de pronto en nuestro último encuentro nocturno? A veces necesito que te desinhibas. Tu precipitación me aturde. ¡Dios! Me da vueltas la cabeza. ¡Santo cielo, cómo me da vueltas!

31 de diciembre de 2014

El año toca a su fin. Un año que me trajo a ti después de que yo hubiera empezado a perder la fe en el amor. Ahlam Mostaghanemi tenía razón cuando dijo: «El amor llega a nosotros en el momento y en el lugar que menos esperamos». En 2015, te querré cada vez más. Pero por ahora, ¡perdóname! Tengo mucho trabajo en la oficina. Aunque ¡no te preocupes! Tu chica obra milagros... Volveré en cuanto pueda.

3 de enero de 2015

Hoy he llorado mucho. Es el aniversario de tu detención. He llorado tanto que mis padres se han preocupado. Lloro mucho últimamente, y a menudo sin razón aparente. Pero lo que tengo claro es que quiero que estés aquí conmigo. Sobre mi pecho, en mis ojos, por encima de todas mis preocupaciones y sufrimientos. ¿Cómo puede una persona querer tanto a otra? No lo sé, pero te quiero. Te quiero antes de las lágrimas y después.

¡Dios mío, cómo te quiero!

NANNA

Cuando nos hacemos una herida, gritamos, insultamos, nos enfadamos, maldecimos la facilidad con la que nos hacemos daño y, si la herida es profunda, perdemos sangre, maldecimos la fragilidad de nuestro cuerpo. Retrocedemos cuando el dolor se instala allí donde nos ha golpeado. El dolor invade todos nuestros órganos, incluso los sanos, en una especie de solidaridad engañosa que nos negamos a creer. No nos creemos que una parte pequeña de nosotros sea capaz de poner todo lo demás fuera de combate. Nuestras extremidades se paralizan cuando nos lesionamos el pecho. Y si un pie tropieza, nuestro pecho empieza a subir y a bajar. Nuestro espíritu se siente oprimido por las reivindicaciones de nuestro cuerpo y por las señales de fragilidad y debilitamiento que transmite y que le comprimen, cuando lo que le gustaría sería elevarse y girar sobre sí mismo. Y entonces es cuando lo insulta y se queda ahí escuchando sus gemidos sin creerle.

Las heridas del espíritu, no obstante, son absolutas y universales, tanto por el golpe recibido como por la hemorragia. La impotencia que provocan es absoluta. Son heridas que permanecen, no se mueven ni nos dan tregua para recuperar las fuerzas. Arraigan en lo más profundo de nosotros, como si hubieran estado allí desde el principio. Nos sentimos una herida, y no nos espera nada salvo otra herida. Esta herida no hace ningún ruido: ni gritos ni maldiciones que absorban toda nuestra ira y frustración. Nuestras reacciones corporales se bloquean, porque nuestro cuerpo no tiene nada que ver con las heridas que laceran el alma. Nuestra alma se encuentra oprimida en nuestros cuerpos y busca una vía de escape que le permita encontrar un espacio mayor en el que depositar su dolor. Y como no lo encuentra, cada vez se siente más oprimida, más atrapada. Así que lloramos.

–¿Por qué lloras?

–No lo sé.

–Yo creo que sí.

–No digas nada, por favor.

–Nanna, soy yo.

–Nasser, deja de alimentar mis lágrimas.

–Pero ¿cuándo vas a dejar de castigarme con ellas?

–No soy débil. No soy cobarde. No tengas miedo por mí.

–El amor no es una prueba de nuestras fuerzas, Nanna.

–Sólo quiero estar contigo. ¿Cómo puedes considerarlo debilidad?

–¿Cuándo te lo vas a creer?

–¿El qué?

–El poder de los mundos que hilas.

Se dice que nuestros cuerpos se refugian en el llanto cuando ya no pueden soportar el dolor. Yo no lo creo. No creo que nuestros cuerpos puedan realmente realizar un acto espiritual como el llanto, porque el llanto es un acto del espíritu, silencioso, profundo y fluido; al alma, cuando está muy herida, le da vergüenza gritar, insultar y reaccionar físicamente, sólo quiere un rincón donde instalarse, donde no haya manos que le tiendan, ni ojos que acudan a llorar con ella. Un rincón remoto que la observe desde lejos sin preguntas y al que le importen un comino las causas, un rincón al que no le importa si sana o muere, un rincón frío al que no le importa si el alma herida se pega a él durante una hora larga y húmeda.

–Nasser, yo...

–Eres el mundo que hilas, Nanna. Aquí está mi sangre, y aquí están sus hebras.

–Cada vez que salgo de este recoveco nuestro, es como si me abandonara el alma. Me ahogo y tengo miedo.

–Yo vuelvo a mi celda y te encuentro en mi cama. Has colgado la ropa sobre lo que antes era mi muro.

–Todo el mundo me dice que me distancie ahora, antes de involucrarme demasiado. Me ahogo y tengo miedo.

–Mi muro me ha abandonado. Dijo que lo traicioné cuando renuncié a él. Me culpa constantemente.

–Todos me dicen que esto no es posible. Y yo me enredo en lo que podría ser.

–Mi muro detesta que te hayas convertido en mi única oportunidad.

–¡Abrázame más fuerte!

–¿No ves que ya lo hago?

4 de abril de 2015

A Nasser, el alma de Nanna:

He oído hablar mucho de las almas gemelas. Siempre me había gustado esa idea, pero sólo ahora empiezo a entenderla. Siempre he querido un hombre que estuviera presente, y ahora me he enamorado de un hombre que está poderosamente presente, incluso cuando está ausente. ¿Quieres que huya de ti, Nasser? La única vez que hui de ti, fui a parar a tus brazos. ¡Déjame llegar más lejos y más hondo, mi otra mitad! Más allá de la asfixia, más allá del ahogamiento, quién sabe qué descubriremos tú y yo.

Soy consciente, querido, de que te provoqué mucha ansiedad cuando la situación se me fue de las manos y lloré. ¡Lo siento! Me sentía muy cerca, pero al mismo tiempo, lejísimos. Cuando salía de nuestro pequeño recoveco, tenía la sensación de estar volviendo a un mundo que no me entendía. Estar lejos de ti es muy doloroso, Nasser. ¿Por qué tengo que alejarme de ti una y otra vez? Sólo vivo durante las horas que paso contigo. Estas son lágrimas de amor. ¡Tienes que creerme! Sólo quiero estar rodeada de ti. ¡Ay, si supieras...!

18 de abril de 2015

Detesto este mes. ¡Ojalá se acabara! Las lágrimas nocturnas han vuelvo para reclamar mi cama... Lloro muchísimo. Lo único que querría es encontrarte acariciándome la cabeza y diciéndome que todo terminará pronto y estaremos juntos.

Te quiere,

Nanna

Nanna lloró durante todos los meses siguientes. Lloró por la mampara de cristal de nuestro rincón y lloró por nuestras cartas. Lloraba cuando escribía y lloraba cuando leía. Y lloraba aún más cuando hablábamos de amor. Cambiábamos de tema para evitar las lágrimas, pero cuando volvíamos al amor, ella se echaba a llorar otra vez. Nanna luchaba contra sus lágrimas, y aún con más fuerza cuando yo le mostraba la salida.

–Nanna, quiero que me prometas una cosa.

–Lo que tú quieras y más.

–Prométemelo, Nanna.

–¡Te lo prometo!

–Si lo que sientes por mí disminuye, aunque sólo sea un poco, ven y dímelo.

–¿Por qué dices eso?

–Porque no lo aceptaría, Nanna.

–No aceptarías, ¿el qué?

–Sentimientos a medias.

–Sé que mis lágrimas delatan mi debilidad. Pero tú eres el único a quien puedo mostrárselas sin pudor.

–No quiero que este amor se transforme en un monstruo que te haga llorar cada vez que nos vemos. No quiero que llores, Nanna.

–¿Qué monstruo, Nasser? Huyo de mis monstruos cuando vengo a ti.

–Pero ya no soporto tanto lloro.

–Voy a parar.

–Ya, pero ¿pararán las lágrimas?

–Me estás asustando, Nasser.

–¡Huye, Nanna! Vuelve con tus pequeños monstruos.

–Una vez me prometiste que nunca tomaríamos decisiones unilaterales, que decidiríamos nuestra suerte juntos.

–¡Huye ahora!

–No pensaba que ibas a desdecirte de tu promesa.

–Nanna, si alguna vez respiras sin mí, si estás más en ti en mi ausencia, si dejas de apoyarte en mi pecho, aunque sólo sea una sola vez, ven y dímelo.

–Te lo prometo.

Luché contra el miedo de Nanna en todos los idiomas que sabía. La vi huir de su miedo; incluso lo miraba por encima del hombro y le insultaba. Al menos, eso hacía cada vez que estaba conmigo. No decía cómo atormentaba sus horas y distorsionaba todos los planes que hilaba. Nanna, que ayer sólo hablaba de amor con palabras que yo nunca me cansaba de escuchar, se ahogaba ahora en sus lágrimas después de que el miedo hubiera llegado para colmar los inmensos espacios de su universo.

Nanna se esforzaba por disimular su miedo, pero siempre estaba ahí. Dominaba todos nuestros encuentros y todas nuestras cartas. Nanna lloraba entre las líneas y los márgenes del papel. El miedo se erguía a ambos lados de nuestro muro de cristal. Ella llegaba antes que yo al huequecito en el cristal si me acercaba a besarla. Con lágrimas en los ojos, Nanna mostraba su anhelo, su soledad y su espera. Aguardábamos hasta que las lágrimas nos daban tregua, o prestaban atención a alguna otra cosa, para poder examinar nuestros sentimientos lejos del terror que nos infundían. Giraban a nuestro alrededor sin emitir sonido alguno que recordasen nuestra presencia. Susurrábamos, gesticulábamos, hablábamos con los ojos.

Las lágrimas colmaban hasta el último espacio vacío de la sala. Si íbamos demasiado despacio o llegábamos tarde, ahí estaban, listas, antes que nosotros, se ponían su manto negro y ocupaban todo el espacio posible, heraldos de un cielo colmado de nubes que anunciaban posibles aguaceros. Habían puesto la mesa del comedor, comido nuestro pan antes que nosotros, reducido el contenido de azúcar de nuestros besos. Se sentaban entre nosotros sin vergüenza; estaban estropeando el maquillaje que le había costado a Nanna una hora frente al espejo. Y cuando toda esa agua de repente se convirtió en una carga, los ángeles del cielo huyeron de la cara de Nanna, se lavaron la sal que casi les quemaba en el cuerpo, se vistieron y se sentaron a servir junto al fuego que me desgarraba. La violonchelista se quitó el vestido rojo que nunca había dejado de provocarme inútilmente y se puso una túnica negra más adecuada para la ocasión.

Las lágrimas cambiaron los rasgos de nuestro pequeño rincón del mundo, como habían cambiado el nuestro, el mío, el de Nanna. Cuando Nanna lloraba ya no teníamos buenas noticias que intercambiar. Las lágrimas son el alma que sangra, y yo tenía que sentarme a verla sangrar. Maldecía nuestro rincón cada vez más angosto, tanto que casi me asfixiaba. Seguía maldiciendo mi recoveco hasta que llegaba el momento en que todo se detenía, incluso mis maldiciones. Entonces era yo el que lloraba.

Entre nuestras lágrimas y nuestras palabras de amor, entre docenas de cartas y numerosos encuentros en nuestro pequeño rincón, Nanna decidió, después de pedirme consejo, aceptar un nuevo empleo para el que tendría que mudarse a uno de los barrios de la Jerusalén ocupada.

–Este nuevo empleo me permitirá adquirir una mayor conciencia de quien soy.

–Me alegro por ti, Nanna.

–Pero hay otra cosa, y no quiero que te molestes.

–¿De qué se trata?

–Es posible que no pueda verte más de una vez al mes.

–Eso no me importa. Me molestaría más que no fueras consciente de quién eres en tu trabajo.

–¿Lo dices en serio?

–¿De verdad me lo preguntas?

–Sabía que lo entenderías, pero me ha parecido que debía decírtelo.

–No existe ni lugar ni tiempo para quien habita en el cielo, Nanna. Sólo tú y yo.

–En todo momento y todo lugar, ¿verdad?

–Exacto.

–Estoy muy emocionada. ¡Es Jerusalén!

–Una ciudad que vela por una ciudad, eso es lo que eres.

–Cuánto te quiero, Nasser.

–¡Ojalá mi amor y yo fuéramos suficientes para ti, Nanna!

–Más que suficiente, si me amas como la amas a ella.

–¿A ella?

–Tu Jerusalén. Tu ciudad.

A su debido tiempo, encontré un modo de gestionar la interminable espera de mi madre, la cual, con sus preguntas era capaz de hacer tambalear el equilibrio que cualquier preso había afianzado entre sus cuatro paredes durante tantos años. Había sido poco misericordiosa conmigo hasta que, le gustara o no, hubo practicado el arte de esperar, y hubo aprendido a engañar la espera, a ella y a mí. Nanna me llevó de vuelta a ese camino, que tuve que aprender de nuevo, porque la espera adquirió colores y formas cada vez más complejas e intrincadas, y nada en mi experiencia con mi madre me había preparado para el dolor que sentí. Nanna vio en mí el comienzo de su viaje, mientras que yo veía en ella la culminación del mío. Si ella pensaba que había llegado, sencillamente era porque confundía el significado de la palabra. Me buscaba en la otra mitad de la cama, y lloraba.

Cuando llegamos, ponemos clavos en la línea de meta y en ella colgamos nuestras preguntas y nuestros deseos. Cuando llegamos se acaba la inspiración. Cuando llegamos nos desprendemos de la ropa, las cartas, los álbumes de fotos y los recuerdos de nuestro viaje, y los colgamos de las paredes y el techo. Rompemos los pasaportes, pues ya no nos atañen fronteras ni puentes. El tren ya no se detiene en nuestras estaciones;

ya no estamos allí. Ahora sólo lanza un breve silbido a su paso por si queremos elevar una plegaria para que los pasajeros lleguen sanos y salvos a su destino.

¡Qué maravilloso es llegar! Despedirnos por fin de nuestra espera, decirle adiós sin desear un nuevo encuentro, sin una última taza de café para recordar los viejos tiempos. Qué maravilloso es llegar, cuando esa llegada no da señales de expirar. Una llegada que trae un «yo» único, singular y sin parangón, el «yo» exclusivo y definitivo. El «yo» de satisfacción, aceptación y abandono, un «yo» listo para recibir a otro «yo», también único y completo, que viene a buscar el «yo» que será su compañero a la llegada.

Nanna seguía con su espera y su llanto, mientras que yo seguía sintiendo que había llegado. Le escribí acerca de mi propia espera, y cómo le dirigí mis últimas palabras, le ayudé a llevar el equipaje y la dejé atrás un verano bajo un árbol que apenas daba sombra.

6 de julio de 2015, 6.05 de la tarde

¡Saludos, amor mío, vida mía!

Esta es la primera carta que te escribo desde mi cuarto en Jerusalén. Ayer domingo fue el primer día en mi nuevo empleo. Mis colegas me dieron una cálida bienvenida. Al principio, la idea de venir aquí me asustó. Me di cuenta enseguida de que estaba muy nerviosa, y era exagerado. Desde aquí Belén está mucho más cerca... Me llegó tu carta, con el poema que estaba esperando. ¿Cómo puedo expresarte mis sentimientos? Ahora, después de leerla, ¿cómo desdecirme de mi afirmación de que el poema de Darwish, «Espérala», es el poema más hermoso que se ha escrito jamás sobre el amor? Tu poema es lo más increíble que he leído nunca. Pero ¿por qué diablos he tenido que esperar tanto tiempo para descubrir que lo más hermoso que se ha escrito sobre el amor ha sido escrito para mí? ¿Cómo no iba a ser la persona más afortunada del mundo cuando me he convertido en tu poema? Tú eres mi amado, eres lo único que deseo y quiero... ¡Ay, cómo te amo!

28 de julio de 2015

También escribiste: «Llevas una túnica hecha de nubes. Los profetas redactan el contrato matrimonial, con los ángeles como testigos. Hamza, mi amigo asesinado, te lleva por el pasillo hasta mí, junto con toda una congregación de testigos». Eso es lo que necesitaba oír. Lloré mucho ayer, pero hoy me siento mejor que nunca. Gracias, amor mío.

En mi nuevo trabajo, estoy descubriendo más cosas acerca del sufrimiento de la gente por causa de la Ocupación. Sé que estás orgulloso de lo que hago, pero te prometo que me esforzaré más aún para merecer tu confianza en mí. Antes preferiría morir que permanecer indiferente, y aquí está la muerte, rodeándonos por todas partes y hostigándonos. Todos nuestros actos quedan paralizados por una sensación de impotencia. Pero tú y yo nos impondremos a todo ello. Esta es mi promesa. Esta es mi religión. Gracias por facilitarme el cambio, por no preocuparme por lo mucho que te ha costado. Gracias por ser la compañía que le das a mi soledad, cuando vuelve para vivir a mi lado. Esta ciudad nos provoca una sensación extraña... Ojalá pudiera explicarla para dejar constancia de ella en esta carta.

NANNA (en Jerusalén, que te quiere y te espera)

Toda mujer es una ciudad, con una historia próxima o remota, con sus victorias y derrotas, con los nombres de sus fundadores y conquistadores y con todos aquellos que llegaron con intenciones diversas y sin ser invitados, con sus amantes, con los que la desean, y con los poetas que escriben poemas y prosa sobre ella. Tiene piedras que preservan antiguos recuerdos. Tiene calles en las que todavía resuena el eco de las voces de quienes pasaron por allí. Tiene callejuelas que fueron testigo de los besos robados del amor juvenil. Tiene sus puertas y sus llaves, que sólo entrega a aquellos en quienes ha llegado a confiar. Tiene secretos, profundamente enterrados. Lleva las señales de quienes desesperaron después de que sus altos muros rechazaran una y otra vez sus torpes acometidas. También tiene a otros en cuyas camas cayó cuando clavaron sus banderas triunfantes en su cuerpo.

Toda mujer es una ciudad. Entramos en ella, y nuestras primeras impresiones determinan si volveremos por segunda vez. Si esta ciudad provoca nuestra curiosidad... si tiene algo que ofrecer más allá de escaparates, bares y librerías... Si sus aguas nos permiten nadar desnudos sin ser objeto de miradas de desaprobación... Si no se aparta cuando flirteamos con descaro... Si escucha sin interrumpir y sin lanzar miradas disimuladas al reloj. Si se enamora de nosotros sin que le preocupe en absoluto nuestra edad o cuánto tiempo vayamos a residir en su interior... Si impregna nuestra ropa con una insinuación de su perfume... Entonces volvemos por segunda y tercera vez. Nos enamoramos de ella y habitamos en una de sus galerías con vistas a nosotros mismos.

Toda mujer es una ciudad, y todo hombre tiene una ciudad en la que vive, ya sea en su corazón o en las afueras. En su perfección, Nanna se convirtió en una ciudad. Se convirtió en mi pueblo. Se convirtió en un campo de refugiados.

–¡Todo en la ciudad me corteja, Nasser!

–¿Se supone que debo estar celoso?

–¡Es posible!

–¿Acerca de qué? ¿De sus piedras o de su santidad?

–De sus hombres.

–¡Ah!, ¿de todos o sólo de uno?

–Lo dices como si no te importara.
–Al contrario, me importa mucho.
–¿Qué quieres decir?
–Quiero que todos te cortejen.
–¿Y después?
–Y después me gustaría ser el único a quien cortejes.
–¡Qué cabrón!
–¡Me has pillado!
–¿Vendrás a mí esta noche? ¿Te espero?
–Iré si me invitas, y si crees que estoy allí.
–Lo creo, aunque ojalá vinieras y te quedaras.
–Bien, entonces iré, pero no llores.
–Eso no te lo prometo.

¡Qué extraña es esta Jerusalén nuestra! Cuántos han muerto por ella, dejando atrás a sus hijos, sus esposas y sus traiciones. Vinieron de más allá del sol, a lomos de la luna y las estrellas. Uno viene a colonizar, otro viene a conquistar y un tercero llega allí con un mandato. Entran sin preguntar a la gente si necesitan ser conquistados, protegidos o disciplinados. Sencillamente entran, sin la menor consideración por las culturas, sociedades o religiones de los antiguos barrios.

La persiguen de todas las maneras posibles. El colono empieza flirteando y ofreciendo regalitos que no supongan una carga excesiva para su bolsillo. Pronuncia palabras de amor sin creérselas demasiado. Le quita la ropa, la desnuda con calma, sin brutalidad, hace lo que tiene que hacer y luego se viste y le pide perdón a su Señor con largas plegarias.

El conquistador prescinde de prolegómenos. No flirtea, pues ella ignora su alfabeto. No ofrece regalos, por modestos que sean, sino que los guarda para otra que igual es más hermosa. Tiene prisa. Le traen sin cuidado sus ropas, que tanto tardó ella en bordar: se las arranca y le magrea el pecho sin miramientos. La monta como un animal. A medida que él gime cada vez más fuerte, su silencio le provoca, y se pone más brusco incluso, en busca de un grito que le devuelva el sentido de su propia virilidad. La ciudad llora, y él se lleva sus lágrimas como compensación del grito que no llegó a emitir.

El tercero, sin embargo, llega con paso vacilante. No sabe si presentarse con un regalo o con un breve discurso sobre el amor. ¿Debería cortejarla o, si lo hace, ella podría pensar que su flirteo es una imprudencia? Avanza. Retrocede. Se sienta a su lado. Atento a su reacción, extiende la mano para tocarle el seno derecho. La falta de expresión en su rostro lo anima, así que la besa en la boca antes de apartarse rápidamente. Extiende la otra mano, sondea más a fondo. No hay ningún cambio. No logra descifrarla ni entenderla, y se le acaba la paciencia. Como siempre hacen los hombres, empieza a quitarle poco a poco la ropa. Ella le ayuda, acortando el momento un minuto, o medio minuto. Hace lo que tiene que hacer. Vuelve a vestirse, omite ciertos detalles, pues de pronto recuerda que ha dejado a sus hijos en casa sin nadie que los cuide.

Todos murieron. Todavía quedan lápidas de algunos de ellos, con nombres, fecha de nacimiento y las circunstancias de su muerte. Monumentos así no hacen sino exagerar la insignificancia de sus actos y sus logros. Para otros no hay nada que perpetúe la memoria, ni de su persona ni de su nacimiento, ningún signo que nos indique sus tumbas porque sólo se mencionan en unos pocos libros de dudosa autenticidad. Todos murieron: los que cortejaron, los que brutalizaron, y los que vacilaron. Una vez se fueron, ella se quedó a recoger su ropa. Dejó de llorar, se curó de las heridas que le infligieron, y los olvidó rápidamente. Se durmió y despertó a nuevas posibilidades. Se preparó el desayuno, y rezó para que la próxima persona que llegase mereciera la pena posponer el desayuno una hora.

No fue un día como los otros

Viernes 28 de agosto de 2015

Hola. Leí lo que escribiste: «Así serán nuestras vidas cuando mis oraciones se hagan realidad». Al leerlo, te odié, me odié a mí misma y odié tus cartas. ¿Eso es todo lo que tienes que decir después de haber estado lejos de nuestro recoveco casi cuarenta días? ¿Soy ahora la única que se aferra estúpidamente a nuestra fe en que pronto estaremos juntos y culminaremos nuestra unión? ¿Por qué dudas de lo único en lo que yo creo?

Intento entender tu reticencia a hablar de nuestro futuro común, entender tu miedo a las decepciones y los reveses. Pero eso sólo me hace sentir más sola que nunca. Puedo soportarlo todo salvo la idea de que no vayamos a estar juntos. Te quiero, pese a todo este mundo, incluso si nos sume en una guerra de desgaste... Nos vemos mañana, y no sé dónde tendré la cabeza cuando vaya.

NANNA

5 de septiembre de 2015

Saludos, vida mía...

Se me hizo un nudo en el estómago cuando el soldado abrió tu puerta. Era como si fuera a verte por primera vez. Esta visita te valió el perdón de los pecados de tu última carta. Me miraste como siempre, pero esta vez las cosas eran distintas. Me has sido otorgado por Dios como compensación por todos los deseos que me había negado... Abandoné nuestro recoveco con el deseo de abrazar el universo y algunas de sus criaturas. Gracias, amor mío. Te disculpas por mi última carta y por las lágrimas que derramé al final de nuestro encuentro. Cuando me miraste, todos tus movimientos me parecieron una especie de amenaza. Nunca me había sentido tan confusa contigo. ¿Cómo pueden el tiempo y el espacio contener semejante significado? ¿Y los cuerpos? La confusión nunca me deja indemne y volveré a ese momento para revivirlo, tantas veces como quiera. Me asombra tu increíble capacidad de abrumarme sea cual sea la distancia que nos separa.

Te quiere,

NANNA

Octubre de 2015. Al principio parecía una mañana cualquiera, como la mañana anterior y la que vendría después. Abrí los ojos, y Nanna fue lo primero que vi. Aún tenía las señales de la noche que pasamos juntos. Primero la saludé tal como le gusta a ella, luego me aseguré de que no se sintiese mal y le pedí disculpas –aunque no muy convencido– por haberme dejado llevar por la pasión. Me puse un momento frente al espejo para quitarme las manchas de pintalabios que me dejó Nanna: no puedo arriesgarme a llamar la atención de mis compañeros con alguna señal sospechosa, pues no soportaría las miradas y seguramente las preguntas indiscretas que suscitaría. Nanna se tomó su tiempo y, como siempre, no tenía prisa en vestirse ni lavarse la cara. No había nadie allí, aparte del muro y yo que pudiese emocionarse ante las particularidades de aquel espectáculo matutino, nadie que pudiera verlo. Nanna estaba sumamente tranquila, incluso exageraba un poco. Era como una especie de provocación, un modo de decir lo difícil que le resultaba empezar la mañana sin una taza de café que la espabilara. Me puse a preparar café mientras Nanna se vestía. La escena no era menos letal que antes. Hablaba, y nadie salvo el muro y yo la oíamos.

–Café amargo..., claro.

–¿Es bueno el café si no es amargo?

–Un poco de azúcar no te vendría mal.

–En esto creo que estamos de acuerdo.

–Igual necesitaba que me lo recordaras.

–Dijimos que lo endulzaríamos con besos.

–¿Eso dijimos?

–Sé que lo recuerdas perfectamente.

–Entonces, ¿es una invitación?

–Si quieres que lo sea...

–¡Qué rara es tu historia con el café!

–¿Es eso un no?

–Al contrario: un clamoroso, largo, enorme y extenuante sí.

–Y dulce.

–También amargo.

El café, con su intensidad, recuerda un poco a Oriente. No acepta medias tintas. Si quiere ser amargo, no le hace gracia que adoptemos alguna postura neutral que eluda su amargura. Es posible que maldigamos nuestra neutralidad al descubrir, demasiado tarde, la dulzura que echamos de menos en su sabor. El café nos involucra de alguna manera, es como una especie de ruleta rusa: no sabemos qué nos espera con el primer sorbo, ni qué vendrá luego. Puede pasar cualquier cosa, absolutamente cualquier cosa.

Antes del café, podemos definir nuestro estado de ánimo. Sabemos dónde estamos, qué suelo pisamos, cómo están dispuestas las nubes en el cielo que se ciernen sobre nosotros, reconocemos el reflejo de la mañana en el espejo, los de nuestros compañeros y de los objetos inanimados que nos rodean. Incluso podemos distinguir nuestro propio rostro en medio de muchos otros sin confundirnos. Antes del café, sabemos muy bien lo que sentimos y experimentamos. El café, sin embargo, puede contagiarte de humor, catapultarte desde el lugar y el tiempo en el que te encuentras a una dimensión espacio-temporal que te deja sin palabras. Puede hacer que reconsideres el juicio que hiciste a la mañana que te acogió. Reconsiderar tu apariencia incluso si acabas de terminar de arreglarte adecuadamente cuando estabas seguro de que te veías bien, puede incrementar o reducir tu satisfacción y tu confianza.

El café tiene una postura clara con respecto a ti, a tus preguntas y puntos de vista. No te creas su aroma inicial. Prepárate para sorpresas inesperadas después de probarlo. Asegúrate de no depender de él si eres de los que les gustan las rutinas, pues te darás cuenta de que el café no es una rutina redentora. O si eres débil de corazón, todo ese exceso de amargura podría matarte. O si eres un prisionero, sabrás que tu día no puede empezar sin un café que te despierte.

Nuestro segundo octubre llegó enseguida. Llegó justo ayer. Una vez más las lágrimas de Nanna fueron el prólogo de todo lo que decíamos o escribíamos. Su llanto era intenso; también lo era mi impotencia. Le abrí una puerta para que huyera. Ella se enfadó y lloró de impotencia. Le pedí mil disculpas por mi incapacidad. Nanna me perdonó y las rehusó. Me disculpé por octubre, pero ella empezó a bendecirlo y a abrazarme, así que escribí un poema sobre el mes.

Octubre, tú...

Octubre ha llegado: no le cierres la puerta de la cárcel en las narices.
Octubre
es la sangre que derraman las nubes, es un pecho que gotea
promesas y esperanzas.

Octubre ha vuelto, así que límpiate el polvo tribal y la tiranía
de los coraichita. Octubre es el señor de los mensajes divinos.
Octubre
son historias y relatos.

Octubre son los Diez Mandamientos y la escalera al cielo de
los amantes.
Octubre es un pedazo de pan, una visita a la cárcel
que se repite una y otra vez.

Octubre es la cara de mi amada, su pelo suelto en mi hombro,
octubre
es el llanto de quienes se separan para siempre… ¿Es cierto que
las mariposas lloran?

Octubre es la vida de mi amada: veinte besos, y otros ocho.
Octubre es mi alfabeto cuando dibujo su boca
sin decir palabra alguna.

Octubre es un vestido cosido por mi madre, un bañador, la
nostalgia
de la playa y los granos de arena que arden en
miradas robadas.

Octubre es el agua que nutre la tierra y las semillas de amor
que albergan en nuestro interior, octubre
es la alegría inmensa de un abuelo cuyas arrugas y canciones
son higos que iluminan su rostro.

Octubre es una copa y yo y Nanna estamos de pie en su
borde.
Octubre
es el vestido de una nube, sola en el cielo, nadando desnuda
entre las sombras del atardecer.

Octubre es la piedra negra en torno a la que giro.
Octubre,
la hermosa danza de los peregrinos entre las colinas de Safa y
Marwa, octubre
es el último milagro.

Octubre es un cartero que duerme en su sueño, octubre
sobrevuela tu amanecer.
Octubre dice: «Soy un siervo, y soy tu señor, y soy
el que escribe tus cartas».

Octubre es la sonrisa de una niña en una foto que he colgado
en mi muro, y que
ilumina mis días. No hay necesidad de sol en medio
de un frenesí de besos.

Octubre es ahogarse en el perfume de su pañuelo, es el
terremoto sobre
mi pecho cuando respiro, octubre es nuestro vuelo cuando cae
la noche,
nuestra alianza con las estrellas.

¡Octubre, quédate! Después de ti, no tengo vida; ni hay vida
en mi vida
antes de ti… Octubre, habla de ella y de mí, octubre,
tu silencio no soporta sonido alguno.

Octubre es la pregunta de mi amada sobre amores pasados.
¿Intercederá
octubre por mí para que muera en los confines de su rostro,
la más codiciada de las tumbas?

Es el cumpleaños de Nanna. Nuestro pequeño rincón está listo, y aguardo su llegada. He traído el poema que escribí para susurrárselo. La violonchelista me ha sorprendido hoy con música optimista, aunque iba vestida de negro otra vez, así que supongo que es un optimismo con reservas. Ha llegado Nanna. Lleva un vestido nuevo que acentúa todos sus encantos. Nanna es capaz de convertir cualquier vestido que se ponga en una historia. Aun así, ella es más bonita que cualquier vestido, más bonita que cualquier historia.

–¡Feliz cumpleaños!

–Gracias, amor mío.

–Otro año más, Nanna.

–Entonces, ¿por qué me siento tan vieja?

–¿No me digas que los años aún te asustan?

–¡Mucho!

–Sólo somos tan viejos como nos sintamos, Nanna.

–Eso no me consuela.

–Entonces, ¿qué te consolaría?

–Que salieras de este lugar.

Saqué el poema que con tanto cuidado había escondido del guardia, de Nanna, de la violonchelista con vestido negro, y empecé a recitárselo. Leí un verso, quizá más. Quizá incluso la mitad del poema. Ya no me acuerdo. Cuando levanté los ojos para mirar a Nanna, ya no estaba. Se había caído de la silla.

Nanna había caído fuera del alcance de mis manos y mis dedos. Había caído en un abismo que mi cuerpo terrenal, aquel cuerpo que ella había tejido con sus propias manos, no podía alcanzar. ¿Cómo una herida podía lacerar un alma tan profundamente? ¿Hacerla caer de su gran altura, de su techo, de sus muros?

Me recuperé del sobresalto y vi a Nanna ahogándose en un mar de lágrimas. Nunca la había visto llorar así. El sonido de sus sollozos mataba cualquier forma de vida. Todo lo que podía ver de su rostro era llanto. Se me cayó la hoja de papel de las manos. «Octubre» cayó, amarillo y aleteante, como las hojas de los árboles que no nos compadecen cuando caen y mueren. Todo sonido guardó silencio; incluso la música de chelo cesó. Las lágrimas de Nanna cubrieron ese espacio, llenaron ese momento en el tiempo. Ella intentó contenerlas; por cariño hacia mí, pensé. Pero nada podía reprimir sus lágrimas. Brotaban de sus ojos hasta que no quedó tierra seca sobre la que poner los pies en nuestro rincón. Lloraban sus ojos. Toda su cara lloraba. Su pecho, el lugar en el que posaría mi cabeza, también lloraba. Nanna lloraba con todas las partes de su cuerpo. Nanna era un milagro incluso en su llanto.

De pronto me puse en pie. Empecé a caminar en círculo por nuestro rincón, que se había cerrado sobre mí. Andaba en todas direcciones. Me cubrí la cara con las manos. Mis manos se desprendieron de los muros, y anduve sin dirección. Oí a Nanna llorar, gritando mi nombre entre lágrimas, pero no contesté. Gritó de nuevo, más fuerte. Una vez más, me cubrí la cara con las manos, profundas y húmedas. Nanna dejó de llorar y empezó a golpear la mampara de cristal que había entre nosotros. Volvió a gritar mi nombre.

Recuperé la voz.

–Todo esto tiene que acabar, aquí y ahora.

–¡No va a acabar nada!

–¡Ya no puedo soportar cómo te torturo!

–Ya estoy bien.

–Esta sala acabará contigo, Nanna.

–Si me dejas moriré, Nasser.

–Vas a irte de este lugar ahora mismo, y no vas a volver. Eso vas a hacer.

–Ni pensarlo.

–Mírate. Mírame. ¿Es esto lo que quieres?

–¡No quiero nada más!

–Estas son mis ataduras, Nanna. Esta es mi cadena perpetua. Esta es mi mano, incapaz de enjugar las lágrimas de tu rostro.

–No necesito que lo hagas. Sólo ha sido un momento, y ya ha pasado. Necesitaba esa caída.

Después de ese encuentro con Nanna, volví a tientas a mi celda. Por el camino, los muros emitían sonidos extraños y aterradores y se juntaban hasta casi tocarse. El aire que respiraba me obstruía los pulmones. Mis cadenas estaban tan candentes que relucían. El soldado que me escoltaba se convirtió en un pelotón de fusilamiento, que me apuntaba al pecho con sus rifles, pero de haber apretado el gatillo, el pelotón habría matado a un hombre que ya estaba muerto. El camino a mi celda era interminable. Arrastré el cuerpo como quien carga con su propio cadáver, recién asesinado.

Nanna era visible detrás de cada uno de los muros angostos, transparentes. Detrás del primero, lloraba sin cesar. Maldecía mi ausencia, y no creía mis mentiras cuando le decía que yo estaba aquí con ella. Aquí hilaba una historia sobre su futuro y el mío. Allí, se sentaba en la cama, no encontraba nada sobre lo que escribir y lanzaba las hojas estrujadas a la otra punta de la sala. Al otro lado del muro, Nanna añade un detalle importante a la trama que está tejiendo. Se había acuartelado detrás de cada uno de los muros que me circundaban. Ellos me mostraban su imagen, en color y más grande que la vida misma. Veía a Nanna sola, y veía su soledad. Veía cómo se defendía de las preguntas de sus amigas. Veía cómo se refugiaba en su cuarto cuando una de ellas contaba una cita reciente que había tenido; veía cómo huía de otra amiga que hablaba de su embarazo y de cómo había dado a luz. La veía esconderse de su padre, y mentir cuando sus preguntas la incomodaban.

Vi a la Nanna débil y a la Nanna fuerte. Pero su soledad era siempre insoportable. Grité hacia lo más recóndito de su corazón, pero ella no me oía, ni siquiera se volvió. La llamé por todos sus nombres, la llamé más fuerte, tan fuerte que temí que los vecinos montaran un escándalo. Salté por la ventana, volé por encima de los fusiles de los soldados, recorrí un largo camino, me abrí paso por pueblos que antaño fueron nuestros, nadé en una noche sagrada, suave y apacible a pesar de la brutalidad de la situación. Su barrio seguía despierto, sus vecinos debían preguntarse quién era ese ladrón de ahí fuera. Me quedé un rato frente a su casa, y luego frente a su puerta, creo que sangraba de tanto golpearla. Pero Nanna no podía oírme. Y así, dejando de lado los imperativos religiosos y éticos, entré en la casa sin permiso. Llegué hasta su cuarto, frente a la cama. Nanna no se dio cuenta, no prestó atención. Me senté en el borde de la cama y grité: «¡Nanna! ¡Estoy aquí!», pero ella no me vio. No me oyó. Siguió sin oírme ni verme, y yo seguí escabulléndome de la cárcel todas las noches por si acaso Nanna se daba cuenta finalmente de que yo estaba allí con ella.

31 de octubre de 2015

Fue una visita maravillosa. Pese a todo. Me encantó, y te quise aún más. Me encantó enseñarte el vestido que me habías regalado… Quiero que entiendas por qué me derrumbé, y no quiero que mis lágrimas vuelvan a hacerte nunca algo así. ¡Ojalá te hubieras visto, Nasser! Nunca imaginé que te vería así. Sé que te resultó difícil, y eso sólo demuestra lo afortunada que soy de tenerte. No soy débil, Nasser. No, soy muy fuerte. Pero sigo siendo un ser humano que sufre y siente dolor, que a veces es frágil y a veces es fuerte. Ninguno de mis conocidos es capaz de entender lo que nos mantiene unidos. Hablar con ellos me resulta difícil. A veces, necesito derrumbarme y llorar delante de alguien que no me acribille con preguntas acerca de por qué, y cómo y cuánto tiempo. Pero no hay nadie. Así que acudo a ti, y me derrumbo contigo… Dices que necesito un hombro en el que apoyarme. ¡Sí, eso es justo lo que necesito! Pero el tuyo es el único que encuentro. Así que no seas injusto y no me propongas alternativas que no tienen ningún sentido. Déjame expresarme plenamente, sin necesidad de ocultar nada. Lo único que pido, Nasser, es que no busques soluciones. La única solución es que salgas de la cárcel y que podamos soportar mejor la espera.

¡Pasa conmigo esta noche!

Nanna

El miedo por Nanna me abrumó. Un miedo que nunca antes había sentido y que me acosaba con acusaciones, un miedo que me castigaba sin piedad ni compasión. Un miedo que todas las mañanas me esperaba en la puerta para acribillarme con preguntas que lo habían mantenido desvelado toda la noche. Empezaba por la más cruel: ¿qué haces aquí? Es uno de estos miedos que no pierde el tiempo. Aspira a matarte de inmediato. ¿Qué hago aquí? Un miedo del que me alejé hace un cuarto de siglo, cuando me despedí de este mundo, y en todo ese tiempo, no ocurrió nada que lo reavivara. ¿Qué hago aquí, cuando Nanna está allí, me necesita y llora de dolor en mi ausencia? ¿Qué hago aquí? Yo no pertenezco a este espacio enclaustrado, no es mi lugar. Estos no son mis muros. Entonces, ¿a qué viene tanto aferrarse? ¿Es mío este techo? ¿Qué ha hecho con todos mis dibujos? ¿Por qué me amenaza con aplastarme? ¿Qué hago aquí con todo este hierro en mi cuerpo? ¿Qué ha provocado que mi habitación sea tan pequeña y estrecha como una celda de prisión? ¿Por qué está la puerta cerrada con llave? ¿Qué hacen aquí todos estos otros cuerpos?

Estoy allí, ayudando a Nanna a preparar nuestro desayuno después de haber tomado el café, endulzado como nos gusta. Estoy allí con Nanna, desayunando mientras hacemos planes para el día. Eso es lo que Nanna necesita. Eso es lo que espera de mí. Le prometí estar preparado para ayudarla de la manera que fuese. Nanna quiere que la bese, tanto antes de dormir como después, y lo haré. Quiere que la ayude a acostar a nuestra hija Salma y a despertarla por la mañana, y lo haré. Así que, ¿qué hago aquí? ¿Por qué empiezo a creer que los años son largos, que mis cadenas son resistentes y que mi vida es una cadena perpetua?

–¿Estás bien?

–¿No lo parezco?

–Deja de responder a mis preguntas con otra pregunta.

–Estoy bien y te quiero cada día más.

–Nasser, estamos bien, ¿verdad?

–Eres el centro de esta existencia. Todos mis planetas y yo orbitamos a tu alrededor. Así que decide tú cómo estamos.

–Ahora estoy bien, en un lugar seguro y a salvo. No quiero que te preocupes por mí.

–Me moriría si te ocurriera algo, Nanna.

–Y yo no tengo vida salvo contigo. Eres todo lo que necesito, y sin ti, nada es suficiente.

¡Oh, muro mío!

El hombre libre es libre en todos los casos.
Si le ocurre una calamidad, puede soportarla;
si se ensañan con él las dificultades, no se derrumba;
tampoco si se ve quebrantado y derrotado, y cambiará en bienestar el tormento...

IMAM YÁ'FAR AL-SÁDIQ
(765 de la era común)

Las preguntas eran cada día más acuciantes. No había ningún lugar donde pudiera escapar de ellas. Es aterrador cuando el miedo es circular, cuando no tienes rincones apartados y bien definidos donde poder aislarte para tranquilizarte un poco, para recuperar el aliento. Mi miedo era perfectamente redondo, y aun así no era suficiente, de hecho, se volvía aún más redondo tras cada visita que me ponía en contacto directo con el llanto de Nanna, con su soledad y su espera. El miedo circunscribía todo mi entorno, rodeaba mis paredes y mi celda, rodeaba mi cama y mi tiempo de aire, incluso rodeaba mis oraciones y mis súplicas.

Cuando Nanna dejaba de llorar, tenía mucho que decir sobre el amor. Nanna hilaba elocuentes palabras sobre el amor siempre que se encontraba de buen humor, estaba en sintonía con sus emociones y no le daba por preguntar. Cuando llegaba a nuestro recoveco, iluminaba todos los rincones oscuros de las celdas por las que pasaba, aunque las puertas estuvieran cerradas para que no les diera el sol. Cuando se sentaba en la silla blanca, intentaba no caerse y eludir mi mirada para que yo no viera su vergüenza y su miedo. Cuando hablaba, lo hacía largo y tendido sobre los particulares de sus largas jornadas, de su trabajo y de cuánto dolor se escondía en las causas que defendía. De vez en cuando, yo la interrumpía con unas palabras tiernas, y ella se azoraba y casi se echaba a llorar. Cuando yo callaba, ella retomaba la conversación.

6 de noviembre de 2015

Mi alma:

¡Qué feliz soy! Las cartas que me llegaron, y la visita que vino después, me han transformado en una bomba de energía. Cuando poso la cabeza en tu pecho, Nasser, creo que escribiré la historia de mi regreso a mi pueblo robado. Todo tú eres imposible. ¿Quién además de ti podría hacer sentir a una mujer los contornos de su vientre con sólo mencionar los hijos que le dará? ¿De verdad, los sueños se hacen realidad?

7 de noviembre de 2015

Hoy hemos recibido la noticia de la muerte de Djamila Bouhired, una gran luchadora cuyo espíritu de sacrificio por la causa argelina contribuyó a la liberación del país.* Y me acuerdo de que no tuve el coraje suficiente para preguntarte qué torturas sufriste, temía no ser capaz de soportar la crudeza de los detalles... En mi trabajo, a menudo nos ocupamos de casos de tortura, y los detalles son siempre muy dolorosos. Esta Ocupación no

* En noviembre de 2015, corrieron falsos rumores sobre la muerte de Bouhired. *(N. del T.)*

tiene religión. Pero tú, Nasser, tú eres mi religión. Aun así, ¡qué reales son los dolores!

8 de enero de 2016

Ya te conté que empecé el año con muy mal pie. ¡Pero eso se ha acabado! Recibí las fotografías que me enviaste. Gracias, querido mío, por crear este momento para mí. Cualquier fotografía tuya es una obra de arte, y sé que lo hiciste para hacerme feliz. Pues bien, ¡lo conseguiste! Todas mis amigas dicen que eres muy guapo, y yo les digo que se contengan, porque ya tienes novia.

NANNA

–Nasser, esa operación de la que me hablaste...

–Sí, ¿qué pasa?

–¿Es realmente necesaria?

–Bueno, no es una operación a corazón abierto, me permitirá respirar mejor.

–Pero ¿no puedes evitarla?

–Supongo que sí.

–Entonces, no hace falta que pases por ello.

–¿Por qué?

–Acabas de decirme que no lo necesitas.

–Nanna, ¿cuál es el problema?

–Tengo miedo. ¿Qué tiene eso de malo?

–¡No me pasará nada! No hay de qué preocuparse.

–Pero igual ellos...

–No, no lo harán. No soy el primero que pasa por un quirófano.

–Prométeme que irá todo bien.

–Te lo prometo, pero sólo si te recoges el pelo y puedo ver bien tu cara.

–¡Qué chantajista!
–Siempre puedes decir que no.
–¡Qué afortunada es mi cara!
–¡Nanna!
–¡Ah! Eres la luz de mis ojos.
–Conduce con cuidado.

Como si no bastara que me costara respirar, mi respiración se había vuelto aún más entrecortada, hasta tal punto que decidieron operarme. Habían fijado la fecha y, cuando llegó, me trasladaron bajo estrecha vigilancia a un hospital cercano. No tuve que esperar mucho, unas horas después ya estaba en el quirófano. Me desperté por la noche y rápidamente intenté averiguar quién, cómo y dónde estaba.

La somnolencia duró mucho tiempo, pero al final el efecto de la anestesia remitió y recuperé la conciencia. Era muy tarde y estaba en la cama esposado, amarrado de manos y pies. Era muy tarde, estaba aturdido y me quedé dormido. Cuando desperté de nuevo, todavía estaba bajo el efecto de los medicamentos que me obnubilaban los pensamientos... Estuve en ese estado de duermevela hasta que una voz penetró en mi letargo.

–No puede estar aquí.
–Soy abogada.
–Da igual.
–Sólo quiero asegurarme de que esté bien.
–Está bien.
–Déjenme entrar a verlo, sólo un momento.
–Está prohibido. ¿Es que no lo entiende?
–Entonces, déjenme hablar con él desde aquí.
–Eso también está prohibido. Tiene que irse; no me obligue a...

Retiré la cortina que me protegía de las voces. Nanna estaba rodeada de un enjambre de uniformes militares armados con fusiles. Su voz prevalecía por encima de las suyas. Venir aquí suponía correr un riesgo extremo. ¡Qué fácil les habría sido arruinarle la carrera! Aun así, vino de todos modos. Y con ella allí, el olor a muerte y pólvora que flotaba en la sala había desaparecido.

Nanna estaba frente a mí sin una mampara de cristal que nos separara. Parecía más bonita y más hermosa que nunca, pese a lo tensa que estaba. Por primera vez, Nanna creyó mi verdad, me vio sin límites ni pantallas, me olió de cerca, hasta el punto que si extendiera una mano acariciaría mi alma y mi cuerpo. Todo en ella demostraba que tenía fe. Era la red que había tejido la que yacía allí para ocupar un lugar concreto y tangible, era la herida de ese tejido la que sangraba, eran esos hilos de sangre los que eran suyos.

Todo parecía real a los ojos de Nanna, incluso yo; el hombre herido y sangrante en la cama, yo, el hombre encadenado como ella nunca lo había visto antes, yo, el hombre rodeado de soldados y rifles, yo, semidesnudo y con el pecho sembrado de coágulos de sangre.

Nanna me vio sin heridas, sin cadenas, sin armas, me vio en toda mi elegancia y dignidad, vio su alma dentro de mi pecho. Era la primera vez que me veía, y creyó en lo que vio. ¡Nadie era capaz de hilar un mundo como Nanna! Eligió verme por primera vez mientras yo aún estaba bajo los efectos de los sedantes y no sabía si lo que estaba viendo era realidad o ficción.

Temía por Nanna a causa de los soldados, intenté levantarme de la cama, luché contra las cadenas que me sujetaban.

Forcejeé en la cama, y las esposas se me clavaron en las manos y los pies. Forcejeé más, pero no sirvió de nada. Mis fuerzas no estaban a la altura de las ataduras y los sedantes, y enseguida me di por vencido. ¡Qué miserables son estos cuerpos!

–Nanna, estoy bien. No te preocupes.

–¿Cómo te encuentras?

–Ha sido una operación sencilla, y no ha habido complicaciones. Ahora estoy bien, pero tienes que irte.

–De acuerdo, me voy.

–Haz el favor de decirles a todos que estoy bien, sobre todo a mi madre.

–Lo haré.

Tuve que dormir muchas horas antes de despertar y creer que todo había pasado realmente. Pero esas horas no restaron en absoluto el asombro de la sorpresa.

21 de enero de 2016

Al amado de Nanna:

¡Dios mío! Todavía no puedo creer el momento en que retiraste la cortina. Fue mi momento de triunfo. Qué detalle tan nimio, y sin embargo, qué asombroso. A pesar de la fatiga, estabas tranquilo. Qué hermoso se te veía. Y eras real. Sigo reviviendo ese momento con la imaginación: tú en la cama sin ninguna mampara de cristal de por medio. Doy las gracias a Dios de que ocurriera todo esto. Algo más, y me hubiera desmayado de tanto amor... Eres el único capaz de hacerme sentir así.

Cada vez que recuerdo tu cara, tu voz y tu mirada, me siento reconfortada. Eso es lo que hay detrás de la enorme oleada de energía que siento. Eres quien lo ha hecho posible. Tú eres la razón. ¡Deja de negarlo! Tú eres todas mis razones, Nasser.

Ojalá pudiera acariciarte la cabeza, verte dormir, cogerte la mano, besarte la frente. Y, en cambio, amor mío, sólo puedo pedirte perdón por no haber hecho más, por no haber sido la primera persona que viste al despertar. Gracias por compartir conmigo esta victoria cuando nuestras voces se alzaron por encima de las suyas, y gracias por dejarme descubrir hasta dónde podría llegar mi locura y temeridad por ti. Te quiero esta noche más que a nada en el mundo. Espero que te recuperes pronto.

¿Es posible ensayar antes de nuestro primer beso?, Sí, claro, lo confieso, sólo intento ganarme un beso extra. ¡Ojalá supieras lo mucho que te quiero!

NANNA

Nanna estaba segura de mí. Lo demostró claramente las pocas veces que nos vimos en nuestro pequeño rincón del mundo. Y también en sus cartas, que habían menguado en los últimos meses. Sin embargo, al poco tiempo empezó de nuevo con sus cambios de humor, volvió el viejo miedo que empezó a minarle las fuerzas; sólo que esta vez el miedo era más fuerte, más intenso. Y como no había indicios de una liberación inminente que nos permitiera estar juntos como ella llevaba tanto tiempo esperando, empezó a interesarse por horizontes lejanos que la distrajesen, aunque sólo fuera un poco, de su espera y de mí. Compró un billete a un lugar que la alejaría de su miedo, hizo un viaje a un país a miles de kilómetros para dejarlo atrás, o eso creía ella. No hay distancias lo suficientemente grandes para salvarnos de los miedos que se han instalado en nuestros corazones, porque el miedo también compra un billete, se instala en nuestras maletas y en nuestra ropa, aunque hayamos intentado escondernos de él, llega antes que nosotros, explora los lugares que tenemos pensado visitar y siembra señales inequívocas que nos recordarán su existencia. El paso de un lugar a otro sólo se realiza si va acompañado de una transición entre dos estados emocionales diferentes.

Tanto antes como después del amor, el miedo puede entrar en nuestro corazón, pero nunca lo abandona por voluntad propia. O bien se lleva su objeto y sus causas cuando se marcha, o bien se queda para siempre. Yo era el objeto y la causa del miedo de Nanna. Tuvo que huir a la otra punta del planeta en busca de placeres que acallaran sus gritos y aliviaran sus dolores.

Nanna se fue de viaje, y yo me quedé con mis preguntas y mi miedo por ella. ¿Qué hago aquí? ¿Qué le he hecho? Las preguntas me asediaban. Los muros empezaron a exhibirlas en letras grandes. Mi miedo creció hasta que se hizo más grande que yo, y me cubrí de acusaciones que invariablemente convertí en condenas. Nanna vino a mí, y me enamoré de ella. Pero ahí estaba, matándola lenta y deliberadamente, y escribiendo cartas y poemas sobre su asesinato. Vino a mí, hilando su futuro a partir de mis hebras, mientras yo seguía inmerso en mi pasado y mi presente. Vino a mí con menos de treinta años y yo ya estaba a medio camino de los cincuenta. ¿Qué hago aquí, y qué le he hecho a Nanna?

Raras veces remontaba ya el vuelo para estar con ella, pues ya no creía en esos vuelos míos. Detestaba que ella hilara un futuro sólo para mi cuerpo terrenal, que era incapaz de unirse a ella y ofrecerle el consuelo que necesitaba. El miedo por Nanna me seguía como mi propia sombra. Estaba conmigo en la celda, y seguía conmigo durante mi hora al sol. Me abandonaba cuando dormía, pero regresaba en cuanto despertaba. Luchaba contra él tanto como me era posible. Lo atacaba, huía de él, lo afrontaba, lo negaba, lo maldecía y le suplicaba, y aun así me rondaba el día entero.

Me asustaba aquel miedo, nuevo e insólito, porque no conocía su lenguaje. Nanna podría haberme rescatado con sólo abrir una puerta que la salvara de mí, pero ella las había cerrado, se sentaba tras ellas y lloraba. Intenté rendirme a mi miedo. Quería que me destruyera, pero entonces decidió mantenerme con vida. Me llevaba hasta el borde mismo de mis obsesiones y luego me agarraba la muñeca para impedir que me despeñara. ¡Ojalá me hubiera dejado caer! Mis fuerzas mermaron a lo largo de los meses siguientes, que me consumieron rápidamente el cuerpo hasta que ya no era capaz de sostenerme. Lo descuidé aún más, con la esperanza de que simplemente se evaporase y se desvaneciera. Sin embargo, mi cuerpo no murió. De algún modo, siguió adelante.

Aunque Nanna volvió de su viaje, en el fondo de su corazón, hubiera preferido seguir viajando. ¿Cómo podía yo sanar una herida que me había eludido y alcanzado a Nanna? ¿Cómo podía curar a Nanna cuando yo era su herida? Estaba harto de preguntas. Estaba más harto incluso de mi incapacidad de encontrar respuestas. Si hubiera sido mi propia herida, me habría ido a alguna parte, para sanar o morir.

23 de abril de 2016

¡Saludos, oh, vida mía!

Nuestra reciente visita fue maravillosa. ¡Algo mágico! ¿Cómo puede un pequeño recoveco en una cárcel hacinada transformarse en un sueño? ¿Y cómo consigues pensar que hay una alternativa a todo esto? Ojalá se me diera tan bien abrazarte como se te da a ti abrazarme a mí. Sé que muchas veces no alcanzo el nivel de sintonía que esperas de mí, pero cómo me encanta cuando ocurre. ¡Ojalá fuera más a menudo!

No soy una persona capaz de venderse para alcanzar contextos y relaciones que otros aceptarían de buen grado, así que deja de tentarme con la idea de dar marcha atrás.

Soy muy consciente de que mi espera conllevará noches difíciles, y sé que tengo que despertar de este sueño. Intenté hablar con mis amigos, pero no son de ninguna ayuda. Fui a mi cuarto para estar sola, y lloré mucho… Eres la única persona capaz de aliviar mi soledad y mi exilio. ¿Cuándo vendrás, Nasser? Te necesito con desesperación. Todo en ti es mágico y atractivo, y todo en mí te anhela…

Por cierto, mi último viaje fue tan extraordinario que he empezado a preparar otro para dentro de poco.

Nanna

Recé muchas veces a mi Señor para que me concediera la liberación. Ya no soportaba la carga del miedo que me había derrotado. Ya no podía soportar las lágrimas acusadoras de Nanna. Nada en mi miedo o en mi dolor se parecía a los sueños sobre los que Nanna escribía en sus cartas. Mis sufrimientos eran tan reales como lo era Nanna, y necesitaba sanar de heridas que no había sufrido yo. Nanna era lo único que quería. Nanna era la cura de todas mis heridas, incluso si yo era su herida eterna que nunca sanaría. Recé a mi Señor, suplicándole ayuda por todos Sus nombres. Recé durante muchísimo tiempo.

Recé a mi muro, al que había abandonado, y que se vengó volviéndose transparente. Apelé a todos sus nombres. Recé para que dejara de hacerme girar, junto con el mundo a mi alrededor. Recé para que restituyera alguna clase de estabilidad a la que me pudiera aferrar. Una vez más, le ofrecí mi antigua lealtad por si la aceptaba y así quedaba satisfecho. Lo seduje con mis antiguos flirteos. ¡Ojalá se acordara! ¡Ojalá sus palabras intercedieran por mí! Mi muro permaneció mudo, transparente e invisible durante largos meses. Observaba de cerca cómo giraba y ardía vertiginosamente. Pero no dejé de rezarle y ofrecerle mi lealtad. Conocía bien las condiciones de mi muro, pero quería que regresara sin condiciones previas.

–¿Dónde estás?

Silencio.

–¿No vas a dejar que te vea otra vez, sólo un momento?

No hubo respuesta.

–¿Qué más quieres?

Sin respuesta todavía.

–¡Te ofrecí todo lo que poseía! ¿No puedes perdonarme? ¿Nunca estarás contento?

Silencio.

–Si vas a matarme, hazlo, o si no deja de castigarme.

Silencio.

–¡Di algo! ¡Di lo que quieras!

Silencio.

–¿Te molesta la presencia de Nanna?

Silencio.

–Si uno de los dos puede verte, esta es Nanna. Es ella la que se aferró a ti cuando yo te rechacé. Pregúntaselo a sus lágrimas, pregúntaselo a las palabras con las que maldijo tu terquedad.

Silencio.

–Estoy harto. Eres el único que puede salvarme de ti.

Silencio.

–¿Por qué no dices algo? ¿Por qué no te manifiestas?

Silencio.

–¡Que te den! Y que me den a mí también, tanto si me aferro a ti como si renuncio.

Silencio.

–¡Que les den a mis dibujos en tu techo! ¡Ojalá la carne que me consumiste se vuelva veneno en tu boca!

Silencio.

–Que le den a mi trinidad: mis ataduras, los años y la cadena perpetua... Que le den al aquí y ahora. Todo el que entra aquí ya está muerto.

Silencio.

Continué, pero mi muro siguió en silencio. Hablé hasta quedar exhausto. Luego hui a los brazos de Nanna. Me tranquilicé cuando apoyé mi cabeza sobre su pecho. Pronuncié una breve oración... y me quedé dormido.

Durante esos angustiosos meses, adquirí el hábito de levantarme temprano y agotarme físicamente durante el día para poder dormirme rápidamente al llegar la noche y escapar así de mi miedo. Las horas que dormía eran las únicas que me alejaban del llanto de Nanna y del miedo que podía sentir por ella. Un día, me desperté temprano como de costumbre. Esperé un rato a abrir los ojos para demorar unos minutos mi encuentro con mi miedo, luego me levanté y di el primer paso.

–Nasser.

Me sobresaltó reconocer la voz, pero no vacilé ni un instante.

–¡Aquí estoy, oh, muro mío!

Amor... y aun así

> Las cosas que elegimos amar son aquellas por las que vale la pena morir.
>
> SÓCRATES

Me había resignado a vivir separado del muro, mi único punto de referencia estable, y había esperado que mi fin llegara pronto para acabar con el sufrimiento de una herida que no se alojaba ni en mi cuerpo ni en mi alma, pero que, sin embargo, era mía. La herida estaba dentro de Nanna, pero yo había empezado a sangrar antes que ella y la había atormentado tanto que casi me había matado. Había renunciado a defenderme, me había declarado dispuesto a morir cualquier día. Si tenía que ser el miedo a Nanna lo que me matara, no me importaba morir, porque ella era todas mis motivaciones, era por ella por quien había elegido vivir. Pero la muerte no vino a traerme tranquilidad y descanso ni a liberar a Nanna de las garras de mi prisión y de mi cadena perpetua. Mi muro, sin embargo, había vuelto.

–Temía que no volvieras.

–Nunca abandono a quien se aferra, Nasser.

–Pero yo no lo hice. Renuncié.

–Y yo he esperado tu regreso.

–Te juro que nunca lloré por nadie como lloré por ti.

–Lo vi. Te oí.

–Todavía la quiero.
–Lo oigo. Lo veo. También lo leo.
–¿Te molesta su presencia?
–Me gusta su olor y sus gustos en moda.
–Casi diría que estás enamorado.
–¡Vergüenza debería darte, Nasser! ¿Es que no has visto su rostro?

Mi muro regresó sin reservas. Se reconcilió con Nanna en nuestros escritos, nuestros dibujos, nuestros garabatos. Con el regreso del muro, volvieron mis mañanas radiantes, las horas rebosantes de sol. Ya no me atormentaban el miedo, los fantasmas y mis obsesiones. Las preguntas seguían colgadas de mi muro, pero sin la urgencia, ni la intensidad de antes. El muro perdió su transparencia. Nuestro llanto ya no me paralizaba. Ya no temía las palabras de amor que, en las cartas de Nanna, ocupaban cada vez menos espacio; mi celda ya no tenía puerta con cerrojo, ni en las paredes, ni en el techo. Empecé a volar de nuevo, volvía a Nanna cuando se sentía sola, cuando estaba cansada o enferma. Ya no me importaba si Nanna creía en mi presencia o la negaba. Volví a amarla tal como sabía hacerlo. Perdoné a mi cuerpo su impotencia, su dependencia a las leyes terrenales de la física. Perdoné a Nanna que hilase sólo en aras de este físico mío. Una vez más, mis manos forjaron mis cadenas de hierro. Una vez más, mi cadena perpetua pasó a ser una elección.

25 de junio de 2016

Querido Nasser:

Nuestra visita fue inolvidable, igual que las anteriores. Me gusta observarte cuando no prestas atención y actúas como si estuvieras solo, es como si pudiera espiarte. Me gustó mucho oírte hablar de los viajes que piensas hacer conmigo sin utilizar nunca un verbo condicional. No me dejes nunca, Nasser, me muero de miedo sólo de pensarlo. Pronto estaremos juntos, lo sé seguro. No sé si este trozo de papel puede hacerte sentir lo que siento, pero sí sé que he aprendido a hacer de tu rostro mi hogar. ¿Tienes idea de lo enamorada que estoy de ti? Vamos, sal pronto. ¡Date prisa! Ya verás qué contentos se pondrán mis padres cuando te conozcan como yo te conozco. La pregunta, sin embargo, es siempre la misma: ¿cómo? ¿Cuándo? ¿Tienes alguna idea de cuándo tendrá lugar esa escena?

Te quiere,

NANNA

Nanna y yo seguimos reuniéndonos en nuestro pequeño rincón del mundo. Estos encuentros eran cada vez menos frecuentes, y sólo en raras ocasiones ella abrazaba una hoja de papel para escribir sobre el amor u otra cosa; yo, en cambio, procedía a mi ritmo habitual, tanto con el amor como con la escritura. Nanna venía, recuperaba aliento y, durante ese par de horas robadas, creía en la trama que había urdido. Lloraba aunque se lo creyera y entonces yo la llevaba a un lugar donde las lágrimas no tenían ciudadanía; hablaba mucho de su fuerza, de la legitimidad de su debilidad humana y entonces yo dibujaba a su alrededor un área de seguridad que ella aceptaría y entendería si las fuerzas le fallaban y se rendía.

Pero cuando Nanna abandonaba mi rincón del mundo y me abandonaba también a mí, su miedo la esperaba detrás de la puerta. Y entonces la creía también a ella, negó su trama y el miedo la llevó a un lugar donde sólo las lágrimas tenían derecho a existir. Yo regresaba a la celda con Nanna en mi pecho, convencido de la integridad y la propiedad exclusiva de los espacios que ella ocupaba; pero ella volvía a su coche y cerraba la puerta. Allí sentada a solas, no había pecho que acogiera su cabeza, ni mano que le enjugara el rostro húmedo de lágrimas.

¿Qué queda del amor si lo vinculamos a condicionamientos sociales y biológicos? ¿Puede realizarse o respirar a pleno pulmón si se le somete a un aluvión de presiones? ¿Por qué y cuándo creímos que podíamos traducirlo en contextos sociales, en vocabularios y relaciones internas y externas privadas de conexiones reales? ¿Cómo es que el amor se ha convertido en la condición que garantiza la supervivencia de nuestra especie y nuestra evolución hacia seres superiores, la condición que detiene o retrasa el molesto tic-tac de nuestro reloj biológico, ese ruido incesante que hace que la sangre bombee en nuestras venas? ¿Cuándo aplanamos el amor y ya no miramos hacia arriba?

Nanna escribía palabras en las que ya no creía, hablaba de un amor limitado exclusivamente a nuestro rincón, y en cuanto se iba, sus discursos se evaporaban en una humedad que los asfixiaba. Se sentaba frente al volante, pasaba por el tamiz los paralelismos sociales y biológicos de la vida, lloraba mucho, se sentía insegura. Y yo, mientras tanto, volvía a mi muro, que me abrazaba y que la abrazaba también a ella, a la asustada Nanna, volvía a mi «yo» consciente y reconciliado con mi entorno multiforme, volvía al ser humano de Heidegger –a una existencia que crea la propia esencia–, volvía a llamar a las cosas por los nombres que elegía, volvía a creer en el milagro que conseguía con esos nombres, volvía a amar a Nanna en nuestro rincón y en cualquier otro espacio que pudiera hacer mío.

Entonces Nanna se marchó de nuevo, se fue a otra orilla del Mediterráneo, a una antigua montaña griega colmada de diosas que, a pesar de su edad, aún sabían tejer bien; se puso el mar por vestido y, con sus colores, confundió la playa y las mareas, con las que coqueteaba un poco a posta y otro poco por casualidad. Y acarició las piedras negras que aún quedaban en la playa. Cuando regresó, con el cuerpo surcado por hilos de luz, se acercó a nuestro rincón.

Se aproximaba el octubre de Nanna. Buscar un regalo de cumpleaños parecía una misión realmente imposible; y, sin embargo, lo conseguí urdiendo una compleja trama en la que impliqué a mi familia, a algunos otros parientes e incluso algunos de mis compañeros de celda; a Nanna no le dije nada, no quería estropearle la sorpresa. Cuando recibió mi regalo, gracias a las fotos tomadas para la ocasión, pude ver su expresión confusa y emocionada. Y vino a verme, me dijo que le había gustado mucho, pero que yo le gustaba más.

–Te queda preciosa en la muñeca.

–¡Desde luego! Es justo lo que habría elegido yo.

–También te escogió a ti.

–¡Gracias, querido! La verdad es que no era necesario.

–No lo hice porque fuera necesario, Nanna.

–Lo sé, pero no quiero nada. Me basta contigo.

–Buscar cualquier cosa que te alivie ha pasado a ser mi oración diaria.

–¿Cómo lo hiciste? Quiero decir, ¿cómo la elegiste desde la cárcel?

–Es una pulsera de la suerte.

–¿No me lo quieres decir? Lo entiendo. Sea como sea, la afortunada soy yo.

–¿Y eso?

–Me adorna la muñeca, mientras que yo ocupo tu corazón.

Cuando estábamos juntos en nuestro rincón, Nanna se reconciliaba con mi limitado horizonte, pero lo maldecía cuando salía a espacios más amplios y aireados, o eso le hacían creer en un mundo en el que las expectativas y los condicionamientos sociales definían su papel, y lo que era adecuado para ella o no.

Nanna estuvo ausente de nuestro recoveco casi un mes entero. Había llegado noviembre, así que tenía un regalo para mí. Pero las cartas de Nanna dejaron de llegar. Nanna había dejado de escribir.

–Nasser, quiero decirte una cosa.

–¿A qué viene tanta seriedad?

–Quiero que te enteres por mí antes de la próxima visita de tu familia.

–Nanna, ¿qué ocurre? Me estás poniendo nervioso.

–El regalo que me hiciste, se lo he devuelto a tu familia.

–¿Te refieres al que te hice por tu cumpleaños?

–Sí.

–¿Por qué lo devolviste?

–Porque no me lo merezco.

–Ya está bien de adivinanzas, Nanna. ¿Qué ha ocurrido?

–Mientras, desde la cárcel, tú buscabas por todas partes el regalo perfecto para mí, yo había decidido dejar nuestra relación y retirarme... Nasser, di algo... Me sentía débil y sola, y quería huir de todo y de todos, y también de ti.

–Entonces, ¿por qué no huiste?

–Fue sólo un instante, y ya pasó. Ahora estoy aquí.

–No fue sólo un instante, Nanna. Tomaste una decisión.

–Sí, pero no fui capaz de seguir adelante, conque he regresado a ti.

–¿Has regresado por angustia, o por lástima y compasión?

–¡Calla! Todavía te quiero. Eso es algo de lo que nunca puedo escapar.

El amor no nos da poder sobre nadie. No legitima nuestro egoísmo ni nuestro instinto de posesión. El amor hace exactamente lo contrario. El amor perfecciona las actitudes que hemos heredado desde que abandonamos las cavernas en los bosques. El amor es creación. Es vida. Es la oportunidad que tenemos de sorprendernos. El amor es un tejido divino, una trama humana que nos convierte en filósofos y casi profetas. El amor es el «yo» mortal, transitorio, temporal, que se asoma al «yo» eterno. Ese es el relato que me conté a mí mismo y tejí en mi muro antes de conocer a Nanna, antes de que Nanna descubriera el arte de tejer los hilos. Esa era la ley divina de mi inmensa y angosta existencia cuando Nanna vino a sondear las posibilidades al otro lado del muro.

Esa era la Nanna que yo amaba, deseaba y por la que sentía pasión. Esa era la Nanna con la que elegí vivir. Y ahora estaba sumida en el miedo más agónico. Se encontraba delante de mí, sin mostrarme nada más que miedo y confusión. Estaba ahí sentada, un alma que arrastraba un cuerpo por el borde de un acantilado, entumecida y tambaleante de agotamiento. Sin creación, sin vida, sin sorpresa, sin eternidad. Nada en ella se parecía a Nanna. Sus ojos, que antes iluminaban nuestro recoveco, no tenían brillo alguno. En lugar de ángeles, el miedo y los fantasmas nadaban en su rostro. Nanna me miraba, pero no me veía. La música cesó. La violonchelista abandonó nuestro rincón sin despedirse de ninguno de los dos. Después de unos días, Nanna se puso en contacto con mi familia y les pidió el regalo que yo le había hecho.

Mi muro sabía lo que yo tenía que hacer. Se me acercó y me rodeó con su brazo como si me sugiriese algo que yo ya había reconocido.

–Nasser.

–Lo sé.

–Pero si no he dicho nada…

–Lo has dicho todo.

–Aquí estoy si me necesitas.

–No tengo miedo, todavía no.

–Siempre me encontrarás aquí.

–¿Y si renuncio a ti?

–¡No harías tal cosa!

–Ya lo hice una vez.

Renunciar para retener. A esto nos obliga el amor cuando estamos enamorados, a retenerlo renunciando a su objeto para que el amor se convierta en una elección incondicional, sin condiciones ni cálculos, dependencia, ni posesividad, ni celos ni voluntad de aniquilación. El amor se convierte en un objeto en sí mismo y para sí mismo. He visto de cerca cómo el amor puede asfixiarse cuando se ve oprimido por condicionamientos y exigencias, cómo se le sienta en el banquillo de los acusados si no cumple las condiciones y exigencias, si no supera las pruebas. He visto, horrorizado, cómo el amor puede convertirse en un monstruo que amenazara la seguridad y el equilibrio de los amantes, cómo puede sentarse en tu lugar, distorsionar el sentido de tus palabras, llegar antes que tú al corazón de tu amada, transformar tu pecho en un campo de dolor sin agua, sin hierba ni refugio.

Temía el momento en que los sentimientos se convirtieran en ecuaciones que fuera incapaz de resolver. Renunciamos para aferrarnos. Eso es lo que hacen los amantes, por voluntad o por necesidad. El miedo por Nanna me abrumaba, el suyo la abrumaba, la abrumaban los condicionamientos y las ecuaciones en las que creía, y yo no logré hacerle creer que podía volar hacia donde los mundos físicos se encuentran con la realidad que ocultan. Nanna odia la tierra estéril, pero cuando vino a sumergirse en nuestro rincón no se alejó demasiado de la orilla.

¿Entran los dioses en los lugares estrechos? Sí, entran. Pero no por mucho tiempo. Cuando Nanna entró en mi rincón del mundo, vio algo que se parecía a la trama que estaba tejiendo, una respuesta a las peticiones que estaba haciendo al mar. Se sentó y sondeó mis posibilidades y las suyas, luego se marchó un rato, pero volvió a ocupar su silla blanca para sondearlas de nuevo. Tejió sus condiciones y se sentó a esperar. Esperó un año, durante otro año lloró, el tercero sembró un miedo que casi nos mata. Mi muro me liberó del mío cuando decidió volver y pegarse de nuevo a mí. Y yo volví a mi amor por Nanna, y para conservarlo, la rechacé.

Estrecho, hacinado y viejo

Diciembre de 2016. Nuestra visita estaba a punto de acabar. Nanna hablaba mucho, a veces de amor, pero sobre todo de otras cosas, cuando sin previo aviso rompió a llorar.

–¿Qué ocurre, Nanna? ¿Por qué lloras?

–Tengo miedo, Nasser.

–¿Miedo de qué?

–De todo. De todas las presiones que me rodean y me agobian, del horizonte obstruido, de tu cadena perpetua, de tu edad.

–¿De todo eso?

–Lo estoy afrontando totalmente sola, y todo se derrumba a mi alrededor. Tú estás aquí, y yo quiero...

–¿Qué quieres, Nanna?

–Quiero ser madre.

–Si nuestro recoveco te impide ser madre, Nanna, acabaré con él.

–Nasser, te quiero.

–Lo sé.

–Pero estoy cansada. Y asustada.

–Eso también lo sé, Nanna.

–No tardaremos en vernos de nuevo.

–Te esperaré.

Ya no soportaba el sufrimiento que le estaba causando a Nanna. Esa no había sido en absoluto mi intención cuando acepté los sentimientos que sentía por ella. Quería amarla, llevarla de viaje conmigo más allá de los confines de este mundo. Estaba convencido de que Nanna también lo deseaba, por el discurso que había traído consigo a nuestro recoveco, entretejido con las palabras de quien vive en el cielo. Y siempre me ha maravillado cómo era capaz de leer mi interior, pese a las rarezas inherentes a mi condición. La amé como ningún mortal, la amé tanto como pude. Con ella crucé fronteras prohibidas incluso para un hombre como yo, que no se arredra ante fronteras y barreras. La amé como si hubiera venido al mundo sólo para este propósito.

¿Cómo se convirtieron mis intenciones en dolorosas heridas en el pecho de Nanna? ¿Cómo iba a seguir aferrándome a ella si eso suponía su destrucción? No había alternativas, para seguir amándola sólo podía rechazarla. Deseaba tanto que hubiera mantenido su promesa de no permitir que mi amor se convirtiera en un monstruo que amenazara su salud, para marcharse una hora antes de que sucediera. Entonces nos habríamos detenido allí, en ese punto, y el rostro de Nanna iluminando los confines más alejados del cielo habría sido lo último que yo habría visto.

Nanna se fue de nuestro pequeño rincón, arrastrando tras de sí la decepcionante constatación de que lo que había tejido era imposible de realizar. Ya no creía en la charla que había tenido con el mar un día de marzo, en la playa, cuando prefirió guardar las distancias porque su mar era, entonces, un mar embravecido. Por lo que a mí respecta, el recorrido de la sala a mi celda me pareció corto, tranquilizador. Esta vez encontré a mi muro, solo, sin Nanna abriéndose paso hacia mí. Mi muro parecía nervioso y tenso, pero su tensión duró poco.

–Has vuelto solo.

–¿Hubieras preferido lo contrario?

–¿Dónde está Nanna?

–Se ha ido.

–¿No va a volver?

–Ha dicho que este lugar es estrecho, hacinado y viejo.

–¿De verdad ha dicho eso?

–Sí.

–Pero aquí no hay nadie, salvo tu dios y yo. Así pues, ¿a quién se refería con lo de viejo?

–No creo que se refiriera a ti, así que cálmate.

–¿Estás bien?

–Nanna está bien.

–Preguntaba por ti.

–Y yo te he contestado.

–Así que tú y yo estamos bien, ¿verdad?

–Lo estaremos con el tiempo.

Me preparé enseguida un café. El primero que me tomaba a solas desde la primera vez que vi a Nanna. Su amargura tenía un sabor diferente. Amargo como una despedida. Entonces me puse a escribir a Nanna acerca de mi café amargo y solitario.

Querida Nanna:

Cada vez que el mundo se te hacía más estrecho y tu miedo aumentaba, huía de él corriendo hacia ti y te abrazaba con fuerza hasta que tu miedo menguaba o desaparecía. Esta vez no. Mi presencia se ha convertido en una carga para ti, y yo soy la última persona que necesitas cuando el miedo se adueña de ti...

NASSER

Pasaron algunos días antes de que Mazyouna y mis hermanas vinieran a visitarme.

–¿Estás seguro? –preguntó mi hermana Inshirah.

–Sí.

–¡Pero te quiere! Se le nota en la voz cuando habla de ti.

–Yo la quiero más. ¿No se me nota en la voz?

–¿No prefieres pensártelo mejor?
–Ya lo he hecho.
–Y ahora ¿qué?
–Quiero que todas sigáis cerca de ella.
–Lo haremos.
–Y que la queráis.
–La queremos, Nasser.

¿Cómo rechazas a la persona que amas? ¿Con qué palabras se empieza? ¿Lo haces rápido o despacio? ¿Te presentas o te llevas contigo tu estrecho espacio, tu dios y tu muro y le ahorras esa trinidad que la ha perturbado durante tanto tiempo y la hizo llorar lágrimas amargas? ¿Empiezas con unas últimas palabras de amor o crees que sólo servirían para hacerte trastabillar? ¿O vas al grano y lo sueltas, para fingir que no te cuesta separarte? ¿Miras su cara, miras su boca, miras su pecho donde ya no estás? ¿O le ahorras a tu alma una nueva herida? ¿Qué te salvará si llora por última vez? ¿Cómo le explicarás tu impotencia sin palabras? ¿Te sentarás en la silla como siempre has hecho? ¿O harás como si no existiera? Si tienes que morir, al menos muere de pie. Pero ¿de verdad te importa saber qué herida va a matarte?

15 de enero de 2017. Estaba seguro de mi recorrido hasta el recoveco, seguro de la estrechez de mi espacio, seguro de mi dios, de mi enclaustramiento y de mi muro, de mi antigua fe y de mi historia. Estaba seguro de haberme reconciliado con mis cosas y sus nombres. Estaba seguro de mi vuelo, de mi asombro y mi llegada. Y estaba seguro de que esos eran mis últimos pasos hacia Nanna.

Fuimos todos: mi dios, yo y el espacio reducido. Yo ya había renunciado bastante. Caminamos lentamente, sin mirarnos. Era como si cada uno estuviera preparando su despedida definitiva. El soldado que me acompañaba abrió la puerta. El muro entró primero. Luego mi dios. Y al final, yo. Me senté en la silla blanca, el muro permaneció de pie, mientras que mi dios se quedó contemplando tanto el muro como mi tensión. Entonces entró Nanna.

Me saludó sólo a mí, se sentó en la silla blanca como había hecho la primera vez, confusa y agitada como alguien que se siente enjaulado. Mi dios miraba, mi muro estaba de pie, ambos aguardaban mis primeras palabras. La saludé como siempre, le pregunté cómo estaba, mi dios y mi muro esperaban que encontrara el momento oportuno para decirle lo que había venido a decirle o renunciar a ello. Mi estrecho y viejo rincón se llenó con la ausencia de Nanna. Había algo en su presencia que decía mucho de su ausencia, casi como si la que estaba allí fuera alguien que se pareciera a Nanna o una que hubiera venido en su lugar. Mi dios me miró, yo miré a mi muro, pero no fueron de mucha ayuda. Y mientras yo buscaba un comienzo adecuado, Nanna, por su parte, sabía muy bien lo que había venido a decir.

–Nasser, he venido a decirte una cosa.

–Te escucho, Nanna.

–He decidido poner fin a lo nuestro.

Así, suavemente, sin muchos preámbulos, Nanna dijo lo que quería decirme, lo dijo rápido, decidida. Nanna detestaba esperar. Así era como había hilado su vida desde el principio, desde que decidió venir y decirme que me echaba de menos. Y, ahora que ya no creía en nuestra historia, había venido a tejer el final a su manera.

–Te lo he dicho antes, estás ante un hombre que te amará en cualquier circunstancia, incondicionalmente y sin exigencias de ningún tipo.

–Estoy cansada. Ya no puedo soportarlo más.

–Has tomado la decisión adecuada, Nanna.

–Todavía te quiero, pero ya no soy lo bastante fuerte.

–Gracias, Nanna. Gracias por todas las veces que me dio un vuelco el corazón, por todos los alientos que pasaron fugaces rozándome y por una vida que fue demasiado corta, aunque lo que contenía fue suficiente para mí.

–¿Lo superarás?

–No hay vida después de ti, Nanna. Eso lo supe desde el principio, y lo acepté.

Quise que ese momento durara lo menos posible, no estoy seguro de si fue porque me compadecía de mí o porque me compadecía de Nanna, quizá sólo tenía miedo de no ser capaz de controlar mis reacciones. Le pedí que se fuera porque estaba a punto de echarse a llorar. No se movió de la silla. Le grité:

–Vete, Nanna.

Pero Nanna siguió en su silla. Me puse en pie de un salto, grité más alto, pero ella quería explicarse mejor. Llamé a los soldados que estaban detrás de la puerta: «¡Déjenme salir de aquí!». No me oyó nadie. Empecé a asestarle puñetazos a la puerta con una mano que no era mía. Nanna temió por mi mano e intervino enseguida.

–De acuerdo, me marcho.

Recogió sus escasos papeles y se fue hacia la puerta.

–Nanna.

–Sí.

–Conduce con cuidado.

Nanna se fue. Nos quedamos allí, yo, mi dios, y un espacio enorme. Regresamos a mi celda en silencio. Mi muro volvió a ocupar su lugar, yo estaba en mi muro, y antes de ir a ocuparse de sus propios asuntos, mi dios dijo:

–No creíamos que sobrevivirías.

–¿En serio?

–Sí.

–¿Temíais por mí?

–¿Cómo no íbamos a temer por ti?

–Pero ¿por qué os preocupáis por mí?

–¿Te lo creerías si te lo dijéramos?

–Una mentira más no puede hacerme daño.

–¡Ahora sabemos que lo hiciste!

–Pero no habéis contestado a mi pregunta.

Y así, rápidamente, sin demasiados preámbulos, con voz firme y tajante, admitieron: «Porque nos gusta estar contigo».

El ser

> El ser humano recibe su propia existencia por nacimiento y su propia esencia por elección.
>
> ALI SHARIATI

Nací dos veces y me mataron otras tantas. Al principio, nací del vientre de un campo de refugiados que me mantuvo clavado a sus muros durante un tiempo, un campo que contaba una historia que yo creía y a la que incorporé mis mentiras; vivía en el centro del campo, en los márgenes de una casi ciudad. Seguí adelante con mis mentiras, con mis uñas y con mi marginalidad hasta que fui asesinado por una trituradora tan cegada por sus muchos asesinatos que ya no sabía a quién mataba; no le bastaba con matarme, me enterró bajo tierra, en lo que yo llamaba «mi hueco». Como quien ya hubiese pasado por todo eso, soporté mi muerte y habité el muro como si fuera mi tumba. El muro me enseñó un nuevo tipo de dependencia, que aprendí rápidamente; me quedé con él mucho tiempo, lo amasé y él me comió.

Nací por segunda vez de las entrañas de un rincón del mundo hecho de hormigón y cristal. Nanna lo tejió con mis hilos, a los que añadí mis mentiras habituales hasta que el rincón se llenó de dioses antiguos, ángeles nadadores y una violonchelista con un vestido rojo que tocaba de maravilla. Nanna siguió aproximándose, acercándose cada vez más hasta que se creyó lo que hilaba. Yo lo creí aún más.

Nací del vientre de Mazyouna la primera vez, y la segunda del vientre de Nanna. La injusticia mató a la primera criatura; el miedo de Nanna mató a la segunda. Mi rincón no era suficiente para ella. Era un rincón espacioso, pero ella sólo veía estrechez.

«No eres suficiente para mí. Tú, tu fes, tus muros, tus mentiras y tus mitos no me bastan para volar. No eres suficiente para mí. Tú y tu recoveco enclaustrado, tu inmenso universo y tus palabras extrañas. No eres suficiente para mí. Tú y tus heridas, tus heridas incipientes y tus promesas de infligirte otras nuevas. No eres suficiente para mí. Tú y tus años, tus cuarenta y tantos más avanzados que mis veintitantos.»

Nanna nunca dijo nada de eso, y aun así lo dijo todo. Yo no era suficiente. Carecía de condiciones que colmaran el proyecto emocional de Nanna. Nanna veía en mí a un hombre incompleto que sólo llegaría a completarse si se daban las condiciones necesarias. Nanna veía lo que venía después de mí, pero no me veía a mí. A partir de todo lo que llegó después de nuestro primer encuentro, tejió un largo poema que transcribió en sus cartas y me leyó sentada detrás de aquel estúpido cristal. Y, cuando lo que había hilado se rompió, dejó voluntariamente de componer.

En esta prisión mía, cada noche tengo un compañero, elijo los espacios que prefiero, concluyo una larga y compleja conversación con el creador del universo sobre su creación y su existencia, me acuesto por encima de las nubes, allí donde estas no pueden oscurecer las lunas que me hacen compañía o la visión de una estrella fugaz que ha decidido sumergirse rápidamente. Organizo mis horas terrenales y mis veladas con amigos de manera que no interfieran con los momentos en los que me siento en mi nube y flirteo con las mujeres que se cruzan en mi camino. Elijo el lugar, el momento y los colores de la ropa que llevan. Y mientras siembro mi hierba en sus cuerpos nunca repito las mismas palabras de amor, ni beso la misma boca dos veces.

En esta prisión mía, yo soy el señor de este muro, de todos los muros que lo precedieron y de cualquiera que pueda llegar después. Soy el señor de estas galerías y de todo lo que desde ellas se ve. Nadie entra en mi jardín ni toma el pecho de mis mujeres. Soy todas mis tardes y todos mis anocheceres. Soy la sed de la mañana cuando el sol se retrasa; soy el día que se aferra a mí. Mía es la hora del aire, mío el sol de una hora, mías todas las horas. Soy señor de este rincón, señor de la celda, señor de mi cadena perpetua, señor de este techo, señor de la espera. Esta es mi cripta.

«No eres suficiente para mí», dijo Nanna.

En mi cárcel, yo soy el señor de mis cosas, el que les otorga nombres. Si quiero, los cambio, y si quiero, los dejo como están. Yo soy mi prisión y yo soy el prisionero. Soy el testigo de mi causa perdida, y soy el mártir. Soy el que perdió mi libertad y soy mi libertad. Tengo una amada en cada Nanna. Soy el amante, y soy el amado.

«No eres suficiente para mí», dijo Nanna.

En la cárcel, soy el indigente, el que no tiene nada, el que tiene mucho, soy el creyente, el lento, el veloz, el triste, el feliz, el que llora, el que ríe la extensión, la limitación, el que nada, el que se ahoga, el ganador, el perdedor, el devoto, el renegado, el asceta, el disoluto, el perezoso, el orgulloso, el antes, el después, el sembrador, el capaz.

«No eres suficiente para mí», dijo Nanna.

En mi prisión, soy Nasser, Mahmud Samih, Hamza, Muhammad, Ahmad, Malik, Abd, Muhannad, Faris, Mansour, Walid, Khaled, Sa'id, Ammar, Ammad, Alaa, Adil, Asim.

«No eres suficiente para mí», dijo Nanna.

En mi prisión, mi muro soy yo, y yo soy mi muro. Estas son mis cosas, y esos son sus nombres.

«No eres suficiente para mí», dijo Nanna.

Esta es mi celda, esta es mi tumba, aquí están mis palabras. Dios mío nunca he vivido en una casa tan querida para mí como esta.

«No eres suficiente para mí», dijo Nanna.

Este soy yo, este es mi dios, esta es mi espaciosa reclusión.

«No eres suficiente para mí», dijo Nanna.

Este es mi grito. Un único grito que no cesa ni se ahoga, un grito que repite: ¡Nanna, devuélveme mi ser!

Terminado el 6 de julio de 2019 a la 1.18
Cárcel de Hadarim, celda 33

Índice

Segunda parte
YO, MI CORAZÓN Y UN ESPACIO ENCLAUSTRADO